임제열 퓨전 판타지 장편소설
WISHBOOKS FUSION FANTASY STORY

나 혼자 S급 소환수 5

임제열 퓨전 판타지 장편소설

초판 1쇄 찍은 날 | 2022년 8월 8일
초판 1쇄 펴낸 날 | 2022년 8월 8일

지은이 | 임제열
펴낸이 | 권태완 우천제

기획 | 위시북스
편집책임 | 한준만
편집 | 위시북스

펴낸곳 | ㈜케이더블유북스
등록번호 | 제25100-2015-43호
등록일자 | 2015. 5. 4
KFN | 제4-5호

주소 | 서울시 구로구 디지털로31길 38-9, 401호
전화 | 070-8892-7937 팩스 | 02-866-4627
E-mail | fantasy@kwbooks.co.kr

ⓒ임제열, 2022

ISBN 979-11-404-0765-1 04810
　　　979-11-293-9356-2(set)

※ 파본은 구입하신 서점에서 교환하여 드립니다.
※ 저자와 협의하여 인지를 붙이지 않습니다.
※ 이 책은 예원북스와 저작자의 계약에 의해 출판된 것이므로 무단 전재 및 유포, 공유를 금합니다.
※ 이 도서의 국립중앙도서관 출판시도서목록(CIP)은 서지정보유통지원시스템 홈페이지(http://seoji.go.kr)와 국가자료공동목록시스템(http://www.nl.go.kr/kolisnet)에서 이용하실 수 있습니다.

나 혼자 S급 소환수

임제열 퓨전 판타지 장편소설

WISHBOOKS FUSION FANTASY STORY

5

CONTENTS

1장	7
2장	72
3장	126
4장	192
5장	258
6장	322

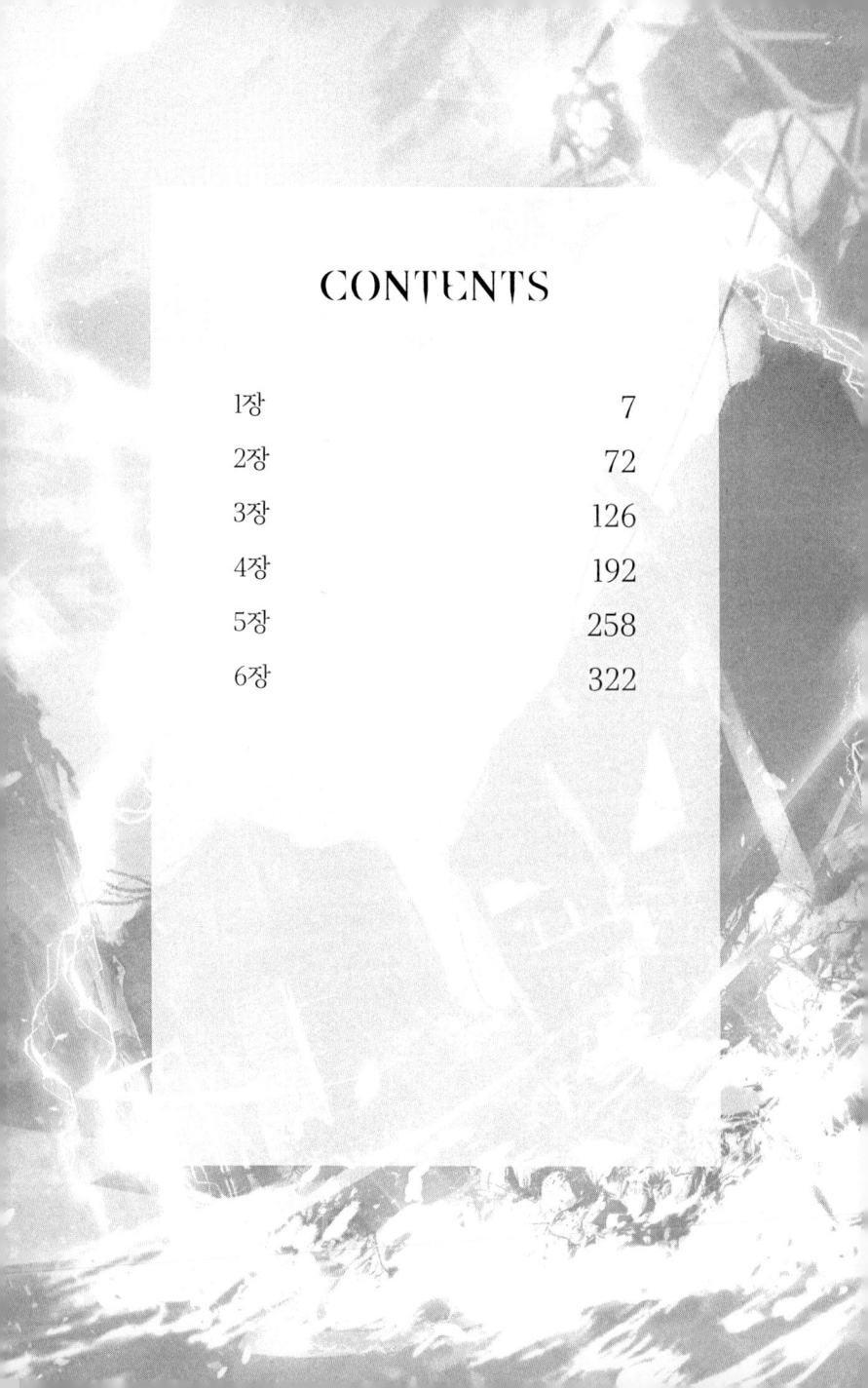

1장

진도윤의 눈앞으로 메시지가 떠올랐다.

[임무 클리어!]
[동부 평야의 지배자 '크림슨 나이트'(★★★★★)를 처리합니다.]
[기여도를 산정합니다.]
[잠시만 기다려 주세요.]
[Loading 11/100]

어느덧 진도윤의 주변 환경이 변해 있었다. 혈투를 벌였던 타르라크의 땅이 아닌, 관리자 '존'이 있던 '선택의 장'으로.

임무 클리어 시, 원래의 공간으로 돌아오는 시스템인 듯했다.

'S급 던전의 보상이라······.'

진도윤이 설레는 마음으로 다음 메시지를 기다리길 잠시. 그 밑으로 다시 한번 메시지가 이어졌다.

[기여도 결과입니다.]
[1위 - 90%]
[2위 - 5%]
[3위 - 3%]
[4위 - 2%]
[당신의 기여도는 90%로 총 1위입니다.]

진도윤의 기여도는 압도적 1위. 크림슨 나이트를 잡는데, 그의 역할이 가장 뚜렷이 드러났기 때문이었다.

정령왕의 돌과 둠 나이트. 사실상 그 두 가지로 임무를 완수한 것이나 마찬가지니까.

'2위는 유아린이려나?'

제프리도 큰 역할을 해줬지만, 그녀와 비교해 살짝 약한 건 사실이었다.

이프리트가 처리한 악마들만 수천 단위일 터. 아마 그걸 반영한 결과인 듯싶었다.

[보상을 획득합니다.]
[보상 - 대평야의 포용(S급)]

'오, S급 아이템?'

이내 진도윤이 두 주먹을 꽉 쥐었다. S등급 아이템은 진도윤으로서도 처음 보는 등급이었다. 그가 가진 가장 좋은 아이템인 볼드윈의 무구조차 A급이었으니까.

"그래, 이 정도는 나와줘야 보상이지."

고난이도의 세상 속에서 얼마나 고생했던가. 모름지기 고생한 만큼 보상을 받아줘야 한다고 생각하는 진도윤이었다.

진도윤은 자신의 손 위에 생긴 목걸이를 흐뭇하게 쳐다봤다.

'어디 한번 어떤 능력인가 볼까?'

그 후, 상태창을 열어봤다.

[아이템:대평야의 포용]
[등급:S]
[넓은 대지의 포용력이 담긴 목걸이. 이곳에 담긴 오묘한 기운은 서머너의 능력을 향상시킨다.]
[옵션:5/5]
 - 불파:이 장비는 절대 파괴되지 않는다.
 - 마스터 볼:A등급 이하 몬스터를 100% 확률로 테이밍할 수 있다. (횟수 제한:3/3)
 - 마스터 테이밍:A등급 이하 몬스터를 감응력 제한 없이 테이밍할 수 있다.

- 무럭무럭:감응력 100 이하까지 성장 속도 100% 상승
- 튼튼한 대지:소환수 방어력 50% 상승

"……이게 뭐야."

진도윤은 붙은 다섯 개의 옵션들을 면밀히 살폈다. 두 번째 옵션인 '마스터 볼'은 A급 이하 몬스터들을 빈약 상태 없이도 확정적으로 테이밍할 수 있게끔 해주는 거였고, 세 번째 옵션인 '마스터 테이밍'은 감응력 100을 넘지 못한 서머너도 A등급 소환수를 얻을 수 있게 해주는 거다.

즉, 이 아이템만 소지하면 감응력 1의 F급 서머너도 A급 소환수를 획득할 수 있다는 말.

'하지만, 그렇게 되면 문제점이 하나 있지…….'

미미한 감응력으로 고등급의 소환수를 운용하다 보면 무리가 따를 것이 명약관화다. 마치 겉은 람보르기니인데 속은 저가 엔진을 쓰는 것과 마찬가지일 테니까.

'그래서 붙은 게 무럭무럭 옵션이구나?'

소환수를 줬으니, 그 소환수를 잘 운용할 수 있도록 케어까지 해주겠다는 것이다.

완벽한 성장형 아이템이었다.

"뭐 나오신 거예요?"

진도윤의 어깨너머로 유아린이 궁금한 표정을 지었다.

다른 일행들도 마찬가지였다. 압도적인 진도윤의 기여도를 확인한 후, 그의 보상이 궁금해진 탓이었다.

"봐, 나름 좋은 아이템이긴 한데……. 우리한테는 딱히 필요 없는? 그런 느낌이야."

"확실히 그렇네요."

아이템을 받아 살펴본 일행들이 고개를 끄덕였다.

당장 쓸 수 있는 아이템은 아니다. 물론, 그렇다고 기쁘지 않은 건 아니었다.

"대신, 돈은 될 거 같은데?"

일반 사람도 단박에 상위 1%의 서머너로 만들어주는 아이템이 나왔다? 경쟁이 얼마나 치열할까. 입소문만 잘 타면, 수많은 대부호들이 달라붙을 게 불 보듯 뻔했다.

"정말이겠군. 마스터에게 쓸모없는 게 조금 아쉽긴 하지만……."

"야, 돈만 되면 됐지, 뭐."

"그렇긴 하지……. 돈이란 많을수록 좋은 거니까. 털보가 기뻐할 모습이 눈에 선하군."

털보랑도 꽤 친해졌는지, 슬쩍 미소짓는 제프리였다.

"털보뿐만이 아니라 온 세상이 떠들썩해질걸?"

"아, 세상이 변한 이후 처음 등장한 S급 아이템인가?"

"그렇지, 옵션을 떠나 상징적인 의미도 있다고."

진도윤이 웃으며 목걸이를 가방 안에 챙겨 넣었다. 그 모습을 지켜보던 유아린의 입에서 짙은 아쉬움이 흘러나왔다.

"저희는 다 A급 아이템이네요……."

일행들도 자신들이 받은 아이템을 공유했다. 기여도가 부족해서 그런지 한 단계 낮은 등급의 아이템이 나왔다.

나쁘지도 않지만, 그렇다고 막 좋지도 않은 정도의 옵션들.

"보상이 약하다고 상심할 필요 없어."

어차피 일행들은 이번 던전에서 많은 것을 얻었다. 훈련을 통해 감응력도 얻었고, 수준 있는 악마들을 소환수로도 영입했다. 그 이상 바라면 욕심일 정도로 과분한 결과였다.

"자, 그럼 고생했으니, 집에 가서 간만에 휴식이나 조져볼까? 아, 근데 여기 어떻게 나가지?"

진도윤이 두리번거리며 물을 때였다.

스르륵!

멀리서 희멀겋게 생긴 유령이 다가왔다. 관리자 '존'이었다. 녀석은 굉장히 놀랐다는 표정을 짓고 있었다.

"설마…… 이렇게 빠른 시간 내에 클리어하실 줄은……."

그는 사실 눈앞의 인간들이 살아서 돌아오지 못할 줄 알았다. 마계는 인간들이 버티기에 만만치 않은 곳이니까.

"어쨌든 축하드립니다. 덕분에 저도 한 달간은 휴가를 보낼 수 있겠군요."

"휴가?"

진도윤이 고개를 갸웃하자 존이 웃으며 답했다.

"네, 이곳은 한 달에 한 번 개방되는 특수 던전이랍니다. 도전자님께서 그 황금 양피지만 들고 계신다면, 이곳에서 다시 시련에 도전하실 수 있으시죠."

"아, 양피지가 소모품이 아니었어?"

진도윤이 가방에서 양피지를 꺼냈다. 그러고 보니, 이것도 S급 아이템이긴 했다.

[아이템:해석된 황금 양피지]
[등급:S]
[숨겨진 S급 특수 던전, '선택의 기로'로 가는 길이 적힌 지도이자 해당 던전의 문을 여는 열쇠.]
[옵션:1/1]
- 불파:이 아이템은 훼손되지 않는다.

어쩐지 심플한 옵션이다 싶더라니, 과연 S급다운 값어치를 하는 아이템이었다.
"그럼…… 한 달 후 재도전할 수 있다는 말이지?"
"그렇습니다. 이곳의 임무는 아주 다양하지요."
"마계의 다른 구역과도 관련 있는 건가?"
진도윤이 가볍게 추측하자, 존의 눈이 커다래졌다. 설마 그가 마계의 지역까지 알고 있을 줄은 몰랐던 눈치였다.
그러나 이내, 다시 눈가를 좁혔다.
"죄송하지만, 그건 말씀드릴 수 없습니다."
"저기야, 이미 티 다 났거든?"
"……."
입을 꾹 다물고 모른 체하는 존을 바라보며 진도윤이 피식 웃었다.

'뭐가 됐든.'

나쁘진 않았다.

둠 나이트와 네비로스. 거기에 더해 새로 얻은 3마리의 악마까지 있다. 이미 마계에 특화되어 있기에, 아무리 S급 던전이라도 트라이해 볼 만한 것이다.

훈련하기에도 최적일 테고 클리어 보상도 쓸 만하니까.

진도윤이 음흉한 미소를 짓고 있자, 존이 서둘러 대답했다.

"어쩌시겠습니까. 이곳은 숨겨진 차원. 본래 들어왔던 입구로 나가실 수도 있고, 아니면 임의의 지역으로 보내드릴 수도 있습니다."

"오, 똑같은 시스템인가 보네?"

과거, 루이스가 했던 것과 같은 방법인 듯했다. 미국에 온 김에 크림슨 공방이나 들를까도 싶었지만, 진도윤은 이내 고개를 흔들었다.

'피곤하기도 하고…… 메두사의 행방이 나왔나 궁금하기도 하니까.'

게다가 소환수들에게 약속했다. 이곳 던전에 나오면 호강 한번 시켜주겠다고.

"오케이, 그럼 대한민국으로 가자."

"알겠습니다. 다들 동의하십니까?"

"물론이지요."

"그렇다."

유아린과 제프리의 긍정적인 답을 끝으로.

번쩍!
시야에 하얀빛이 섬광처럼 번쩍였다.

"으음……. 여기가 확실하단 말이지?"
미국 캘리포니아주, 데스 밸리(Death valley). 암염으로 이루어진 골짜기를 걷던 중년이 물었다.
"그렇습니다. 분명 서머너 마스터의 입국 기록이 있었습니다. 이곳으로 향하는 걸 본 관계자도 있고요."
중년의 물음에 청색 두건을 쓴 수하가 고개를 숙이며 답했다.
"흐음……. 샅샅이 뒤져봐도 A급 이상의 서머너는 보이질 않는데……."
"하지만 다른 출국 기록은 나오질 않습니다."
"그렇다고 활성화된 던전이 있는 것도 아니고 말이지?"
미간을 찌푸린 중년이 두 손가락으로 턱을 짚었다. 뺨에 십자로 패인 상처가 유난히 돋보이는 중년은 프리덤의 네 번째 간부, 리처드 브레드였다.
'서머너 마스터…… 도대체 어디에 있는 거냐?'
그는 노야와 만난 이후, 진도윤의 족적을 찾았다. 못난 잭 폴탄을 대신해 프리덤의 복수를 대신하기 위해서였다.
죽이고 싶은 사람이 있으면? 죽여라!

리처드는 그 당시 노야의 말을 듣고 짧은 시간 고민했었다.

'진도윤이란 자……'

그는 분명 프리덤에 적대적인 행보를 밟고 있었다. 잭 폴탄이 그의 동료를 건드렸다는 명백한 사유가 있었긴 해도 그 포지션에 변화가 없는 것은 분명했다.

그의 옆에 있던 유아린이란 계집은 매스컴에서 프리덤을 적대하겠다고 발표까지 했었으니까.

'……절대 가만히 내버려 둘 수는 없지.'

프리덤의 미래를 위해서 서머너 마스터는 꼭 죽어야 했다. 앞으로 협회와 대치하면서 분명히 걸림돌이 될 게 분명했으니까.

그것은 추측이 아닌 확신이었다.

"……근데 정말 서머너 마스터와 상대해서 이길 자신이 있으십니까?"

수하의 물음에 리처드가 얼굴을 일그러뜨렸다.

"왜, 내가 질 것 같나?"

"그, 그게 아니라……."

당황한 수하가 이내 헛기침을 하며 말을 이었다.

"크, 큼……. 그냥 들어만 봐도 보통내기가 아니지 않습니까. 일단 간부 잭 폴탄을 처리한 것도 그렇고……."

"잭 폴탄이라……."

리처드가 한숨을 내쉬며 고개를 흔들었다.

수하의 말이 황당하다는 제스처였다.

"설마 그 멍청한 놈이랑 날 비교하는 건 아니겠지?"

"……"

"음? 왜 대답이 없나."

"아, 아닙니다. 잭 폴탄보다는 당연히 리처드 님께서 훨씬 강하시지요."

테러 집단, 프리덤의 간부는 총 다섯. 그 순서는 강함의 척도를 상징하기도 했다. 그리고 리처드가 느끼는 잭 폴탄은 형편없을 정도였다.

'그가 왜 노야의 눈에 찼을지는 모르겠지만……'

압도적인 감응력을 가지고 있는 앞선 세 간부와 비교하면 피라미 수준.

"이봐 너, 감응력이 몇이지?"

문득, 리처드가 수하를 바라봤다.

"저 말씀이십니까?"

"그래."

"……이번에 129 찍었습니다."

"그렇지? 그런 너의 현 위치는?"

갑작스러운 물음에 잠깐 넋을 놓던 수하가 이내 정신을 차리고 답했다.

"으음, 세계 1% 안에 드는 건 분명하고, 아마 제 국가…… 나이지리아에서는 두 손가락 안에 들 겁니다."

"쯧, 봐라. 그게 현 서머너계의 수준이다. 너 내 감응력이 몇인 줄 알지?"

혀를 찬 리처드가 다시 한번 물었다.

"그, 그렇습니다. 최근 180을 넘으셨다고……."

"맞다. 아무리 서머너 마스터라 해도 알려진 서머너들 중에서나 이름 날리는 거지. 설마 놈이 180을 넘겼겠냐?"

자신의 감응력에 묘한 자부심을 느끼는 리처드였다. 하지만, 수하는 계속 불안한 표정을 지었다.

"하지만, 리처드께서는 마스터의 감응력을 모르시지 않습니까."

"내 살면서 난다긴다하는 놈들 다 만나봤는데, 180은커녕 150을 넘기는 놈도 못 봤다. 그건 걱정할 필요 없어."

"후, 그러면 믿고 있겠…… 아."

별안간 수하의 주머니 속에서 휴대폰 벨 소리가 울렸다. 긴급 알람 설정을 해둔 메시지가 도착한 탓이다.

"죄, 죄송합니다. 잠시 확인하겠습니다."

신속히 폰을 꺼내 본 수하의 눈이 휘둥그레졌다.

"왜?"

"그, 그게. 진도윤이 대한민국에서 발견됐다는데요?"

"뭐야?"

더운 지방, 데스 밸리까지 찾아온 리처드의 표정이 확 구겨졌다.

숙소에 들어선 진도윤이 자연스레 소파에 앉아 핸드폰을 만지작거렸다. 오랜만에 계좌를 확인해 보기 위해서였다.

[출금가능금액:122,800,210,642원]

"으억? 이게 뭐냐."

잔고를 확인한 진도윤은 말을 잇지 못했다. 본인이 생각했던 거보다 어마어마하게 쌓여 있던 탓이다.

"벌써 1,228억이라고……?"

물론, 과거에도 모아본 적 있는 단위였긴 했지만, 그래도 너무나 빠른 속도였다. 최후의 미궁에서 나온 지 아직 반년도 채 되지 않았으니까.

"털보 녀석……. 정말 열심히도 팔아 재꼈구나."

아이템 판매 대금은 털보가 알아서 차곡차곡 보낸다. 거기에 월마다 지급되는 이자도 있으니, 돈은 복리로 불어난다. 심지어 아직 팔리지 않은 아이템도 있을 테니.

'장난 아니네.'

앞으로 별 이상이 없는 이상, 돈은 계속 불어나갈 터였다.

'뭐, 아직까지 딱히 쓸 곳은 없다만…….'

그래도 돈이 없는 것보다는 많은 게 낫다. 자금이 풍족한 만큼 마음도 풍요로워질뿐더러 급히 구해야 할 신상 아이템이 있어도 즉시 구매할 수 있을 테니까.

그밖에 좋은 점은 말로 나열하기 벅찰 만큼 많다.

"흐흐, 이번 S급 아이템이 얼마에 팔릴지 궁금하구만."

'대평야의 포용'은 이미 털보에게 넘긴 상태였다. 깜짝 놀란 녀석은 경매 일정이 잡히면 알려주겠다 약속했다.

"건물이나 사야 하나?"

진도윤이 액정 화면을 바라보며 히죽 웃고 있자, 엘라임이 옆에서 빼꼼 쳐다봤다.

"진도유운……."

"응? 왜?"

"뭐 하구 있어!"

"그냥, 휴식하는 김에 잠깐의 행복을 즐긴다고나 할까?"

"아휴, 그래서 우리 호강은 언제 시켜줄 건데에!"

엘라임이 진도윤의 머리카락을 꼼지락거리며 보챘다.

"아, 맞다. 호강."

진도윤은 숙소 안에 있는 총 4마리의 소환수들을 바라봤다. 데몰리션과 둠은 심심한 듯 서 있었고 피닉스는 진도윤의 발치 밑에서 웅크리고 수면을 취하고 있었으며, 엘라임만 옆에서 칭얼거리고 있었다.

"해주긴 해야 하는데……."

문제가 있었다.

녀석들이 각자 뭘 원하는지도 모를뿐더러 서머너 마스터임을 숨기고 있는 바람에 야외에 나다닐 수도 없다.

엘라임이 진도윤의 마음을 읽었는지 허리춤에 양손을 가져다 댔다.

"걱정하지 마. 내가 애들한테 다 물어봤거든!"

"오, 그래?"

내심 기대하는 표정을 지은 진도윤이 그녀를 귀엽다는 듯 쳐다봤다. 어느덧 엘라임이 소환수들의 구심점 역할을 하고 있나 보다.

"응! 둠은 별 관심 없어 하고 데몰리션은 던전 가서 음팡지게 싸우고 싶대. 피닉스는 용암 지대에 놀러 가고 싶나 봐."

"참…… 여기서도 각자의 성격이 보이는구나."

특히, 데몰리션은 참으로 기괴했다.

던전다니는 동안 힘들어서 호강시켜 준다는 건데 또 던전에 가고 싶다니.

"그나저나 넌?"

"나?"

"응."

"난 그냥 진도윤처럼 소파에 앉아 푹 쉬면서 TV나 보고 싶은데?"

"엥, TV?"

무언가 굉장히 인간스러운 언어 구사에, 진도윤이 벙찐 표정을 지었다.

"……정령왕이 TV도 봐?"

"저번에 말했잖아. 정령들한테 인간 세상에 대해 전해 듣곤 한다고. 게네들이 직접 보는 거엔 TV가 직빵이라던데?"

"그, 그래?"

당황한 진도윤이 리모콘을 찾아 그녀에게 넘겼다.

"헷헷! 고마워, 진도유운!"

호기심 가득한 눈빛으로 받아드는 그녀를 바라보며 진도윤은 생각했다.

'차라리 잘됐어.'

소환수들의 바람이 생각보다 소박해서 다행이었다. 엘라임은 휴식하도록 놔두고, 피닉스와 데몰리션은 불 속성 던전에 데려다주면 되니까.

'어차피 둠도 키워야 하는데.'

열심히 렙업시켜 놨더니, 또 1성(★)짜리 소환수가 생겼다. 이제 녀석을 집중적으로 키워야 한다.

엘라임이 어색하게 채널을 돌리고 있는 동안, 진도윤은 둠의 상태창을 확인했다.

[소환수:지옥의 기사, '둠 나이트'(★)]
[종족:언데드족]
[등급:S급]
[친밀도:100]
[레벨:1 (Exp 0/150,000)]
[보유 스킬:10/10]
 - 소드 마스터리(S급):검술에 극의를 담기 위해 끝없이 정진한다.
 - 가로 베기, 세로 베기, 찌르기(S급):검술의 묘리를 세 초식에

담았다.

……

- 봉인되어 있습니다.

마계에서 그렇게 많은 악마들을 잡았지만, 여전히 레벨은 1이었다. 아무래도 완전체가 된 상태에서는 경험치가 늘지 않는 것 같았다.

'그건 좀 아쉽긴 한데.'

그 이상은 욕심이긴 했다. 그런 게 됐으면, 당장 엘라임부터 정령계로 보내서 6성을 달성했으리라.

'경험치야 뭐, 천천히 쌓으면 되는 거니까.'

조급하게 생각할 필요 없었다.

이미 자신은 남들보다 앞서나가고 있었다. 감응력 210을 넘겨 서머너 전용 스킬도 얻었고 남들은 가지지 못한 S급 소환수도 이제 무려 4마리다.

"이제 유리아만 되찾으면 되는데……."

아직 메두사에 대한 별다른 소식은 없었다.

하지만, 천천히 생각하기로 했다. 제프리를 구하고자 할 때, '얼어붙은 유물'이 나왔던 것처럼 분명 메두사도 어딘가에 존재할 터였다.

복잡한 생각을 거두고 소파 등받이에 고개를 젖힐 때였다.

똑똑-

밖에서 노크 소리가 들려왔다.

"누구?"

"아, 이혜연이에요."

풍운 길드의 수장, 이혜연. 요새 바빠서 잘 마주치지 못했는데, 자신이 들어왔단 소식을 듣고 찾아온 모양이었다.

진도윤은 일단 소환수들을 역 소환했다. 이혜연은 아직 자신이 서머너 마스터인 줄 모르니까.

"들어와."

"오랜만이네요."

"그러게. 길드 운영은 잘돼가고?"

"네, 덕분에요. 안 그래도 그것 때문에 찾아왔어요."

이혜연의 말에 진도윤이 고개를 갸웃했다. 그녀는 긴가민가한 표정으로 서류를 하나 건넸다.

[각국 언론사에 정체불명의 메시지 도착.]
[풍운 길드의 진도윤이 '서머너 마스터'라는 주장이 담겨 있음.]
[피닉스, 엘라임을 봤다는 주장.]
[제프리와 유리아도 대한민국에 있는 거로.]
[협회장 '유준태'는 그 사실을 전부 알고 있었나?]

각종 기사들이 정리되어 있었다.

누군가가 악의적으로 퍼뜨린 것 같은 내용이.

"……쩝."

진도윤이 입맛을 다셨다.

'딱 봐도 프리덤이겠네.'

언젠가는 이럴 거라고 예상은 했지만, 생각보다 과감했다. 익명으로 전달했다니, 찾을 수도 없고.

그렇다고 명백한 증거도 없으니, 국내 언론들도 난리가 난 듯싶었다.

"이…… 내용 정말이에요? 사실, 지금도 각종 언론사 연락 때문에 정신없어요. 길드 지원자 수도 기존보다 10배는 늘었고요……."

그럴 수밖에 없었다. 전 서머너가 존경해 마지않는 자가 있는 길드라는데.

일단 지원 신청부터 넣고 보는 거다.

"……."

이혜연의 표정이 의심에서 점차 확신으로 바뀌어갔다.

생각해 보니, 이상한 점이 한둘이 아니었다. 갑작스레 나타난 서머너가 협회장의 무한한 관심을 받고 심지어 국내 최상위 서머너였던 얼음 공주마저 따른다. 게다가 반년 전만 해도 C급이었던 서머너가 지금은 거의 세계 최고의 서머너로 추앙받고 있다.

'그게 가능한 사람이라면…….'

전설, 서머너 마스터뿐이었다.

"으음……."

뭐라 말해줘야 할지 갈피를 잡지 못한 진도윤이 고민하고 있을 찰나였다.

"이 녀석아!"

밖에서 유준태가 헐레벌떡 달려 들어왔다.

"뭐야⋯⋯. 영감까지 왔어?"

"이 난리가 났는데 오지 않고 배기겠냐?"

어느새 펼쳐진 삼자대면. 한숨을 내쉰 진도윤은 그들을 데리고 건물 내 회의실로 이동했다.

"네가 생각하는 게 맞아."

회의실에 풀썩 주저앉은 진도윤이 이혜연을 보며 말했다.

"⋯⋯역시. 그렇죠?"

의외로 담담하게 받아들인다.

"딱히 숨길 의도는 있었던 건 아니었고, 그냥 귀찮은 건 질색이라. 풍운 길드 내에 사람들도 많고 하니까."

"이해해요."

놀람 반, 서운함 반이 담긴 기색이었지만 이혜연은 고개를 끄덕이며 납득했다. 사실, 자신이 그와 큰 교감을 쌓은 것도 아니었고 그저 붙잡아서 길드에 남아 있었던 것뿐이니까.

"어쨌든 프리덤⋯⋯. 놈들이 선공한 것 같다."

유준태가 골치 아프다는 듯 말을 꺼냈다.

"죽고 싶어서 안달이 난 거지."

진도윤은 별 대수롭지 않게 받아쳤다.

"그게 문제가 아니야, 이놈아. 내가 네 녀석의 정체를 숨기는 바람에 대중들이 해명하라 난리가 났다고."

서머너 마스터와 협회장의 관계는 예전부터 유명했다. 그렇기에 아는데 숨겼던 영감이 대중들의 욕받이가 된 것이다. 아무리 대통령 이상의 권위를 지닌 협회장이라 하더라도 이번 사건은 꽤 크게 다가왔다. 어쨌든 국민을 상대로 속인 거니까.

"그건 어쩔 수 없지. 차라리 잘됐어."

"뭐가 잘됐다는 거냐?"

"그냥 밝혀 버리자."

"뭐?"

협회장, 유준태의 눈이 휘둥그레졌다. 그가 아는 서머너 마스터는 대중들 앞에 서는 것을 극도로 꺼렸었으니까.

"어차피 메두사 행방 찾기도 힘들었는데, 차라리 전 세계인을 대상으로 찾아달라고 말하면 되는 거잖아."

자신의 귀찮음과 유리아의 생존을 두고 저울질을 하자면? 당연히 유리아가 먼저였다.

'게다가 요새 들어 느끼는 게……'

사람들 눈치 본다고 소환수 숨기고 다니는 게 더 귀찮은 느낌이었다.

"……으음, 마스터임을 밝히면서 유리아가 봉인되어 있다는 사실도 같이 알리잔 거지?"

"아니, 대중들에게 전부 말해주면 안 되지."

"왜?"

"프리덤 귀에도 들어가니까."
"아."
"대신 영감이 각국 협회장들에게 협조 요청하는 게 더 쉬워 질걸?"
"그렇지, 서머너 마스터라는 간판을 사용하면 더 신경 써줄 테니까."
"응, 그거야."
진도윤의 말에 영감이 씁쓸한 미소를 지으며 진도윤을 쳐다봤다.
"녀석, 많이 변했구나……."
"나도 늙었잖냐."
"맞다, 나보다 오래 산 녀석이었지?"
"알면 대우 좀 해달라고."
진도윤이 장난스럽게 웃으며 말하자, 유준태도 픽 웃었다.
"됐다, 이놈아."
세월이 많이 흘렀는지. 나이 차가 꼬이긴 했지만, 친한 친구 같은 느낌이었다.
"……."
이혜연은 그런 둘의 대화를 넋 놓고 듣고 있었다.
담담한 척했지만, 그녀는 아직도 믿을 수 없었다. 눈앞에 현대한민국을 이끄는 두 전설이 말을 나누고 있다니. 그것도 자신이 만든 길드 건물 내부에서 말이다.
"그래서. 어떻게 밝힐 생각이냐."

"판을 키워야지."

"판을?"

"영감이 대국민 사과를 하든 해서 기자 회견을 한번 열어. 거기에 내가 참석할게. 이참에 프리덤과의 관계도 한번 정리하고 넘어가자고."

"확실하게 싸워볼 생각이구나."

"알잖아, 내 성격."

"알지, 누가 건들면 가만히 안 넘어가는 성격."

프리덤이 뭐 하는 집단인지는 아직도 모른다. 하지만, 놈들은 분명히 자신을 적대하는 포지션을 취했다.

누가 먼저 시작했는지는 둘째 치고 진도윤은 그걸 눈 감고 넘길 성격이 되질 않았다.

"알지? 정체를 밝히면 그때는 돌이킬 수 없어. 네가 끔찍이도 싫어하는 유명인의 삶을 살 거야."

"……그건 이미 늦은 거 같다. 이미 진도윤이라는 네임 브랜드도 만만치 않거든."

"이번엔 가면도 소용없어."

"각오했다니까?"

"후우…… 좋아."

유준태가 깍지를 낀 채 손가락을 뚜둑거렸다.

"네 녀석이 원한다면 난 그게 뭐가 됐든…… 맞춰줄 자신 있다."

결연한 표정을 지으며 답하는 유준태였다.

웅성웅성.

강남 협회 본점에는 발 디딜 틈 없이 많은 사람들이 모여 있었다. 협회장, 유준태가 오후 5시에 기자 회견을 하겠다 발표한 탓이었다.

"와아, 사람이 이렇게 많이 모인다고?"

"진도윤이 서머너 마스터일 수도 있다잖아, 사실이든 아니든 역대급 특종이긴 하지."

카메라를 들고 회견장에 들어선 기자들은 이내 혀를 내두를 수밖에 없었다.

기자들뿐만 아니라 수많은 유명인사들이 회견을 앞두고 참관했기 때문이었다.

"이, 이봐. 저기 좀 봐."

"어디?"

"저기! 저 사람들 빅3의 길드 마스터들 아냐?"

"헉, 그 얼굴 보기 힘들다는 양반들이 참여했다고?"

"캬, 대박이네. 오늘."

"하긴, 자기들이라고 별수 있겠냐? 아무리 날고 긴다고 하더라도 서머너 마스터 앞에서는 초승달 앞의 반딧불이지."

"보름달이 아니라?"

"그거나 그거나."

기자들은 설렘에 온몸을 배배 꼬았다. 그와 동시에 긴장이 팍 드는 것도 사실이었다.

이런 중요한 이슈에서 특보는 스피드와 어그로 싸움이다. 그리고 그 보이지 않는 싸움은 지금도 계속되고 있다.

'누구누구가 회견에 참석했다!'라는 단순한 기사도 조회 수를 빨아먹을 수 있을 만큼 세간의 관심이 집중되고 있었으니까.

"얼른 찍자. 파일 보낼 테니까, 네가 기사 작성해."

"좋지, 좋지. 달려보자고."

기자들이 정신없이 손을 놀릴 즈음에 기자 회견에 참석한 또 다른 길드 마스터, 이혜연은 정신이 하나도 없는 상태였다.

"하하하, 그쪽이 풍운 길드의 여걸, 이혜연 양이로군요. 처음으로 인사드립니다."

"잘 부탁드립니다. 몬스터즈 길드의 부 마스터 조대운입니다."

북적이는 와중에도 수많은 길드 관계자들이 찾아와 인사를 건넸기 때문이었다. 평소에는 자신에게 관심조차 없었던 사람들이 말이다.

'……아, 이게 서머너 마스터의 효과구나.'

그녀는 어색한 미소를 지으며 그들을 맞이했다. 그녀로서는 처음 겪어보는 이목의 집중을 느끼면서.

"허허, 혜연 양. 반갑습니다."

어떤 중년이 다가와 말을 건 것은 그때였다.

다부진 인상에 굉장히 강해 보이는 자.

"아…… 네, 넵!"

"저는 대월의 유중원이라 합니다. 허허, 이미 아시려나요?"

빅3 중 하나인 대월 길드의 마스터, 유중원.

그녀가 모를 리 없었다. 대한민국의 역사를 쓰고 있는 서머너들 중 하나니까. 평소라면 말도 못 걸어봤을 인물이 자신에게 선뜻 다가온다는 사실에 이혜연은 이제 해탈했다.

"그, 그렇습니다."

유중원은 털털하게 웃으며 그녀에게 손을 내밀었다.

"허허, 반갑습니다. 진도윤 씨라면 저도 자주 들어 알고 있었는데, 이제야 인사드리네요."

"아, 영광입니다. 도윤 씨랑은 아시는 사이셨군요."

이혜연이 손을 맞잡으며 놀란 듯 물었다. 그가 알던 진도윤은 누군가를 만나고 다닐 인물이 아니었기 때문이다.

"직접 본 건 아니고 딸아이를 통해서 들었거든요."

"……딸이요?"

"유민정이라고 있습니다. 어찌나 영입해야 한다고 주장하던지, 하하하."

"네……? 영입이요……?"

"아, 놀라지 마세요……. 지금이 아니라 조금 옛날에 그랬다는 말입니다."

"그, 그렇군요."

잠깐 불안했던 이혜연이 어색하게 웃었다.

'하긴, 내가 왈가왈부할 사항은 아니지.'

진도윤이 풍운에 남아 있는 것도 그녀의 의지는 아니다. 더군다나 이미 진도윤이 서머너 마스터였다는 사실을 안다. 그녀로서는 감히 욕심부리기조차 힘든 존재.

"아, 맞다. 혜연 양?"

"……네?"

"혜연 양은 이번 소문의 진위가 무엇인지 아시지 않습니까?"

"아."

당황한 이혜연이 머리를 긁었다. 굳이 자신이 먼저 말할 필요 없는 이야기였다. 밝히기로 해서 기자 회견을 열기로 한 것이니.

"으음, 곧 있을 기자 회견에서 알 수 있지 않을까요?"

불편한 표정으로 둘러대길 잠시.

"아아, 곧이어 협회장, 유준태 님께서 입장하십니다. 다들 정숙을 유지해 주시길 바랍니다."

"……."

사람들의 시선이 무대로 집중됐다. 시끌벅적했던 것도 단박에 조용해졌다. 세간의 관심을 받는 만큼, 단 한 마디라도 놓치지 않기 위해서였다.

'……드디어 나오는군.'

'정말 진도윤이 서머너 마스터일까?'

'뭐든…… 확실하게 입장 발표했으면 좋겠다. 유준태는 그런 거엔 또 확실한 인물이니까.'

다들 기대감을 가지고 유준태가 나오기만을 기다렸다.

그리고 이내.

덜컥!

문이 열렸고.

정장 차림의 유준태가 여유로운 표정으로 걸어 나왔다.

찰칵! 찰칵! 찰칵!

그가 나옴과 동시에 플래시가 끊임없이 터져 나왔다.

"……."

묘한 침묵 속.

툭! 툭!

마이크를 두어 번 두들긴 유준태가 입을 열었다.

"아아, 반갑습니다, 협회장입니다."

수많은 사람들이 그를 바라보고 있었지만 과연 협회장일까, 그의 말투에는 조금의 떨림도 없었다. 오히려 그의 위치와 걸맞은 위압감이 공간 전체를 장악하는 느낌이었다.

"풍운의 진도윤이 서머너 마스터라는 소문이 떠돌고 있음에 따라 제 입장을 발표하겠습니다. 네, 맞습니다. 그동안 협회에서 관리해왔던 진도윤은……."

유준태는 가타부타 연설을 늘어놓지 않았다.

짧고 담백하게 그들이 원하는 바를 전달했다.

"사실 제 오랜 친우이기도 한 서머너 마스터가 맞습니다. 사정상 말하지 않은 것에 대해서는 정중히 사과드립니다."

"저, 정말입니까?"

"진짜야? 정말 그 미궁에서 살아남았던 거라고?"

"우리가 그 말을 어떻게 믿어야 합니까!"

여기저기서 웅성거리기 시작했다. 그들 모두 긴가민가했지만, 막상 협회장이 인정하자 충격받은 것이다.

기자들의 손놀림도 더욱더 빨라졌다.

"그 이야기는 곧 나올 서머너 마스터가 대신하도록 하죠."

"서, 서머너 마스터?"

"진도윤도 온 거야?"

덜컹!

곧이어 문이 다시 한번 열렸고 진도윤이 당당한 걸음걸이로 걸어와 단상 앞에 섰다.

그리고 그의 입에서 꺼내진 말은.

"반갑다, 기자들. 오랜만이지?"

서머너 마스터 특유의 반말이었다. 공식 자리에서는 존댓말을 쓸 법도 한데 옆을 보니, 유준태도 못 말린다는 듯 고개를 절레절레 흔들고 있었다.

'하여튼……. 녀석.'

예전부터 그랬다.

처음 몇 번은 불쾌해하는 자들도 있었으나 시간이 지날수록 그 역시 서머너 마스터의 개성으로 받아들이는 자들이 많아졌다.

'오히려 서머너 마스터의 기자 회견은 시원시원하고 재밌다는 말이 나올 정도였지.'

이번 반응 역시 비슷했다.

"지, 진짜다! 저 말투!"

"……그러네, 서머너 마스터도 항상 그런 고집이 있었지!"

"맞아, 실력은 인정인데 성격은 완전 망나니였잖아."

"아아아, 오랜만이야. 이런 회견!"

서머너 마스터의 복귀를 반기는 이들이 있는 반면.

"잠깐만, 저거 그냥 연기하는 거 아냐?"

"맞아, 고작 저런 거로 확신할 수는 없다고."

의심의 눈길을 보내는 자들도 있었다. 특보를 내야 하는 기자들은 그가 진짜 서머너 마스터라는 확실한 증거가 필요했다. 그래야 좀 더 확실한 정보를 담은 기사가 될 수 있을 테니까.

"거참, 까탈스럽네. 자."

사람들의 반응에 어깨를 으쓱인 진도윤이 본인의 감응력을 개방했다.

우우웅!

그리고 이내, 그의 시그니처와 다름없는 소환수들이 회견장 앞에 드러났다.

화려한 이펙트와 함께 등장한 S급 소환수들은 그 존재감만으로 사람들을 주눅 들게 만들 정도였다.

이내, 사람들이 입을 떡 벌렸다.

"……피, 피닉스다! 엘라임에 데스나이트까지 있어!"

"이건…… 인정할 수밖에 없지. 저런 걸 서머너 마스터가 아니면 누가 테이밍 해."

"잠깐만, 근데 진도윤은 검은 용까지 있는 거 아니었나?"

"그, 그럼 소환수가 넷인 거야?"

"다, 당장 기사 내!"

기자들은 미치고 환장할 지경이었다. 적어야 할 특종이 폭포수처럼 쏟아졌기 때문이었다.

그러나 기자들과 달리 서머너들은 침을 꿀꺽 삼켰다.

'과연…… 실력이 녹슬지 않았구나.'

'느껴지는 감응력만으로 피부가 저릿할 지경이야.'

'역시……. 5년 전이나 지금이나 끝이 보이지 않는 사람이다.'

'잭 폴탄이 당할 만하군.'

명불허전이라는 말이 있다. 아무리 세월이 흘렀다 하더라도 서머너 마스터는 이름값 이상의 실력을 지니고 있었다.

아니, 오히려 예전보다 더 강해진 느낌이었다.

자신을 증명한 서머너 마스터가 소환수를 집어넣자, 기자 한 명이 손을 들고 질문했다.

"혹시, 5년 전 함께했던 냉철한 분석가와 빛의 성녀도 돌아오신 겁니까?"

"으음……. 제프리랑 유리아 말이지?"

"그렇습니다."

잠깐 고민하던 진도윤이 이내 말을 이었다.

"일단은, 나와 함께 거주하고 있긴 한데."

"오오!"

"저, 정말입니까?"

"진짜 미궁 삼인방이 다 돌아온 거야?"

놀라는 사람들을 바라보며, 진도윤은 고개를 절레절레 흔들었다.

"하지만, 아직 제대로 활동할 상태는 아니야. 준비되면 다시 돌아온다 했으니, 기다려. 다음 질문!"

"……!"

진도윤은 일단 진실과 거짓을 반쯤 섞었다. 분명 프리덤의 멤버들도 이 회견을 지켜보고 있을 터 굳이 모든 상황을 까발릴 이유는 없었다.

"저, 저도 질문 있습니다!"

"대성 일보의 최 기잡니다!"

"몬스터즈 길드의 조대운! 질문하나 올려도 되겠습니까?"

기자들과 서머너들이 앞다투어 질문했다. 진도윤은 그런 자들의 질문을 하나하나 답변해 줬다.

사전에 말을 맞춘 대로, 전달할 것만 간결하게.

시간이 흐르고 조금씩 몸이 찌뿌둥해져 갈 찰나.

"저는…… 은하의 길드 마스터 조수연입니다."

한 중년의 여성이 손을 들었다.

'은하 길드?'

진도윤은 기억했다. 과거 서머너 페스티벌 때 프리덤의 편에 서서 싸우던 간부들이 있던 곳.

'다 숙청하고 마스터까지 바뀌었다고 했었나?'

영감이 지나가면서 이야기해 줬던 기억이 있었다.

"먼저 평소 존경하던 서머너 마스터의 복귀를 진심으로 축하해요."

"뭐, 이렇게 복귀하고 싶었던 건 아닌데. 어쨌든 축하엔 감사지?"

간단한 장난스러운 답변에 조수연의 입가에 미소가 지어졌다.

빅3의 은하라 하면 다들 한 수 접어주게 마련인데 언제나 한결같은 서머너 마스터에 매력을 느꼈기 때문이었다.

"저희 길드는 프리덤의 침투로 인한 아픔이 있어요. 마스터께선 복귀하자마자, 프리덤과 혈투를 벌였고 지금도 진행 중인 거로 알고 있는데……. 혹시, 이렇게 복귀를 생각하신 것도 그와 관련된 일인가요?"

"후."

진도윤이 짧은 한숨을 내뱉었다.

드디어, 원하던 질문이 나왔다.

"맞아."

진도윤의 차분한 답변에 플래시가 수십 번 터져 나왔다.

"처음엔 그냥 넘어가려 했는데 놈들이 도가 좀 지나치더라고? 사람을 실험체로 사용하질 않나, 던전에 들어가서 서머너들을 쓱싹하질 않나."

진도윤의 말에 모두가 고개를 끄덕였다.

힘 있는 집단의 묻지 마 테러 행위 현재 대중들이 가장 걱정하고 있는 화제였기 때문이다.

"게다가 녀석들이 나랑 내 동료를 노리고 있다는 정황도 포착했어. 혹시 모르지. 최후의 미궁도 놈들의 작품일지."

"……!"

"저, 정말입니까?"

"그게 사실이면…… 지구의 악 아닙니까?"

던전은 결국 내버려 두면 그 안에 있는 몬스터들이 세상 밖으로 튀어나오게 된다. 진도윤의 말이 사실이라면, 프리덤은 협회가 아닌, 전 세계의 멸망을 꿈꾸는 테러 집단이 되어버리는 것이다.

"애초에 실험으로 키메라를 만드는 놈들이야. 세상을 망치기 위해 뭔들 못할까."

진도윤은 추측성 발언을 남발했다.

어차피 프리덤은 그의 주적 그게 사실이든 사실이 아니든, 자신은 그저 입장만 전달하면 된다.

"내가 하고 싶은 말은 딱 하나야."

어느덧 카메라를 바라보는 진도윤의 눈빛이 살벌해졌다.

"내 성격 알지? 니들이 어떤 놈이든 난 나 건든 사람 가만 안놔두는 거."

꿀꺽.

진도윤의 말에 기자들도 서머너들도 전부 주먹을 불끈 쥐었다. 그가 품어낸 흉포한 감응력에 온몸에 소름이 돋았기 때문이었다.

'부, 분위기 뭐야.'

'무서워.'

'저 많은 서머너들이 고작 한 사람에게 주눅 들고 있어······.'

'과연 마스터는 마스터인가······? 전율이 이는데······?'

호흡조차 마음대로 할 수 없는 적막 속에서 차가운 미소를 지은 진도윤이 나지막이 한마디를 던졌다.

"프리덤, 너희들은 곧 날 건드린 대가가 무엇인지 깨닫게 될 거다."

5년 만에 복귀한 서머너 마스터의 본격적인 선전 포고였다.

"끼루루루!"

"우와, 진도윤!"

"응?"

"나 이렇게 대놓고 인간 세상 구경하는 거, 처음인 거 알아?"

진도윤의 어깨 위에서, 엘라임이 신난 듯 물어왔다.

"그럼, 알지."

진도윤은 야외에 자신이 가진 소환수를 모두 꺼내둔 상태였다.

서머너 마스터임을 밝힌 이후 더 이상 소환수들을 숨기지 않기로 한 탓이다.

"헷헷, 신난다."

엘라임은 소환수들을 이끌며 이것저것 구경하기 바빴다.

차로를 지나는 자동차도, 옆에 있는 공원과 건물들도 던전이나 정령계에서는 보이지 않는 종류의 것들이었다.

'참……. 무려 한 종족의 왕이라는 것이.'

어찌 저렇게 귀엽고 순수한 것일까.

방방곡곡 돌아다니는 엘라임을 바라보며 진도윤은 기분 좋게 미소 지었다.

"그래그래. 던전까지 얼마 남지 않았으니까, 즐길 수 있을 때 즐겨둬라."

피식 웃은 진도윤이 핸드폰을 만지작거렸다. 그리고 그 화면에는 '던전 의뢰 커뮤니티'라는 어플이 실행되고 있었다.

[제목:질문 하나만 하자.]
[닉네임:몬스터 만물 박사]
[Lv.4]
[내용:우리나라에서 제일 빡센 불 속성 던전이 어디냐? 아니면, 트라이 했던 곳 중에 가장 힘들었던 곳 말해봐. 무조건 A급 이상으로. 좋은 곳 추천해 주면 100만 원씩 뿌림.]

며칠 전, 진도윤이 올린 게시글이었다. 데몰리션과 피닉스의 만족도를 올려주면서, 둠 나이트의 레벨까지 올릴 수 있는 방법. 불 속성 던전에 도전하기 위해서였다.

ㄴ 포켓몬스터(Lv.16):와, 만물박사님 등장! 되게 오랜만이시네요.

ㄴ 나는야귀족(Lv.32):ㄷㄷ 옛날 B급 던전 혼자 박살 내고 다니셨던 킹물박사님 아님?

ㄴ 나는야귀족(Lv.32):어쨌든, 100만 원 거셨다 하니, 요새 나온 거로 하나 추천해 드리겠음.

ㄴ 서머너마스터짱짱(Lv.15):요새 뭐, 나온 거 있나?

ㄴ 나는야귀족(Lv.32):ㅇㅇ 어제 강서구 쪽에 '라바 필드'로 추정되는 던전 하나 생김.

ㄴ 포켓몬스터(Lv.16):라바 필드? 거기 5년 주기로 생성된다는 비인기 던전 아냐?

ㄴ 나는야귀족(Lv.32):빡센 곳 말해달라시잖아. 불 속성에 A급 비인기면 딱이지.

ㄴ 힐러입니다(Lv.41):오오, 거기 갈 거면 나도 데려가 줘! A급임.

누군가가 추천한 '라바 필드'라는 A급 던전. 사실 진도윤은 홀로 그곳을 클리어하기 위해, 현재 까치산 쪽에 도착한 상태였다.

"하음……."

주머니에 손을 넣은 그는 하품하며 주변을 둘러봤다.

우거진 수목과 많은 까치들이 서식한다는 근린공원. 주말이라 그런지, 밖에 나온 사람들도 꽤 많이 보였다.

"와……. 저 사람 소환수 좀 봐. 되게 이쁘고 화려하다."

"진짜……. 다들 엄청 귀엽지 않아? 근데…… 왜 소환수가 네 마리지?"

"야 이, 멍청이들아……. 저거 피닉스랑 엘라임이잖아."

당연한 말이지만, 진도윤의 소환수들은 어딜 가든 눈에 띈다. 교과서에도 등장할 만큼 전설적인 소환수이기 때문이다.

"그, 그럼 저 사람이?"

"응, 서머너 마스터, 진도윤 님. 맞을걸?"

"우와……! 나 실물로는 처음 봐."

길을 가던 사람들도, 나들이 나온 사람들도 얼굴을 빼꼼 내밀고 진도윤을 힐끗 쳐다보기 바빴다.

"으아아! 우리 사인해 달라 할까? 아니면 사진이라도?"

"미쳤냐? 너 서머너 마스터 성격 못 들었어?"

"잉? 성격이 어떤데?"

"누가 관심 주는 거 극도로 싫어한대."

"맞다, 매스컴이랑 책에서 보긴 했어. 웬만하면 피하는 게 상책이라지?"

그러나 사람들은 선뜻 다가오지 못했다. 반말하는 그의 컨셉 때문에, 성격이 거칠다고 알려진 탓이다.

"……."

가만히 있던 진도윤의 얼굴이 서서히 일그러졌다.

'저것들이 누굴 성격 파탄자로 아나.'

라고 생각했지만, 달라붙는 것보다 편한 건 사실이었다.

"낄낄, 하긴 우리 진도윤 성격이 좀 까탈스럽긴 하지?"

사람들의 반응이 재미있었는지, 엘라임이 히죽 웃으며 말했다.

"뭐? 진짜 까탈스러운 게 뭔지 보여줘?"

"앗, 아니이!"

식겁한 엘라임이 두 손을 황급히 흔들었다. 혹시 주인이 삐쳐서 역소환 해버리면 자신만 손해니까.

아직까지는 인간 세상이 너무도 궁금한 엘라임이었다.

"흠흠, 근데 진도윤아!"

그녀는 빠르게 화제를 돌리기로 했다.

"왜?"

"왜 갑자기 생각이 바뀐 거야?"

"어떤 게?"

"원래는 이렇게 대놓고 다니는 거 안 좋아했었잖아."

"음……."

잠시 무언가 고민하던 진도윤이 이내 고개를 끄덕였다.

"맞아, 옛날엔 누군가의 시선이 귀찮긴 했었지."

"지금은 괜찮다는 거야?"

"아니, 그것보다는 괜히 정체 숨긴답시고 신경 쓰는 게 더 짜증 나더라고. 게다가 너희들도 답답하잖아?"

"……?"

엘라임의 두 눈이 커졌다.

"우와, 지금 우릴 위해서 싫어하는 것을 감수하고 있다는 말이야? 그런 거야?"

"뭐, 그런 것도 없지 않아 있지?"

솔직하게 말하자, 엘라임이 감동한 듯 두 손을 모았다.

"역시 진도유운!"

"징그럽게 달라붙지 마라."

"에이, 부끄러워서 그래?"

엘라임이 손가락으로 자신의 볼을 콕콕- 찌를 찰나 진도윤은 누군가가 접근하는 걸 느꼈다.

보이지 않는 암살족의 기운.

"음?"

느껴지는 감응력을 판단해 보니 평범한 서머너는 아니다. 아니, 평소엔 보지 못했던 수준급 서머너.

"엘."

"알아."

귀여웠던 엘라임의 표정이 순식간에 진지하게 변했다. 암살족이 정체를 숨기고 다가온다는 것은 적의를 가지고 있다는 뜻.

차르륵!

물 폭탄이 사방에 터졌고 상대의 형체가 살짝 드러났다.

스윽!

그와 동시에 날카로운 물의 검이 상대의 목에 겨눠졌다. 여유롭던 나머지의 소환수들도 순식간에 전투태세를 갖췄다.

"오오."

자신의 위치를 정확히 파악한 게 놀라웠는지, 상대가 감탄사를 내뱉었다.

"역시, 서머너 마스터. 대단한 반응속도로군. 나름 숨죽이고 왔는데 말이야."

뺨에 상처가 있는 중년이 씨익 웃으며 뒤로 물러섰다.

자신을 정확히 지칭한 자.

진도윤은 재빨리 상대를 스캔했다.

'대충 제프리랑 비슷한 정도의 감응력 수준인데……'

게다가 상대는 분명히 자신이 누군지 정확히 알면서 접근했다. 그것도 예의를 갖추지 않고.

'그럴 자라면……'

진도윤의 머리로는 한 가지 결론밖에 도출해 내지 못했다.

"프리덤이냐? 그것도 간부급?"

"이야. 대단한데?"

입가에 미소를 지은 채 감탄하는 녀석. 여유를 부리는 건지, 딱히 반격 모션을 취하지도 않는다.

"기자회견은 잘 감상했다. 건방진 소리를 잘도 지껄였더군."

"과연 그게 건방진 소리일까?"

진도윤의 미소가 진해졌다.

솔직히 반가웠다. 야밤에 숨어 있던 모기가 제 발로 눈앞에 다가온 느낌?

안 그래도 어떻게 찾아야 하나 골머리를 앓고 있었는데 말이다.

진도윤은 정말 즐겁다는 표정으로 입을 열었다.

"그림자의 주인, 맥칼럽. 꽤 까다로운 몬스터를 테이밍했네? 영감이 준 정보에 따르면 리처드 브레드란 놈이겠군."

"오?"

중년, 리처드 브레드가 놀란 표정을 지었다.

그의 몬스터 암살족, 맥칼럽. 그림자를 다루는 전설급 소환수를 단박에 파악할 줄은 몰랐기 때문이다.

거기다 자기 자신까지 파악할 정도라니. 협회의 정보력에도 나름 놀란 눈치였다.

진도윤은 그런 그의 모습을 보며 씩 웃었다.

"맥칼럽이라……. 나도 얻을 기회가 있었지. 암살은 내 취향이 아니라 선택하지 않았었지만."

"멍청한 선택이로군. 아니면 허세이든가."

리처드가 비웃듯 답했다.

그는 자신의 소환수에 자부심이 있었다. '암살족의 왕'이라고도 불리는 맥칼럽은 컨트롤만 된다면 죽이지 못할 상대가 없는 것으로도 알려져 있다. 게다가 소환수가 선택하지 않는 이상, 강제로 테이밍할 수도 없다는 특징도 있었다.

그뿐이랴? 생긴 것도 멋들어졌다.

인간과 비슷한 체형에 양손에 달린 시퍼런 칼날. 입고 있는 그림자 갑주에는 여러 개의 살벌한 표창이 달려 있었다.

"보아하니, 던전에 들어가려던 참이었나?"

그는 여유롭게 고개를 꺾으며 말을 이었다.

"응, 원래 그러려던 참이었는데, 그전에 잡아야 할 피라미 한 마리가 보여서."

"크하하하하!"

리처드는 호탕하게 웃었다.

솔직히 그는 자신이 질 거란 생각 자체를 하지 않았다. 애초에 프리덤 밖에 있는 모든 서머너들을 우물 안 개구리라 생각하는 그였으니까. 그에게 서머너 마스터란 고작 개구리 왕일 뿐이었다.

"좋아, 좋아. 피차 목적이 동일한 것 같은데. 그럼 남자답게 던전 안으로 들어가서 싸워볼까? 굳이 여길 어지럽혀 봐야 너도 좋은 거 없잖아?"

리처드는 대외적으로 협회 서머너다. 굳이 일을 벌여, 프리덤 소속임을 들키는 것보다 던전 내부에서 싸우는 것이 깔끔했다. 그곳은 시체를 처리하기도 깔끔하니까.

"뭐, 원하는 대로."

진도윤은 아무런 상관이 없었다. 모기를 잡는 데 장소가 중요한 게 아니니까. 더욱이 상대에게 질 생각도 없었고.

"좋아, 가자고."

씩 웃으며 등을 돌린 리처드가 당당하게 걸어 나갔다. 그 모습을 본 진도윤은 자연스럽게 핸드폰을 두들겼다.

[소원아, 까치산 입구로 지원 좀.]

김소원에게 보내는 문자였다. 사후 처리는 확실히 해야 하니까.

던전에 먼저 들어선 것은 진도윤.

[띠링!]
[A급 던전 '라바 필드'를 발견하셨습니다.]
[시간제한 - 1,814일]

던전 내부는 후끈후끈한 용암지대였다.
"끼루루루!"
입장하자마자, 피닉스가 고맙다는 듯 다리에 부리를 비볐다.
불이 있는 곳에 와줘서 좋은 것도 있지만 자신의 부탁에 신경을 써주는 주인의 마음이 더욱 감사한 피닉스였다.
스르릇!
잠깐의 격차 후, 리처드도 던전 내부에 도착했다. 그러고는 몸을 돌려 진도윤을 바라봤다.
"크큭, 그래도 남자답긴 하구나."
"왜, 이곳에 따라와 줘서?"
"아니, 비겁하게 급습하면 어쩌나 생각했는데 말이야."
"그래서 그렇게 쫄보처럼 몸을 웅크리면서 들어온 건가?"

"무슨, 착각하지 마라. 그냥 들어온 거다."

리처드는 진도윤과 거리를 벌리며 자세를 잡았다.

스르륵!

그와 동시에 맥칼럽의 신형이 그의 그림자 속으로 사라졌다. 과연 전설급 몬스터답게 기척이 하나도 느껴지지 않는다.

'6성 맥칼럽이면 빡세긴 하지.'

진도윤도 미궁에서 상대한 적이 있는 몬스터였다. 녀석이 어떻게 얻었는진 모르겠지만, 거의 보스급과 비슷할 정도로 까다로운 몬스터.

'제하 녀석이랑 더 어울릴 텐데.'

상대가 자세를 잡았음에도 멀뚱히 서서 잡생각을 하고 있자, 리처드의 눈빛이 차가워졌다.

"보아하니, 자신의 실력에 건방질 정도로 자부심이 넘치는군."

"그걸 이제 알았냐?"

"흥, 사람들이 마스터라 떠받들어 주니, 세상이 다 네 거 같은가?"

"흐음……. 세상을 다 가졌다고 생각하는 건 너네 아니냐? 법 무서운 줄 모르고 사람이나 죽이고 다니고, 테러나 저지르고. 쯧쯧."

진도윤의 답에 리처드의 눈썹이 꿈틀거렸다. 한마디를 안 지고 답하니, 심기가 불편해진 탓이다.

"프리덤을 모르는 자와 대화를 하니, 도저히 대화가 통하질 않는군."

"오, 그 말."

진도윤이 손뼉을 쳤다.

"나한테 뒈진 잭 폴탄도 비슷하게 말했었던 거 같은데?"

팜스 호텔에서 잭 폴탄이 말했었다. 프리덤을 고작 개인의 힘으로 막아낼 수 있다고 생각하냐고.

"흥, 고작 잭 폴탄 하나로 프리덤을 평가하려 들지 마라."

"글쎄, 잭 폴탄이나 너나 거기서 거기인 것 같아서. 솔직히 실망이 크긴 하네."

"결과는 두고 보면 알 일이지."

대충 신경전은 끝났다. 이제는 붙어봐야 할 때.

진도윤도 리처드도 시야 한쪽에 뜨는 임무 메시지를 무시한 채, 감응력을 움직였다.

본격적인 전투의 시작이었다.

파밧!

먼저 움직인 것은 리처드의 소환수, 맥칼럽이었다.

소환수가 아닌 서머너를 직접 타격하는 암살 스킬. 그림자를 통해 옮겨간 맥칼럽이 날카롭게 진도윤의 목을 노렸다.

'끝났군.'

리처드는 비릿한 미소를 지었다.

여태 실패해 본 적 없는 스킬이었다. 보통 서머너들은 자기 자신보다 소환수에 더 집중하는 법이니까.

하지만 진도윤의 주변에는 그 누구보다 감각이 벼려진 소환수, 둠 나이트가 있었다.

"……."

까앙!

차가운 눈빛의 둠 나이트는 너무도 간단히 놈의 공격을 쳐냈다.

고작 1성(★)임에도 흔들림 없는 자세. 그리고 묵직한 힘. 리처드는 그 한 수에서 극명한 수준 차이를 느꼈다.

고작 한 수에 맥칼럽의 팔이 찌르르 울리고 있었기 때문이다.

스르륵!

은신이 풀린 맥칼럽은 일단 다시 그림자를 통해 주인의 등 뒤로 돌아갔다.

"크르."

그리고 제법 힘들다는 의사를 전달했다.

"……!"

그 모습을 지켜보던 리처드의 낯빛은 충격으로 물들었다.

'데스나이트? 분명…… 그렇게 강한 느낌은 아니었는데?'

눈앞의 검은 용도, 피닉스나 엘라임도 아닌 고작 존재감 없어 보이는 기사에게 공격이 막힐 줄은 상상도 못 했다.

"흠, 그래도 서머너 마스터. 이름값은 한다는 건가?"

그는 사실 지금껏 서머너 마스터를 무시해왔다.

어느 정도 실력은 있겠지만 그래 봐야 과도기 시절, 매스컴에 의해 부풀려진 실력이라 생각했다. 그러지 않고서야, 미쳤다고 혼자 찾아왔겠는가?

'게다가 놈은 분명 잭 폴탄이랑 호각을 이뤘다 했었어.'

잭 폴탄은 그가 무시하던 아래 간부 중 하나. 뉴스에서 고작 잭 폴탄과 싸우고 병원에 실려 갔다던 진도윤의 기사가 떠올랐다.

"흐음······. 아니면, 그새 실력이라도 는 건가?"

리처드가 재정비하며 물어왔다. 하지만 여유롭던 그의 눈빛은 진지하게 가라앉아 있었다.

"뭐야, 설마 그게 끝?"

진도윤이 어이없다는 듯 물었다.

잭 폴탄을 우습게 표현하기에 어느 정도 실력이 되나 궁금해서 기다려 줘봤다. 바로 죽일 수도 있었지만, 프리덤 간부의 수준도 대충 파악해 보고 싶었으니까.

하지만, 그의 실력은 예상보다 더 실망이었다.

"난 한 것도 없는데······. 고작 그거 한 수 겨뤘다고 실력을 운운하는 거야?"

예상은 했었다. 느껴지는 감응력만으로도 대충 수준은 파악할 수 있었으니까.

하지만, 고작 1성(★)짜리 둠 나이트에 긴장까지 할 정도의 수준인지는 그도 미처 몰랐다.

"이건 뭐······ 잭 폴탄보다 못한 수준인데. 너 혹시······."

진도윤이 여유롭게 양팔을 하늘로 뻗으며 스트레칭했다.

"간부 아닌 거 아니지?"

"……."

진도윤의 조롱에 잠깐 침묵하던 리처드가 고개를 까딱였다.

"좋아, 좋아. 내가 널 우습게 봤던 건 인정하지. 설마 맥칼럽의 기습을 막아낼 줄은 나도 몰랐거든."

인정할 건 인정해야 했다. 별거 아닌 것으로 보여도 맥칼럽의 기습은 굉장히 막기 어렵다.

소환수가 끊임없이 서머너의 안전을 살피지 않는 이상 저렇게 빠른 속도로 반응하지 못할 테니까.

"제법 소환수와 친밀도를 쌓았나 본데."

리처드가 입술을 깨물며 다시 감응력을 운용했다.

"고작 기습이 끝이라 생각하면 오산이다."

스윽!

무릎을 꿇은 그가 바닥에 손바닥을 올려뒀다.

우우웅!

그러자 머리칼이 휘날릴 정도의 기파와 함께 바닥이 시커멓게 물들어가기 시작했다.

'그림자를 만드는 건가?'

진도윤은 여유롭게 소환수들을 배치했다.

피닉스와 엘라임을 좌우에, 그리고 데몰리션을 전방에. 호위는 믿음직스러운 둠 나이트에게 맡겼다.

'어디, 뭐든 공격해 봐라. 이번엔 뭔가 보여주겠지.'

진도윤은 방어진을 구축한 채, 상황을 주시했다.

S급 소환수들에게 4방위를 맡긴 순간, 그는 이 세상에서 가장 안전한 서머너가 된 상태.

그런 진도윤을 본 리처드가 중얼거렸다.

"날뛰어라, 맥칼럽. 그림자 속에서의 네 능력을 보여줘."

스윽!

순식간에 우측 아래에서 나타난 맥칼럽이 엘라임의 목을 노렸다.

"흥, 어딜!"

엘라임이 물의 방패를 만들어 검을 막으려는 순간.

스윽!

"끼루루?"

좌측에서도 맥칼럽이 등장했다.

스윽! 스윽!

전방에서도, 후방에서도. 마치 본인이 홍길동이라도 되는 양, 동에 번쩍 서에 번쩍 나타났다.

'그림자 분신'(A급). 6성까지 오른 맥칼럽만이 익힐 수 있는 비기였다.

"오, 분신술을 이 정도까지 쓴다고?"

진도윤이 고개를 끄덕이며 감탄했다. 그가 미궁에서 만났었던 맥칼럽보다 훨씬 발전된 기술이었다. 그때는 고작 두 개체로 나누어지는 게 다였던 반면, 지금은 총 네 마리까지 복제된 상태였으니까.

제법 스킬을 초월시킨 듯했다.

'게다가 저거를 하나하나 다 컨트롤하고 있다는 말인데.'

한 마리 한 마리의 공격 모션이 다 다르다. 제법 정교한 컨트롤 실력을 갖췄다는 말이었다. 그래 봐야 그의 눈에는 아기가 재롱부리는 것처럼 보일 뿐이었지만.

"흐흐, 제법 까다로울 거다. 맥칼럽의 분신은 모두가 본체와 같은 힘을 내거든."

진도윤의 칭찬에 기세등등해진 리처드가 손을 떨쳤다. 그러자 무려 네 마리의 맥칼럽이 다방면으로 찔러 들어왔다.

한 놈은 아래에서 위로, 또 한 놈은 좌에서 우로. 나름대로 공격 루트를 어지럽게 짠 듯했다.

'확실히, 나쁘진 않은 스킬이네.'

맥칼럽을 모르는 자라면 당황했을 거다. 소환수와 서머너를 동시에 공격하는 스킬이라니.

리처드는 자신의 컨트롤이 마음에 든다는 표정으로 입을 열었다.

"제아무리 소환수가 많다 해도 하나하나 제대로 컨트롤할 수 없으면 없느니만 못한 법이지."

리처드도 총 세 마리의 소환수까지 키울 수 있는 상태였다. 그러나 그는 한 마리만을 고집했다. 한 마리도 제대로 컨트롤 못 하면서, 다른 소환수를 들이는 걸 오만이라 생각했기 때문.

"그것이 네 패인이 될 것이다."

이미 승리를 확신한 리처드가 씨익 웃으며 공격을 지속했다.

까앙! 깡! 깡!

네 방면에서 정신없는 소리가 들려왔다.

각 소환수의 1:1 싸움.

그러나 곧이어 리처드의 눈이 휘둥그레질 수밖에 없었다.

"뀨웅?"

먼저, 맥칼럽의 공격을 발톱으로 받은 데몰리션은 시시하다는 눈빛으로 고개를 갸웃하고 있었고.

"끼루루?"

"……하암, 진도유운……. 얘 언제까지 봐주고 있어야 해? 나 하품 나와."

피닉스와 엘라임 또한 지루한 표정을 지으며 녀석들을 상대하고 있었다.

까앙! 깡! 깡!

진심으로 싸우고 있는 것은 둠뿐. 아직 레벨 업을 하지 못한 터라, 기력에서 밀리는 것 치고는 둠도 나름 선전하는 중이었다.

"무슨……. 네 마리를 다 수준급으로 컨트롤한다고?"

리처드는 믿을 수 없었다. 그는 여태껏 여러 마리의 소환수를 쓰는 서머너들을 많이 봐왔다. 그리고 그런 서머너들은 하나같이 알맹이가 없었다.

멀티 컨트롤이란 게, 막상 해보면 말도 안 되게 복잡하기 때문이다.

그러나 서머너 마스터와의 싸움은…… 마치 1:4를 하는 것 같이, 모두가 생동감 있게 움직이고 있었다.

'죽도록 훈련했던 나보다 더 정교하잖아?'

점차 눈빛이 흔들리는 리처드를 보며 진도윤은 실소를 터뜨렸다.

"뭐야, 난 또 무게 잡길래 뭐라도 보여주는 줄 알았지."

동시에, 고개를 끄덕였다. 실컷 구경했으니 마음껏 날뛰어도 좋다는 말.

그리고 그 순간.

콰아아앙!

데몰리션이 발등으로 힘주어 녀석을 쳐냈다.

콰르르르르!

엄청난 괴력에 맥칼럽의 본체가 그대로 튕겨 나갔다. 중심을 잃은 채 이리저리 구르며 밀려 나간 녀석은 그대로 벽에 틀어박혔다.

"키잉."

얼마나 강하게 박혔는지, 벽에 끼인 채 신음을 흘리는 맥칼럽.

그뿐만이 아니었다.

화르륵!

피닉스의 염화가 분신을 가볍게 태웠고.

"죽으라구!"

서걱!

엘라임이 만든 물의 검이 녀석을 반으로 갈랐다.

"크억!"

소환수가 받은 충격을 일부 흡수한 리처드의 얼굴이 일그러졌다. 입에서는 시뻘건 선혈이 주르륵- 흘러내렸다.

둠과 싸우던 분신도 다시 그림자로 스며든 상태.

"미친······."

리처드는 경악했다. 컨트롤도 컨트롤이지만, 한 마리 한 마리의 힘이 정상이 아니었다.

게다가 문득 드는 의문.

'고작 A급 소환수가 이런 힘을 낼 수 있나?'

아무리 6성(★★★★★★) 풀 각성이라 치더라도 그의 상식으로는 이해할 수 없는 파괴력이었다.

복잡한 생각이 머릿속을 헤엄칠 찰나 한 가지 가정이 떠올랐다.

'설마······ A급 위의 등급?'

그게 아니고서야 이 상황을 설명할 수 없었다.

그의 맥칼럽은 A급 중에서도 최상위. 거기에 풀 6성에 대다수 스킬을 초월한 상태였다. 이렇게 압도적인 전력 차가 날 수는 없는 부분이었다.

'제기랄.'

리처드는 처음으로 자신이 질 수도 있겠다고 생각했다. 아니, 이제는 거의 확신에 찼다.

'이, 이건 도망가야 해.'

리처드가 황급히 몸을 돌렸다. 어떻게든 자리를 피해서, 상위 간부나 노야에게 이 사실을 알려야 했다.

그러나, 이곳은 던전 밀랍 날개가 없는 이상, 밖으로 나가기 위해서는 임무를 클리어해야 한다.

"왜, 도망가려고?"

진도윤의 눈이 가늘어졌다.

"괜히 던전으로 오자고 했지?"

동시에 녀석의 움직임을 꼼꼼하게 살폈다. 프리덤 놈들은 항상 도주할 물품을 가지고 다니기 때문. 잭 폴탄이야 몇 번 놓쳤다지만, 이번엔 녀석을 그냥 보내줄 수는 없다.

"피닉스."

진도윤의 부름에 피닉스가 날개를 펄럭였다.

날개에서 압축된 화염의 기운이 녀석의 팔을 향해 폭사했다. 일단 아이템을 못 쓰게 하는 데는 이 방법이 최선이다.

화르르륵!

"끄아아악!"

리처드는 미처 반응도 못 한 채, 공격을 그대로 받아냈다.

화륵, 화르륵!

끈질긴 피닉스의 염화가 순식간의 녀석의 팔을 시커멓게 태웠다.

"이, 이 개×끼가!"

엄청난 고통에 거품을 문 리처드가 진도윤을 노려봤다.

"너, 너……. 소환수 태생 A급 아니지?"

리처드는 고통 속에서도 물었다.

서머너 마스터가 자신보다 강할 수 있는 이유. 당장의 고통보다 그게 더욱 궁금한 그였다.

진도윤은 그런 그의 모습을 신기하다는 듯 쳐다봤다.

"네가 진 이유가 진짜 소환수의 등급 차 때문이라고 생각해?"

진도윤은 굳이 답하지 않고, 물음으로 흘렸다.

혹시 아는가? 지금 보이는 이 상황도 프리덤의 누군가에게 전달되고 있을지.

세상엔 특수 능력을 갖춘 소환수가 너무도 많다. 그렇기에 녀석을 처리하더라도, 정보를 남기지 않는 것이 나았다.

"그게 아니고서야…… 말이 안 되잖아."

리처드는 미칠 지경이었다.

무려 프리덤의 넷째 간부인 자신이 어떻게 제대로 상대조차 못 해보고 무너질 수 있단 말인가.

"글쎄, 말이 안 되는 건 네 컨트롤 같은데. 솔직히 고작 그런 컨트롤 실력이면 내가 B급으로도 충분히 이길 수 있을 것 같거든."

"조, 조롱하지 마라."

"사실이 그런 걸 어쩌냐."

진도윤은 쓰러져 있는 녀석 앞에 데몰리션을 위치시켰다. 어차피 녀석을 죽이는 것은 필수 불가결한 상황. 굳이 질질 끌 거 없었다.

"물론, 네가 이해하는 걸 바라는 건 아니야. 그동안 벌였던

못된 짓은 지옥에서 마저 처벌받으라고."

진도윤의 눈빛의 살기가 담기자, 데몰리션이 시퍼런 발톱을 들어 올렸다.

"자, 잠깐. 살려줘!"

두려움을 느낀 리처드가 외쳤다. 막상 죽음을 눈앞에 두니, 살고 싶은 것은 인간으로서의 본능이었다. 자신이 약하다는 이유로 수많은 서머너들을 죽였던 것과 별개로 말이다.

"내가 말했지?"

그러나 진도윤은 동요하지 않았다.

그가 과거에 어떤 짓을 했든, 어떤 사람이든. 자신을 공격했으면 죽인다. 그게 뒤바뀐 세상을 살아가는 서머너 마스터만의 법칙이었으니까.

"날 건드린 대가가 뭔지 깨달을 거라고."

진도윤은 싸늘한 음성과 함께 데몰리션에게 눈짓했다.

스윽!

날카로운 발톱을 올리는 검은 용에 리처드는 재빨리 두 손을 뻗으려 했다.

하지만, 이미 그의 두 손은 다 타버린 상태.

푸욱!

심장을 찌르는 데몰리션의 발톱을 막아낼 수 없었다.

"크허억!"

리처드의 입에서 피가 분수처럼 솟구쳤다. 가슴 쪽에서 엄청난 고통이 몰아쳤다.

"……."

전혀 예상하지 못했던 자신의 최후 그의 눈빛은 억울함과 복수심으로 가득 찼다. 그러나 할 수 있는 것은 없었다.

'노아······.'

문득, 그의 머릿속에 떠오르는 한 사람, 간부로 선택된 자신에게 힘을 준 사람. 자신이 따랐던 그 사람은 자신의 죽음을 어떻게 생각할까. 자신을 위해 나서서 복수해 줄까?

'아니겠지.'

리처드가 입술을 떨며 고개를 저었다.

'약자가 강자에게 잡아먹히는 것은 당연한 것.'

그리고 이번 싸움에서 자신은 분명 약자였다.

'······제기랄.'

왜 자신이 질 수 있다는 생각을 못 했을까.

감응력 180이 되고 난 이래 적수를 찾을 수 없었던 것에 대한 방심이었을까? 아니면 프리덤이란 집단에 대한 자부심이었을까?

어쨌든, 이미 열차는 떠났다. 남은 것은 선택을 받아들이는 것뿐.

스르륵!

온몸에 힘이 빠진 리처드는 이내 고개를 옆으로 떨궜다. 테러 집단의 간부로 수많은 악행을 저질렀던 중년, 리처드 브레드의 허무한 최후였다.

"후우······."

진도윤은 생을 마감한 리처드를 바라보며 씁쓸한 한숨을 내쉬었다.

프리덤의 간부 중 하나라 알려진 리처드 브레드 사실 객관적으로 봤을 때, 그의 실력은 대단한 수준이라 할 수 있었다.

'감응력 180이 말이 180이지.'

제프리와 유리아가 무려 100년이 넘도록 노력해서야 달성한 수치였다. 진도윤의 100년 전 감응력이 135라는 걸 생각하면, 더욱 그 수치가 실감 날 것이다.

'만약 내가 미궁 경험이 없었다면……?'

정말 리처드의 말마따나 이곳에 쓰러진 게 녀석이 아닌 자신일 수도 있었다.

그러다 보니 궁금해졌다. 도대체 프리덤은 어떤 수단으로 강해지는 걸까? 무슨 일을 벌이고 있는 걸까? 혹시 그들도 자신처럼 특별한 던전을 클리어한 것일까?

'저번에 오염된 정령왕의 돌인가 하는 것도 그렇고.'

수상한 게 한두 가지가 아니었다. 자신이 모르는 무언가가 있긴 있을 터였다.

그리고 이제는 그 비밀의 내면을 들여다봐야 할 때.

"……흐음, 이제 올 시간이 됐는데."

동굴 벽에 등을 기댄 진도윤은 누군가를 기다리고 있었다.

이곳에 입장하기 전 지원요청을 보낸 김소원이었다.

그렇게 몇 분이 흘렀을까.

파밧!

하얀 섬광과 함께 하나의 신형이 나타났다.

"후우, 하아, 후우, 하아."

열심히 달려왔는지, 숨을 몰아쉬는 그녀.

김소원은 문자를 받았을 때부터 오만가지 생각을 다 했었다. 여태껏 따로 자신을 부른 적 없었던 아저씨였으니까.

'얼마나 급한 일이시길래. 문자 하나만 딸랑……'

그리고 이내 그녀의 눈이 휘둥그레졌다. 눈앞에 쓰러져 있는 싸늘한 시체를 본 탓이다.

"이, 이게?"

"오해하지 마. 프리덤이니까."

"프, 프리덤이요?"

"응. 그것도 대어야. 간부급."

"헛, 간부급!"

"기자회견을 봤는지 건방지게 먼저 접근해 오더라고."

"그렇군요. 휴우."

상황을 이해한 그녀는 저도 모르게 안도의 한숨을 내쉬었다. 동시에, 왜 자신을 콜했는지 단박에 이해했다.

[소환수:'황금 마리포사'(★★★★)]
- 메모리 리커버리(B급):단일 대상의 기억을 일부 확인합니다.

그녀가 키워온 특별한 소환수 때문이리라.

"이자의 기억을 읽으면 되는 거죠?"

"응, 부탁하마."

"넵, 맡겨만 주세요."

김소원도 반프리덤 집단, 리스트릭트의 멤버 중 하나. 프리덤의 정보를 캐야 할 의무가 있었다. 그녀는 유준태를 따라다니며 많이 해본 듯, 능숙한 손놀림으로 마리포사를 컨트롤했다.

스르륵!

이내 황금색 나비가 화려한 날갯짓을 하더니, 리처드의 머리 위에 앉았다. 동시에 빛과 함께 허공에 영상이 송출됐다.

"상대의 감응력에 따라서 오래 보지 못할 수도 있어요."

"괜찮으니까, 최선을 다해봐."

"알겠어요."

[메모리 리커버리가 활성화됩니다.]
[리처드 브레드의 기억이 영상으로 복구됩니다.]

파즛!

스파크 튀는 소리와 함께 리처드의 모습이 화면에 등장했다. 진도윤은 눈에 힘을 준 채 영상에 집중했다.

"잭 폴탄, 그 멍청한 게······!"

"프리덤의 얼굴에 떡칠을 해도 유분수지, 고작 바깥 서머너한테 뒈진단 말이냐."

"뭐? 진도윤, 그자가 기자회견에서 프리덤에게 경고를 날렸다고?"

"제명에 죽기 싫은가 보군. 저번에 헛발질한 김에 좀 더 살려 주려 했더니⋯⋯. 안 되겠구나. 바로 한국행 티켓 끊어오거라."

빠르게 스쳐 가는 영상들은 리처드가 평소 프리덤에 얼마나 강한 자부심을 품고 있었는지 알려주고 있었다.

'⋯⋯더 중요한 걸 찾아야 하는데.'

진도윤은 실마리를 찾기 위해 눈알을 계속 굴렸다. 대화뿐만 아니라, 주변의 배경과 사물 하나하나까지 놓치지 않았다.

그렇게 몇 번의 영상이 지나가고 있을 찰나.

"⋯⋯노야. 네 번째 간부로 선택된 리처드 브레드라 합니다."

영상에 하얀 도포의 노인이 등장한 것은 그때였다. 새로운 인물의 등장에 진도윤의 두 눈은 더욱 좁아졌다.

"리처드? 좋은 이름이구나. 그릇도 나름 깨끗한 것 같고."

"그릇⋯⋯ 말입니까?"

"좋은 선물을 주마. 내 손을 잡거라."

살짝 끊겨 나오는 영상과 이어지는 불쾌한 노야의 기운 알 수 없는 힘이 리처드를 감싸는 순간.

"꺄악!"

김소원의 입에서 고통스러운 비명이 터져 나왔다.

파즛!

영상은 곧바로 꺼졌고 동시에 리처드의 시신도 급속도로 부식됐다.

[리처드 브레드의 기억 영상이 종료됩니다.]
[기억 관계자들의 신체가 소멸합니다.]

"……이, 이게 무슨?"

미간을 찌푸린 김소원이 이해하지 못하겠다는 표정을 지었다.

"갑자기 모골이 송연해지는 느낌을 받았어요. 와, 닭살 돋아."

진도윤 역시 두 눈을 부릅떴다.

"죄송해요. 갑자기 온몸에 소름이 돋아서 흐름이 끊기는 바람에……."

"아냐, 괜찮아. 고생했어."

진도윤은 그녀를 이해했다. 자신 역시 살짝 흔들릴 정도로 불쾌한 기운이었으니까.

"그나저나 그 하얀 도포를 입고 있던…… 노야라는 사람…… 보셨어요?"

"……어, 보긴 했는데."

진도윤이 인상을 찌푸리며 답했다. 분명히 리처드가 아는 자이긴 한데, 무언가 기운이 오묘했기 때문이었다.

'마치 인간이 아닌 것 같은 느낌…….'

굉장히 불쾌하면서도 익숙한 느낌이었다.

'익숙?'

왜, 익숙하다고 생각했을까. 머리를 굴린 진도윤은 이내 그 이유를 깨달을 수 있었다.

'마계, 분명 마계랑 비슷한 냄새였다.'

그곳에서 봤었던 악마들에게 풍기는 기운이었다.

왜, 평범해 보이는 노인에게서 그런 느낌이 드는 걸까. 게다가 리처드의 감응력이 비정상적으로 높은 것도 노야라는 자 때문인 것 같은데.

하지만, 지금 자료로는 더는 추측할 수가 없다.

'일단은…… 노야, 기억하고 있어야겠군.'

리처드가 대하는 태도만 봐도 프리덤의 간부, 그 이상일 확률이 높았다.

그리고 그런 자가 악마의 기운을 뿜는다? 어쩌면 프리덤이 단순한 테러 집단이 아닐 수도 있겠다 생각하는 그였다.

"어떡하죠? 너무 빨리 끊긴 거 아니에요? 그래도 간부급 인사의 기억을 얻을 수 있는 절호의 기회였는데."

김소원은 혹시 자신이 실수한 걸까 걱정했지만, 진도윤은 고개를 저었다.

"아니, 충분해. 이미 건질 건 건졌어."

진도윤의 답에 김소원의 눈이 휘둥그레졌다.

"정말요? 어떤 거요?"

"놈들의 위치."

진도윤은 분명히 캐치했다. 녀석이 푸른 하늘 아래 펼쳐진 커다란 고딕 양식의 대성당을 배경으로 말하던 것을.

너무도 유명한 건물이었기에 모를 수가 없었다.

'밀라노의 두오모 대성당.'

서머너 마스터 시절 몇 번 파견 가봤던 도시였기에 기억에 있었다. 당시 볼 때마다 경이롭다고 생각했었기에, 오랜 시간이 흐른 그의 기억 속에도 남아 있었던 것이다.

"휴우."

김소원은 두 손을 가슴에 모으며 안도했다.

그녀에게 진도윤은 은인이었다. 고작 팬이라는 이유로 특별한 소환수를 선물했고 협회장님과 연결해 나름 비중 있는 역할을 수행하게끔 해줬으니까.

만약 그가 없었다면? 바닥에 돌처럼 굴러다니는 평범한 서머너가 됐을지도 모르는 일이다. 던전에서 객사했을 수도 있고.

그런 은인에게 도움이 될 수 있다니, 참 다행이라 생각하는 그녀였다.

"어쨌든, 이로써 한 놈 더 처리했네."

진도윤이 후련한 듯 기지개를 켰다. 드디어 프리덤의 다섯 간부 중 둘을 처리했다. 이제는 사회가 조금 더 깨끗해질 테지. 그저 자신을 건드렸기에 죽였을 뿐이었지만 그래도 무언가 뿌듯한 느낌은 있었다.

"……근데 아저씨. 어? 잠시만. 혹시 혼자 들어오신 거예요?"

김소원이 문득 겁먹은 얼굴을 했다.

늦을까 봐 정신없이 들어오긴 했는데. 생각해 보니, 이곳은 A급 던전이지 않은가. 그것도 혼자서는 절대 클리어 불가능하다는 고난이도의 비인기 던전.

"응, 그런데?"

"으음……. 그럼 밀랍 날개라도 있으신 거죠?"

"그럴 리가."

피식 웃으며 답하는 진도윤에 김소원의 얼굴이 핼쑥해졌다. 던전은 장난이 아니다. 지금 당장에라도 튀어나온 몬스터에게 즉사할 수 있는 공간인 것이다.

그녀는 큼큼, 헛기침하며 가늘게 뜬 눈으로 진도윤을 흘겼다.

"에이, 장난치지 마세요."

"진짜야, 애들 나들이시킬 겸 놀러 왔다가 상황 터져서 부른 건데."

"……나들이? 놀러요?"

김소원이 그게 무슨 소리냐는 표정을 지었다. 설마 A급 비인기 던전을 두고 나들이란 표현을 쓴 것일까?

그러나 그녀는 생각을 더 이어 할 수 없었다.

저벅, 저벅.

진도윤이 이미 저만치 앞서가고 있었기 때문이다.

"자, 잠깐! 같이 가요!"

서둘러 따라붙는 김소원의 목소리가 공간을 울렸다.

2장

 던전을 가볍게 클리어하고 숙소로 돌아온 진도윤은 자신의 상태창을 열었다. 이번 던전행으로 인해 둠과 엘라임은 이미 진화가 이루어진 상태.

 "흐흐흐……."

 진도윤의 입꼬리가 올라갔다. 이 얼마나 아름다운 상태창이던가? S라는 알파벳이 나열된 것이 이렇게 보기 좋을 줄은 몰랐다.

 '이걸 다 6성으로 만들면…… 도대체 얼마나 더 강해질까?'

 아직 먼 이야기긴 했지만, 기대가 되는 건 사실이었다. 소환수를 성장시키고 싶은 욕구는 대다수 서머너가 가지고 있는 본능과도 같은 거니까.

 "옛 생각 나는구나."

 경험치 양을 하나하나 채워가며 뿌듯함을 느꼈던 그 설렘,

그걸 100년이 지난 지금, 다시 느끼고 있었다.

"진도유운……."

이제는 자연스럽게 소파로 달려가 리모컨을 만지작거리는 엘라임이 물어왔다.

"왜?"

"뭘 그렇게 아까부터 계속 아저씨처럼 웃고 있는 거야?"

"……아저씨?"

진도윤이 신기하다는 표정으로 대꾸했다.

저런 표현은 또 어디서 배운 걸까. 정령왕이면 자신보다 나이가 여러 곱절은 많을 텐데 말이다.

"뭐가 그렇게 흐뭇하고 신난 거야?"

"너희 덕분이지, 뭐."

"우리?"

"그래. 너네."

진도윤은 외투를 벗으며 소환수들을 살폈다.

무슨 문지기라도 되는 듯 입구를 지키고 서 있는 둠. 그리고 그런 둠을 툭툭 건드리며 도발하는 데몰리션. 관심 없다는 듯 소파 밑에 자리를 잡은 피닉스. 정령왕 주제에 TV에 관심 있는 엘라임.

무언가 안정적이면서도 평화로운 느낌이었다.

"왜, 우리가 뭐라도 한 거야?"

"그냥. 아, 그리고 그럴 땐 아저씨 미소라고 하는 게 아니라 아빠 미소라고 하는 거다. 아저씨라는 표현은 좀 음흉해 보이잖아."

"아빠 미소? 아하, 그렇구나!"

"어쨌든, 여기서 좀 쉬고 있어."

"왜? 어디 가려구?"

"응, 옆에 회의실 좀 다녀올게. 이번에 알게 된 것 좀 토론해 봐야 할 것 같아."

이미 유아린과 제프리를 불러둔 상태였다.

프리덤의 실마리를 잡은 이상 그 둘과 함께하는 게 제일 편했다.

'특히 노야라는 사람 때문에 마계에 대해 더 궁금해졌어.'

마계는 시스템상 S급 던전으로 분류되어 있다. 만약, 그곳에서 힘을 얻은 자라면? 최후의 미궁 출신인 자신과 비슷하거나 더 강할 수도 있단 소리였다.

'프리덤……. 일단은 얕보지 말자.'

진도윤에게 숨어 있던 전투 본능이 스멀스멀 올라왔다.

생각해 보면 현세로 귀환 후, 제대로 된 상대를 만나보지 못했다. 고작해야, 정령왕의 돌을 들고 온 잭 폴탄 정도?

그렇기에 진도윤은 걱정했다. 혹시 자신도 모르게 방심하다 크게 당할 수도 있지 않은가. 자신이 더 강하다 믿던 리처드 브레드처럼 말이다.

"진도유운……."

가라앉은 분위기를 느꼈는지 엘라임이 뽀르르- 날아와 진도윤의 머리칼을 만졌다.

"너무 걱정하지 마……. 우리가 있으니까."

"뭐야, 갑자기?"

"그냐앙, 진도윤이 심각한 표정을 짓고 있길래. 게다가 정령은 계약자의 마음을 직접적으로 느낄 수 있거든."

엘라임이 강아지처럼 달라붙으며 대꾸했다. 진도윤은 그 모습을 보며 부드럽게 미소 지었다.

자신이 소환수를 아끼는 만큼, 소환수도 서머너를 아껴주는 것. 그 마음이 진도윤에게 전부 느껴진 탓이다.

"그래서 지금 위로해 준 거야?"

"웅! 우리 최후의 미궁에서도 결국은 다 잘 해냈었잖아? 저 뀨웅뀨웅거리는 애 만나기 전까지는."

"뀨웅?"

획!

눈을 반달처럼 휜 데몰리션이 고개를 돌린 것은 그때였다.

"뭐, 불만 있어?"

"뀨웅!"

"에휴, 저게……! 기억이 없는 게 벼슬이지?"

"뀨우웅……!"

티격태격거리는 둘을 바라보던 진도윤은 피식 웃더니, 문밖으로 향했다.

"너무 싸우지들 말고, 집 잘 지키고 있어라."

이제 회의실로 가야 할 때 그래도 심란했던 마음은 이미 눈 녹듯 사라지고 없었다.

다 엘라임 덕이었다.

풍운 길드 내부 회의실.

덜컥!

하루의 업무를 끝낸 유준태가 들어섰다.

"오셨습니까?"

내부에는 유아린, 김제하, 제프리가 앉아 있었다. 진도윤이 리처드를 잡았다는 소식에 부랴부랴 모인 것이다.

"그 녀석 빼고는 다 모였구먼? 잠깐 숙소에 들렀다 온다지?"

허허- 웃으며 의자에 앉은 유준태의 얼굴이 왠지 밝아 보인다.

"뭐, 즐거운 일이라도 있으십니까?"

김제하의 물음에 유준태가 고개를 끄덕였다.

"그 녀석이 오고 나니까 이제야 뭔가 착착 정리되는 느낌이거든."

"리처드를 잡은 것 말씀이시군요."

"그동안 협회에서도 골머리 앓고 있던 놈이었는데, 그렇게 쉽게 잡아낼 줄이야……. 다른 국가 협회장들도 소식 듣고 환호를 내지르더라고."

잭 폴탄과 달리 리처드 브레드는 도통 잘 나타나지 않는 간부였다. 아니, 나타나지 않는다기보단 보이는 족족 다 죽였다는 말이 더 어울렸다.

'소식을 알려야 할 사람이 다 시체가 되어버렸으니 말이지.'

그런 녀석을 진도윤은 정말 간단하게 잡아버렸다. 그러니 속이 얼마나 시원하겠는가.

"그래, 다들 뭐 하고 지냈나."

유준태는 기쁜 마음으로 가벼운 안부를 물었다. 그러자 맞은편에 앉아 있던 제프리가 답했다.

"우리는 그동안 A급 던전 하나를 클리어하고 왔다."

저번 마계 여정이 끝나고 제프리와 김제하, 유아린은 셋이 한 팀으로 움직였다.

"오, 이번에 새로 얻었다는 그 악마들을 키운 건가?"

"그렇다. 정확히 2성까지 찍어냈지."

"능력은 어떠냐?"

유준태가 부러운 눈빛으로 물어왔다.

그는 사실 이번에 참여한 셋이 새로운 소환수를 얻었다 했을 때, 조금 후회했었다.

'나도 갈걸……'

소환수 풀을 늘릴 기회가 어디 흔하던가? S급 던전이라 했을 때부터 좋은 보상을 얻겠거니 예상하긴 했지만 막상 보상을 얻은 동료를 보니, 미치도록 부러웠다.

"세이르 말인가? 쓸 만하지. 항상 비전투 소환수만 가지고 있다가 얼음 공격수를 얻으니, 신기하더군."

"제 자락서스도 좋아요. 속박류 술법들이 많아서 펜리르나

이프리트가 더 편하게 싸울 수 있도록 돕더라고요."

"어엇? 제 푸르카스도 만만치 않습니다. 보니까 푸르카스도 암살 특화던데요?"

서로 자기 자랑하기 바쁜 멤버들을 바라보는 유준태의 얼굴이 점차 심란해졌다. 기분 좋았던 표정에도 어느새 그림자가 드리워졌다.

"그만, 그만……! 부러우니까 그만하게, 다들!"

유준태가 머리를 쥐어뜯으려 할 찰나.

덜컹!

진도윤이 들어왔다.

"오, 다들 모였네?"

"왔나?"

한숨을 푹 내쉰 유준태가 고개를 돌렸다.

"빨리 와서 앉아라, 좋은 소식이 있으니까."

"좋은 소식?"

회의실 가장 상석의 의자를 빼 앉은 진도윤이 깍지를 낀 채 턱을 괬다.

"응, 유리아 관련해서 각국에 협조를 보냈거든. 다들 긍정적으로 회신하더라고."

"그래?"

유리아의 봉인을 푸는 데 필요한 것은 '메두사의 눈) 6개. 간만에 듣는 유리아 관련 소식에 진도윤의 눈이 빛났다.

"네 녀석이 리처드까지 잡아줬는데 간이라도 빼줄 기세지,

뭐. 메두사뿐만 아니라 뱀이나 석화 관련 던전이 생기면 다 보고한단다. 매물도 계속 찾아본다 했고. 전 세계가 적극적으로 협조하니까 아마 금방 나올 거다."

"정보 나오면 바로 알려줘. 알지? 나한텐 프리덤보다 유리아가 먼저야."

"당연히 알고 있지."

유준태가 당연하다는 듯 고개를 끄덕였다. 원래 그런 녀석이니까.

당장 끝내야 할 임무보다 동료의 생존이 우선인 사람. 만약 자신이 봉인되었다 해도 똑같이 반응할 녀석이었다.

"자, 그럼 이제 리처드, 그놈으로부터 얻었던 정보를 꺼내 봐라."

유준태는 궁금했다. 김소원이 꺼냈다는 그 기억의 정체가.

"일단, 이탈리아의 밀라노부터 갈 거야."

"밀라노?"

"녀석의 뒷배경에서 두오모 대성당을 봤거든."

"흐음……. 밀라노면."

유준태의 눈알이 빠르게 굴러갔다.

언뜻 기억나는 게 있었기 때문이었다.

"설마…… 안개 마을, 네비아레로 갈 생각이냐?"

이탈리아에 존재하는 마을, 네비아레(Nebbiare). 본래 그곳은 아름다운 절벽으로 유명한 해안 마을, 친퀘테레(Cinque Terre)였다.

하지만, 몇 년 전부터 급격히 가는 사람이 줄었다. 그곳 전부를 뿌연 안개가 뒤덮었기 때문. 그 이후, 현지인들에 의해 이름이 네비아레로 바뀌었다고 한다.

"나도 알아봤는데, 거기도 유력한 후보이긴 해."

"……거기 좀 신비한 동네야. 사람이 살긴 사는 것 같은데…… 그쪽 협회도 꺼리는 것 같더라고?"

"어, 나도 조사해 봤어. 무슨 70년대 뉴욕 할렘가 같은 느낌이라던데……."

들어간 사람은 많지만, 나온 사람은 적다.

무언가 고약한 범죄의 냄새가 나는 곳. 이탈리아 협회에서도 몇 번 조사를 나섰지만, 이렇다 할 증거를 찾지는 못했다고 했다.

"위험한 곳인지는 알지?"

"……영감도 참, 내가 누군지 잊었어? 지들이 그래 봤자지."

이제는 말하기도 입 아프다는 듯 말하는 진도윤을 보며 유준태는 한숨을 내쉬었다.

"어휴, 그래그래……. 그 누가 서머너 마스터한테 범죄를 저지를까."

이제 걱정은 완전히 포기한 말투였다.

진도윤은 피식 웃으며 우측에 앉은 제프리를 바라봤다.

"일단, 그곳은 제프리랑 함께 갈 생각이야."

노야라고 불리던 자. 그에게서 마계의 향이 느껴졌다. 그렇기에 이번 조사엔 제프리의 '네비로스'가 꼭 필요했다. 아무렴 마계에 관해서 가장 잘 아는 존재였으니까.

"잠깐만요, 저는요?"

조용히 듣고 있던 유아린의 손이 들린 것은 그때였다.

"설마 절 빼두고 가는 건 아니겠죠?"

"그럴 리가, 약속했잖냐. 프리덤 관련된 일은 같이하기로."

유아린은 절대 짐이 아니다. 컨트롤도 소환수도, 이제는 거의 세계 최상이라고 봐도 무방했다.

'나랑 동료들을 제외하고는 말이지.'

진도윤이 어깨를 으쓱거리며 말했다.

"너뿐만 아니라 김제하도 함께할 거야. 앞으로 이렇게 딱 넷이 마계 멤버다."

김제하도 악마족을 가진 서머너. 지금은 몰라도 마계에서는 충분히 도움이 될 터였다.

"자, 잠깐. 이놈아. 나는?"

유준태가 서운하다는 듯 물어왔다.

"뭐, 영감도 갈 거야?"

유준태도 상관없긴 했지만 솔직히 말해서 큰 도움은 되질 않는다. 굳이 찾자면, 이탈리아 협회와의 협조 정도?

"아이고야……. 됐다, 이 녀석아. 그냥 해본 말이야. 늙은이는 서러워서 빠져야지."

"영감도 심심하면 참여해도 돼. 진심이야."

도움이 안 된다고 매정하게 내칠 생각은 절대 없었다.

유준태 역시 그의 고마운 친우 중 한 명이니까.

"아냐, 지금도 할 일이 쌔고 쌨어."

가고는 싶긴 했지만, 협회장이라는 자리가 어디 함부로 움직일 수 있는 위치던가? 저번에도 괜히 던전에 참여했다가 일주일간 날밤을 새웠던 기억이 있었기에, 유준태는 고개를 흔들었다.

"나는 언제나처럼 뒤에서 서포트해 주마. 넌 전방에서 마음껏 날뛰어."

뒤처리는 전부 맡기라는 말.

진도윤에게 그 어떤 것보다 든든하게 들리는 말이었다.

밀라노 리나테 국제공항.

이미 많은 사람들이 몰려 있었다. 매스컴을 통해 알려진 진도윤의 얼굴을 알아보는 자들 때문이었다.

"이야, 저기 봐! 저 사람 진도윤 서머너님 맞지?"

"진도윤이면 최근 서머너 마스터라고 밝혔던 서머너 말이죠? 신기하네요. 왜 우리나라에 들렀을까?"

"인마, 뭔가 볼일이 있어서 오셨겠지. 우리도 대한민국 못지않은 서머너 강국이라고."

"하긴, 볼일이 있어 온 건 맞겠죠. 우와, 그럼 저 옆에 있는 사람은 유아린이겠네요?"

"그렇지, 동양인을 보고 예쁘단 생각이 든 건 처음인데. 아,

뒤도 한번 봐라, 냉철한 분석가 제프리도 있다."

"진짜요! 교본에서 봤었던 그 모습 그대로네요!"

서머너든 일반인이든 삼삼오오 모여 진도윤 일행을 쳐다봤다.

마치 TV 속에 나오는 유명인을 영접한 듯한 표정으로.

그 시선을 느낀 진도윤은 얕게 한숨을 내쉬었다.

"후우, 아무래도 다들…… 가면 차고 다녀야겠지?"

"그러는 게 좋을 것 같네요. 작전을 위해서라도."

유아린이 굳은 표정으로 고개를 끄덕였다. 괜히 시끄러워져 봐야 좋을 게 없었다. 지금은 놀러 온 게 아니라, 프리덤 녀석들의 흔적을 찾으러 온 거니까.

"오케이, 밖에 나가서 찾아보자고."

진도윤은 빠르게 이동했다.

동네 길가에 파는 싸구려 가면을 샀고 일행들과 나누어 낀 후 택시를 탔다. 넷이서 자동차 안에 타려니 굉장히 비좁은 느낌이었다.

"어디로 가시는 겁니까, 손님."

"안개 마을이라 불리는 곳 있지?"

"설마…… 네비아레 말씀이십니까?"

문득, 택시 기사가 겁먹은 표정을 지었다.

"그곳은 도시에서 딱히 치안 제공을 해주지 않는 터라…… 운행하지 않습니다."

"1,000유로 줄게."

"……1,000유로 말입니까?"

그의 눈이 휘둥그레졌다.

1,000유로면 약 130만 원 정도. 고작 운행비로는 너무도 과한 금액이었기 때문이다.

"거기다 굳이 마을 안으로 들어갈 필요도 없어. 입구 앞까지만 데려다주면 돼."

어차피 1,000억 원이 넘는 자산가인 진도윤에게 그 정도는 푼돈이다. 빠르게 갈 수만 있다면, 언제든 지급할 수 있는 돈.

'데몰리션을 타고 갈까 생각도 해봤지만…….'

진도윤은 고개를 절레절레 흔들었다.

데몰리션은 너무 눈에 띈다. 자칫하면, 놈들이 정보를 숨기고 튈 수도 있는 노릇이다.

"아, 알겠습니다. 입구까지만이라면……. 한번 해봅시다."

과연 돈은 깡패. 진도윤의 말에 택시 기사가 당차게 수긍했다. 그 가격이라면 시도해 볼 만한 일이라 판단했으리라.

'확실히 문제가 많은 마을이긴 한가 보네.'

얼마나 악독하길래 일반 시민들조차 겁에 질린단 말인가.

'어디 한번 낱낱이 파헤쳐 보자.'

조수석에 탄 진도윤의 눈빛이 차분하게 가라앉았다.

"이곳이 네비아레……."

택시에서 내린 유아린의 머릿결이 휘날렸다.

안개 낀 마을. 그곳에서 불어오는 서늘한 바람 때문이었다.

"확실히 음습한 느낌이네요."

"내부에서 서머너의 기척이 다수 느껴지긴 합니다."

옆에서 김제하도 중얼거렸다.

낮은 감응력의 김제하도 느낄 정도니 마을 속에 꽤 많은 서머너들이 있다는 거다.

"딱…… 보이지 않는 시야에, 그 속에서 사는 서머너들이라……."

진도윤은 흥미로운 표정으로 팔짱을 꼈다.

"협회에서도 어쩔 수 없다고 하는 거 보면 뭔가 범죄자들의 낙원 같은 느낌이 드는데."

"그렇지. 역사 속에도 관리하기 쉽게끔 범죄자들을 내버려둔 도시들이 있었으니까."

"하얼빈 같은 거 말이지?"

제프리의 말에 진도윤이 심드렁하게 입을 열었다.

"하얼빈?"

"응, 저번에 엘이 보던 영화에서 나오던데. 내 누군지 아니? 하던 거."

"……?"

고개를 갸웃거리더니, 이내 제프리의 눈이 커졌다. 영화의 내용보다 정령왕이 영화를 본다는 사실이 더 놀라워서였다.

"엘라임이 영화도 보나?"

"그렇더라고. 심지어 장르도 안 가려. 저번엔 데몰리션이 액션 좋아한다고 액션 틀던데."

"……허, 과연."

제프리는 다시 한번 마스터에게 감탄했다.

'소환수들을 정말 끔찍이 아끼는군.'

보통의 서머너들은 소환수들을 전투에만 쓰지, 저렇게 섬세하게 다루진 않는다.

"지금 주제와는 맞지 않지만, 괜스레 반성하게 되는군."

"무슨 소환수 영화 보여줬다고 반성까지 하냐."

"말은 쉽지만, 생각하기 어려운 일이기도 하지."

"후, 어쨌든, 사담은 됐고. 호랑이를 잡으러 왔으면 굴에 들어가야 하지 않겠어? 바로 가보자고."

혼자 깨달음을 얻은 제프리를 뒤로하고, 진도윤은 자연스럽게 걸음을 옮겼다.

"뭐지?"

안개 마을에 들어선 진도윤은 예상외의 광경을 볼 수 있었다.

겉에서 보이던 뿌연 안개는 이미 사라진 지 오래였고 아름답고 우아한 해안 마을이 드러난 것이다.

"……오, 사람도 나름 많은데요?"

유아린 역시 놀란 표정으로 주변을 둘러봤다.

"어, 보기에는 그냥 평범한 동네야."

진도윤은 왜 협회에서도 별 터치를 못 했는지 단박에 깨달았다.

해안 절벽에서 한가롭게 낚시하는 사람들. 바구니를 들고 여유롭게 산책을 즐기는 노인들.

누가 이런 곳을 흉악무도한 범죄도시라 생각할까.

"그래도 일반인들이 겁을 먹는 데는 이유가 있겠죠?"

유아린은 의심의 눈초리를 꺾지 않았다. 과거 상대했던 로즈 케미칼의 김춘식도 결국은 지하에서 끔찍한 일을 벌이고 있지 않았던가.

"그렇지, 원래 독을 품은 버섯이 더 아름다운 법이니까."

"그럼 어떻게 할까요?"

"우선, 저 앞에 주점부터 한번 가보자고. 숙박업소랑 겸하고 있는 것 같은데."

"갑자기 주점을요?"

"응, 마을의 분위기를 파악하려면 사람들이 가장 많이 모이는 곳으로 가는 게 좋으니까."

"일리 있네요."

이어서 진도윤 일행은 마을 가장 중앙에 있는 한 주점으로 이동했다. 나름 큰 주점이었기에 이미 사람들도 어느 정도 차 있는 곳이었다.

'역시 다들 서머너들이야.'

진도윤은 감응력을 이용해 사람들을 판단했다.

그렇다 할 정도의 수준 높은 서머너는 보이지 않았지만 그들 모두 최소 B급 이상의 서머너임에는 분명했다.

"하하하, 내가 말이야! 이번에 클리어한 던전에서 광휘의 목걸이라는 아이템이 나왔는데!"

"이봐들. 여기 이 던전 어때? 우리끼리 가면 충분히 깰 수 있을 것 같지 않아?"

"클클, 이번에 내 소환수 말이야. 스킬 초월을 했는데 나쁘지 않더라고?"

각자 삼삼오오 모여 떠드는 서머너들. 소환수와 던전 이야기를 하는 게, 여느 나라에서 볼 수 있을 법한 평범한 서머너들의 일상이었다.

그 모습을 지켜보며 입구에서 기다리자.

"어서 오세요, 총 네 분이신가요?"

20대 초반으로 보이는 웨이트리스가 다가왔다.

"아, 네."

유아린이 고개를 끄덕이자, 점원이 고개를 갸웃했다.

"근데 다들 가면을 쓰고 오셨네요?"

"아, 사정이 있어서요. 벗어야 하는 건가요?"

"그런 건 아닙니다만……. 어차피 음식 드시러 오신 거 아니었나요? 가면을 쓰고 있으시면……."

"……으음, 그렇긴 한데. 그건 저희가 알아서 하겠습니다. 사정이 있어서요."

유아린이 친절하게 답했다.

"재미있는 손님들이시네요. 일단, 테이블에 앉으시죠."

그녀는 고개를 갸웃했지만, 억지로 가면을 벗길 수는 없는 노릇. 일단 자리로 안내하는 웨이트리스였다.

"일단, 뭐 음식 하나 시킬까?"

진도윤의 물음에 일행들이 전부 고개를 끄덕였다. 배고파서가 아닌, 그냥 자동반사적인 수긍이었다.

"여기서 제일 잘 나가는 음식이 뭐지?"

진도윤이 미소 지으며 점원에게 물었다.

"먼 곳에서 오셨나 봐요? 해안 마을에 오셨으니, 해산물 특별 코스는 어떠실까요?"

"좋지, 그걸로 내와."

"알겠습니다, 손님. 아, 그리고."

문득, 그녀가 걱정스러운 표정을 지으며 속삭였다.

"주의하셔야 할 게 있습니다. 손님도 아시고 찾아오셨겠지만…… 이곳은 국가의 치안이 적용되지 않는 마을이랍니다."

"……그게 무슨 뜻이지?"

다짜고짜 하는 말에 진도윤이 고개를 갸웃했다.

"가끔 모르고 있다가 분쟁에 휘말리는 분이 계셔서요."

"괜한 싸움 일으키다 어떻게 된다고 해도 아무도 책임 안 진다는 말인가?"

넷 다 가면을 쓰고 있으니, 위험해 보여서 하는 말일까? 아니, 그렇다기엔 자신에게 겁을 내는 기색은 아니다.

오히려 다른 곳의 눈치를 보고 있는 느낌.

"네……. 이곳은 그냥 힘센 서머너가 장땡인 곳이에요. 혹시 저 뒤에 대머리 남자 보이시나요?"

그녀가 목소리를 더욱더 죽이며 말했다.

'공포의 대상이 저놈이로군.'

진도윤이 고개를 힐끔 돌려 점원이 알려준 방향을 바라봤다. 그곳에서는 험악한 인상의 대머리가 시끄럽게 떠들며 맥주를 마시고 있었다. 딱 봐도 A급 이상, 그래도 이곳에 있는 서머너 중엔 제일 강해 보였다.

"마테오라고 하는 자인데, 저 사람만 조심하면 돼요."

진도윤은 그녀의 눈을 물끄러미 쳐다봤다.

눈빛에 악의가 보이지 않는다. 정말 걱정해서 하는 말이라는 뜻.

"여기, 결제는 미리 지불하지."

진도윤은 고마운 마음을 담아 500유로짜리 지폐 두 장을 식탁 위에 쿵- 내려놓았다.

'대충 한국 돈으로 130만 원어치면 충분하겠지.'

겁이 나면서도 정보를 알려준 그녀의 마음이 갸륵했기에 거한 팁을 내어준 것이다.

"이거로 음식값이랑 서비스값까지 퉁 치자고."

"허엽, 이렇게 큰돈을요……?"

그녀가 멍하니 입을 벌렸다. 그러고는 대단한 순발력으로 지폐를 온몸으로 가렸다. 마테오 쪽을 가리는 것 보니, 그가 볼까 두려워하는 모습이었다.

"손님, 마음은 고마운데…… 괜히 이목을 끄는 행동을 하시면……. 정말 큰일 날 수도 있어요!"

"괜찮아, 일부러 그런 거니까."

"……네?"

대수롭지 않게 말하는 진도윤을 보며 그녀가 도통 모르겠다는 표정을 지었다. 어쨌든, 호의를 거절하는 것도 예의가 아닌 법. 그녀는 처음 온 손님에게 할 도리는 다했다.

"가, 감사히 받겠습니다. 서비스 많이 넣어 드릴게요."

그녀는 재빨리 지폐를 낚아챈 후, 주방으로 이동했다.

그 모습을 보던 유아린이 눈을 좁게 떴다.

"……요즘 돈 팍팍 쓰시네요?"

"아니, 정당한 지불이지."

피식 웃은 진도윤이 고개를 흔들었다.

"정당한 지불이요?"

"소란만 잘 일으키면 알아서 날파리가 꼬일 거라고 말해준 정보 값."

"……날파리? 날파리라면 설마……."

그녀의 눈이 점원이 말했던 대머리 남성, 마테오에게 향했다.

"저 사람이요? 어? 우릴 쳐다보고 있네요? 어? 일어났는데요?"

"이쪽으로 다가오는군."

제프리도 무미건조하게 답했다.

"거봐, 즉빵이지?"

가면 속의 진도윤이 예상했다는 듯 웃으며 답했다.

"으아아……."

주방 안에 들어선 웨이트리스는 몸을 부들부들 떨었다.

'또 시작이야.'

이곳 마을의 공식적인 서열 3위, 마테오. 그는 네비아레에서 성격이 포악하기로 유명한 자였다.

'못된 놈들.'

그녀는 원래 이 마을 토박이였다. 5년 전까지만 해도 관광객들이 붐비고 동네 주민들도 하나같이 순수했던 마을.

이곳에 언제부턴가 불법 서머너들이 점거하게 된다. 그들은 굉장히 폭력적이었으며 오직 힘으로 자신의 논리를 정당화시키는 자들이었다.

"마을이 굴러가려면 평범한 자들도 남아 있어야겠지. 이들은 따로 건들지 말고, 적당한 일을 찾아 시켜라."

뺨에 흉터를 가진 사내의 말. 그 한마디에 마을에 거주하던 모든 주민들이 이곳에 갇혀 버렸다.

다행히 그의 명령에 따라 주민들의 안전은 보호받는 것 같았지만 마을 밖으로 나갈 수 없는 삶. 저들의 욕망에만 충실해야 하는 삶.

그게 어디 삶이던가?

심지어 그들의 편의를 위해 자신들의 꿈을 버리고 잡일만을 해야 했다. 빨래방, 음식점, 웨이트리스 등등…….

그러다 보니, 그녀는 새로 들어온 피해자들을 볼 때마다 측은지심이 들곤 했다.

'이번에는 제발 무사히 끝나기를…….'

그녀는 눈을 질끈 감으며, 손님들의 평화를 기원했다. 저 사내의 눈에 찍힌 순간, 자신이 할 수 있는 것은 없다.

눈앞의 유쾌한 손님들은 언제나처럼 두 가지 결과를 맞이하겠지.

흔적조차 없이 사라지거나 아니면, 다른 테이블에서 웃고 떠드는 서머녀들처럼, 잘 지내게 되거나.

'어떤 이유에서인지는 모르겠지만…….'

그들만의 판단 기준이 있는 듯했다.

쿵! 쿵! 쿵!

무게가 꽤 나가는 마테오가 나무판자로 이루어진 바닥을 뒤흔들며, 진도윤에게 다가섰다. 그러고는 누런 이빨을 드러내며 말했다.

"어이."

진도윤은 앉은 채로 그를 올려다봤다.

"어이? 나?"

"그래, 너희들 전부, 혹시 이곳이 어떤 곳인 줄은 알고 들어온 거냐?"

"듣긴 했지."

"크하하하, 그런데도 이곳에 찾아오셨다? 얼씨구, 가면까지 썼구만? 누가 보면 서머너 마스터라도 되는 줄 알겠어."

마테오가 갑작스럽게 웃자, 주점 안의 다른 서머너들도 옳다구나 박장대소했다.

"그러게, 요즘 가면 쓰면 다 자기가 있어 보이는 줄 알더라고."

"크크크, 사실 아까부터 봤는데, 얼마나 안쓰럽던지. 여기가 어딘 줄 알고."

"모르냐? 네놈도 처음 여기 왔을 땐 저런 꼴이었어. 아무것도 모르는 새하얀 도화지처럼 떨떨하게 멍 탔지."

"이봐, 옛날 기억은 좀 지우는 게 어때?"

"야야, 근데 동양인 느낌 나는데? 진짜 서머너 마스터라도 되는 거 아니야?"

"하하하, 이 친구. 농담이 늘었구나?"

말하는 것을 들어보면 이곳에 있는 모든 서머너가 서로 안면을 튼 사이인 듯했다. 다 함께 조롱하는 녀석들의 모습에 진도윤은 점점 더 흥미로운 표정을 지었다.

모든 서머너끼리 알고 있는 상황. 거기에 강자존의 법칙이 적용되는 마을. 무언가 범죄 집단의 냄새가 나지 않는가?

"뭐, 이곳에 왔으니, 신고식 같은 거라도 하겠단 거야?"

"이야, 눈치는 빠른 친구였구나?"

"그런 소리 종종 듣곤 했지."

"그럼 내가 곧 밖으로 나가자고 하려는 사실도 알고 있겠네?"

"나쁘지 않은 제안인걸? 나도 밖이 편하다고 생각했는데."

진도윤이 대수롭지 않은 듯 말하며 일어서자, 나머지 일행들도 벌떡 일어섰다. 그 모습을 본 마테오가 다시 한번 크게 웃었다.

"크크크, 꼴에 남자라고 용기를 내는구나. 어이! 이 친구가 나들이나 나가자는데 다들 자리를 마련해 보자고!"

마테오와 그의 졸개들이 식당을 나섰다. 그러고는 식당 밖, 멀지 않은 곳에 있는 커다란 공터로 그를 안내했다.

"싸우기는 딱 좋은 장소네."

움푹 파인 바닥과 스크래치 나 있는 벽돌. 진하게 굳어 있는 핏자국까지. 얼마나 많은 싸움이 벌어졌는지, 그 흔적들이 설명해 주고 있었다.

진도윤이 손가락 마디를 풀고 있을 때, 놈들은 자연스럽게 진도윤 일행을 둘러쌌다.

"쟤는 지금 이 상황이 무섭지도 않나 보지?"

"크크, 가면 벗겨보면 덜덜 떨고 있을지도 모르는 일이지."

"아니면, 협회에서 온 놈 아냐?"

"그럼 당장 우리한테 뒈진 다음 고기밥으로 던져질 텐데?"

협회를 적대하는 발언.

이제야 진도윤은 확신했다.

'잘 찾아왔네.'

프리덤이 아니고서야 할 수 없는 발언이었으니까.

유아린도 상황을 인지했는지, 주먹을 불끈 쥐고 있었다. 손마디를 다 푼 진도윤이 이번엔 다리를 길게 뻗어 무릎을 꾹꾹 눌렀다.

"후, 근데 여기 대빵이 누구냐? 설마 넌 아닐 거 아냐."

너무도 여유로운 진도윤의 물음에 서머너들이 살짝 당황하기 시작했다. 보통 이런 상황까지 몰리면, 무슨 일이냐고 묻거나 쩔쩔매는 게 그들이 봐왔던 반응이었으니까.

"다들 왜 대답이 없어?"

진도윤이 고개를 갸웃하자, 마테오가 눈살을 찌푸렸다.

"뭘 알고 온 놈이냐?"

"아니? 아무것도 모르는데. 그래서 묻는 거잖아."

진도윤의 태연자약한 말에 마테오가 불쾌한 표정을 지었다.

"……근데 아까부터 말투가 왜 이리 건방지지?"

"아, 기분 나빴어? 누구 앞에서 굽신거리는 성격이 아니라서."

"……."

이내, 마테오의 인상이 험악해졌다. 원래는 이곳에 불러 서열을 확실히 한 후, 부하로 받아들이는 작업을 거친다.

만약, 거절하거나 너무 약하면? 그 자리에서 죽인다.

원래, 이자들에게도 똑같은 과정을 적용할 생각이었는데 시작도 하기 전에 기분이 잡쳐 버렸다. 그들의 반응이 자신이 원하던 것이 아니었기 때문.

마테오는 아직도 눈앞에서 스트레칭하는 진도윤을 응시했다.

"원래는 겁만 주고 바로 본론을 꺼내려 했는데, 아무래도 안 되겠다."

"뭐가 안 돼?"

"너희는 좀 맞고 시작해야겠다. 얻어맞으면서 예의란 게 무엇인지 좀 배워야 할 필요성이 있어 보이거든."

"……어? 그거 내가 하고 싶은 말이었는데!"

진도윤이 손뼉을 딱! 치며 말했다.

"후, 일단…… 그 시건방진 입부터 꿰매주지."

얼굴을 일그러뜨리며 전투를 준비하는 마테오를 바라보던 진도윤은 유아린에게 눈짓했다.

"어때, 혼자 가능하겠어?"

"쟤들요?"

"응."

"맡겨주시면 저야 고맙죠."

리처드를 혼자 처리하느라 살짝 미안했던 진도윤은 결국 그녀에게 또 한 번의 복수 기회를 넘겼다.

세상이 바뀐 후, 힘의 논리에 취해 질서를 어지럽히는 집단, 프리덤. 그들은 새로운 질서를 만드는 거라 말하지만, 그곳에 약자를 위한 보호 따위는 찾아볼 수가 없다.

오직 그들만을 위한, 소수만을 위한 집단이 모두의 신뢰를 얻을 수 없는 것은 자명한 일. 특히, 피해자 입장에서는 그저 끔찍한 범죄 집단, 그 이상 그 이하도 아니었다.

'……프리덤.'

유아린은 눈앞의 괴한들을 보며 생각했다. 이제는 분노라는 감정조차 들지 않는다고.

저들은 사람이 아니었다. 사람의 탈을 쓴 쓰레기들일 뿐.

우우웅!

감응력을 가열시키며 유아린이 천천히 걸어 나갔다. 그런 그녀를 바라보던 마테오는 어이없다는 표정을 지었다.

넷이서 말도 안 되는 자존심을 부릴 때부터 짜증 났는데. 이제는 혼자 상대하겠다고 나선다고?

"오만방자한 녀석들, 너희는 진짜 안 되겠구나."

"대장, 그냥 입단 제의고 뭐고 죽여 버리죠?"

"맞아 맞아, 주제 파악 못 하는 놈들은 받아줘 봤자 탈만 일으키거든."

마테오의 졸개들도 황당하다는 듯, 코웃음 쳤다. 동시에 자신의 소환수들을 하나씩 꺼냈다.

"후우, 간만에 식구 좀 늘리나 싶었는데, 그냥 오락거리로 써야겠구나."

마테오 역시 앞으로 나서서 가면 쓴 유아린을 쳐다봤다.
딱 보니까 여리여리한 여성인 것 같은데.
어떻게 처리해야 재미있을지 고민하는 눈치였다.
"흐음, 먼저 다리를 부러뜨려야 하나?"
"가느다란 게 툭 건들면 부러질 것 같은데요?"
"호호, 그다음은 어떻게 처리할까요?"

음흉한 표정으로 조롱하는 마테오 일행들. 확실히 그들은 힘에 취해 있었다. 자신보다 강자가 나타날 거란 사실을 아예 머릿속에서 배제한 것 같았다.

'어찌 저렇게 멍청하고 진부할까.'

생각하는 유아린이었지만 살짝 이해도 됐다. 이런 좁은 마을에서 왕처럼 지내다 보니, 경계심이 다 흐트러졌겠지.

"후."

한숨을 내쉰 유아린이 조용히 입을 열었다.

"한 가지만 묻자. 너희 전부 프리덤 맞지?"

그녀가 죽여야 할 존재는 오직 프리덤뿐. 마음속으로는 이미 확정 지었지만, 혹시 모르지 않는가. 확답은 얻어두고 싶었다.

"이야~ 역시 다 알고 오셨구만? 그래서 뭐, 어쩔 건데? 목소리 들어보니 우리한테 당한 연놈 중 한 명인가 본데, 네가 무슨 진짜 서머너 마스터라도 되는 줄 아냐?"

"낄낄낄, 무섭네요, 대장! 그럼 쟤가 그 뭐시기, 얼음 공주?"

"와, 그럼 진짜 만화 같겠다. 이태리 구석진 마을에 찾아온

이 시대의 영웅들이라, 캬~ 멋지네."

"……."

유아린은 낄낄 웃는 녀석들을 보며 고개를 끄덕였다.

확답을 얻었으니 됐다. 이제는 처단하는 것뿐.

"……아까부터 오빠를 왜 자꾸 찾는진 모르겠지만."

유아린이 한 손으로 가면을 잡으며 중얼거렸다.

"뭐?"

인상을 찌푸리는 마테오를 바라보며 그녀는 나지막이 경고했다.

"너희는 오늘 이 자리에서 다 죽을 거야."

툭!

동시에 쓰고 있던 가면을 벗어 던졌다.

어차피 소환수를 사용하면 정체가 다 까발려질 일. 이미 싸움이 붙은 이상, 정체를 숨길 필요도 없다.

뒤에 있던 진도윤 일행도 고개를 끄덕이며, 가면을 벗었다.

"……으음?"

"잠깐? 저거 익숙한 얼굴이잖아?"

"잉? 진짜였……?"

사고가 멈춘 듯, 몸이 굳어버린 괴한들. 그러나 이미 때는 늦었다.

유아린의 몸에서 강력한 기운이 휘몰아침과 동시에.

"컹컹!"

펜-리르를 포함한, 그녀의 소환수들이 세상 밖으로 튀어나왔으니까.

'헐······?'

그 시각 네비아레 외각에 위치한 담벼락에서 그 모습을 지켜보던 존재가 있었다. 주점에서 진도윤 일행을 맞이했던, 웨이트리스였다.

'서, 서, 서머너 마스터님께서 여기에?'

그녀는 멍한 표정을 지었다. TV에서 프리덤에게 경고를 날린 진도윤의 방송을 본 이래로, 그녀는 항상 꿈꿔왔다.

일을 마치고 설거지하면서도, 밤에 숨죽여 울면서도. 그가 혹시나 이곳에 와주지는 않을까 기대했었다.

하지만 말이 되는가? 서머너 마스터는 모든 서머너의 정점에 존재한다고 알려진 고결한 존재. 그런 분이 타국 오지에 있는, 제대로 알려지지도 않은 변방 마을에 올 리가 없지 않은가.

'근데 진짜······ 오셨다고?'

그녀는 믿을 수 없었다. 혹시 이게 꿈이 아닐까 싶어 볼을 꼬집어보기도 했다.

역시, 아릿한 통증이 몰려온다.

'그럼······ 나 이제 바깥으로 나갈 수 있는 거야?'

아무리 이곳 서머너들이 강하다 하더라도 그에겐 못 미칠 거다. 서머너 마스터는 전 세계인이 인정하는 최강의 서머너니까.

결국, 그녀는 흥분을 가라앉히지 못했다. 어느덧 눈물이 뺨을 타고 또르륵- 흘러내렸다.

'이 사실을 알려야 해.'

기존 피해자 주민들에게 전부 알리고 싶었다. 찾아온 해방의 기회를 모두와 함께 누리고 싶었다.

"여러분들! 잠깐 나와보세요!"

그녀는 매장에 붙어 있는 종을 꺼내 들고 땡땡땡! 두들기며 내달렸다.

"안드레아, 아리나, 카밀라! 다들 하던 일 멈추고 나와보라고!"

열심히 소리치며 달리는 그녀의 눈빛에는 희망이 가득 차 있었다.

"대, 대장! 진짜인 것 같은데요?"

"뭐, 이런……?"

어떻게 반응할 틈조차 없었다. 이미 그들이 꺼낸 모든 소환수 발밑에는 기이한 상형문자가 새겨져 있었고 거대한 늑대, 펜-리르가 어슬렁거리며 다가가고 있었다.

"소, 소환수들이 안 움직입니다!"

"제기랄, 움직여! 좀 움직이란 말이야!"

'악마술:단체 포박'(A급). 타르라크에서 보던 것보다는 약했지만, 그래도 엄청난 성능을 자랑하는 자락서스의 비기였다. 고개를 천천히 한 바퀴 돌린 유아린이 오른손을 들어 올린 건 그때였다.

"펜-리르."

"컹!"

서거거걱! 이윽고 달려 나간 늑대가 멈춰 있는 소환수들을 빠르게 썰어 넘기기 시작했다. 전방에 위치한 소환수들이 갈라지는 순간, 뒤에 있는 몇몇 소환수들의 봉인이 풀렸다.

'아직, 숙련도가 너무 낮아.'

유아린이 고개를 끄덕였다.

고작 2성(★★)에 스킬 초월도 못 한 상태. 그래도 이 정도 성능을 보여줬으면, 밥값은 했다고 볼 수 있다.

"크아아!"

봉인이 풀린 소환수들은, 온 힘을 다해 펜-리르에게 달려들었다.

옆에서 커다란 곰이 앞발을 휘둘러왔지만.

"컹!"

자세를 낮춘 펜-리르가 가볍게 피한 뒤, 이빨로 녀석의 목을 물어뜯었다.

콰득!

살벌한 소리와 함께 곰의 목뼈가 단박에 부러졌다. 그사이 또 하나의 소환수가 뒤를 노렸다. 커다란 몽둥이를 들고 있는 장신의 트롤이었다.

"죽여 버려!"

후웅!

공기를 찢어발기는 소리와 함께, 몽둥이가 떨어졌지만.

"나를 잊으면 안 되지."

화르륵!

이프리트의 중얼거림과 함께 트롤의 온몸에 불이 붙었다. 손가락을 튕기듯 간단한 공격이었다.

"키아아아!"

그러나 트롤은 이보다 더 괴로울 수 없다는 듯 괴성을 질렀다. 자체 회복력까지 무시하는 화력. 과연, 정령왕다운 힘이었다.

"이, 이, 미친……!"

고작 몇 번의 움직임에 여러 소환수가 당하자 그들은 어찌할 바를 몰랐다. 특히, 마테오는 절망 어린 표정을 지었다.

딱 느껴지는 기세만 봐도 분명히 자신들이 밀리고 있었으니까. 심지어 유아린 뒤에 있는 진도윤이나 제프리 등등. 더 무서운 자들이 미동조차 없는 상태였다.

'하지만 이제는 어쩔 수 없어.'

불과 며칠 전, 자신도 서머너 마스터의 기자 회견을 시청했다.

프리덤을 향해 경고하는 그 모습. 그런 그가 이곳까지 찾아와 자신들을 살려줄 리 없었다.

"목숨 걸고 덤벼! 수량으로 밀어붙이면, 우리도 할 수 있어!"

마테오의 외침과 함께 수십의 소환수들이 그녀를 향해 돌진했다. 그러나 그 흉악한 기세에도 유아린은 미동조차 하지 않았다.

서걱! 서걱!

그저 하나하나 차분히 펜-리르를 컨트롤할 뿐이었다. 물론, 그녀의 공격 대상은 소환수뿐만이 아니었다.

"커허억!"

"자, 잠깐!"

"으아악, 사, 살려줘!"

뒤쪽으로 이동한 자락서스가 서머너들을 급습했다. 녹색 기운을 뿜어내는 주먹으로 그들의 머리에 하나하나 꿀밤을 매겼다.

머리를 부여잡으며 정신없이 뒹구는 서머너들.

"이런…… 제기랄."

욕지거리를 내뱉은 마테오의 머릿속이 빠르게 굴러갔다.

'어떡하지?'

솔직히 말해서 승산은 없었다.

그도 나름 구르고 구른 A급 서머너. 몇 번 부딪쳐 보기만 해도 그 정도는 알 수 있었다.

'우리 실력이 고작 이 정도였다고?'

주먹을 꽉 쥔 마테오가 온몸을 부들부들 떨었다. 차라리 서머너 마스터에게 당했으면 이렇게 억울하진 않았을 거다.

'그냥 이대로 싸우면?'

죽을 건 불 보듯 뻔했다. 눈앞 저 얼음공주의 차가운 눈빛만 봐도 안다.

다 죽여 버리겠다는 섬뜩한 살기.

'일단, 도박이라도 해보자.'

결국, 그는 결단을 내렸다. 혹시나 하는 마음으로 무릎을 꿇기로 한 것이다.

"자, 잠깐만요!"

마테오가 잽싸게 손을 들며 외쳤다. 뒤에서 수하들이 어이없다는 표정을 짓자, 마테오가 윽박질렀다.

"다들 뭐 해! 무릎 꿇어! 소환수들도 다 뒤로 물리고!"

"대, 대장?"

"갑자기요?"

"이 미친놈들아, 상황 파악 안 돼? 어차피 싸워봤자 ×되는 건 우리야!"

어찌 보면 귀여워 보일 수도 있는 행동. 하지만 그들을 쳐다보는 유아린의 눈빛은 여전히 싸늘했다.

'용서를 구할 수 있다고 생각하는 건가?'

어이가 없어서 실소마저 나오는 상황이었다.

"다, 다 누가 시켜서 한 겁니다! 저희는 사람을 죽인 적도 없어요!"

목숨을 연명하고 싶은 마테오가 절절하게 외쳤다. 그러자 다른 녀석들도 함께 동참했다.

"마, 맞습니다! 저희도 피해자입니다!"

"우리도 그냥 안개 마을에 들어왔다 당한 것뿐이라고요."

"리, 리처드 브레드. 그 사람이 통제했습니다."

네 번째 프리덤 간부의 이름이 나오자 진도윤이 곧바로 반응했다.

저벅, 저벅.

상황을 구경하기만 하던 그가 마테오 앞에 가서 쭈그려 앉았다. 그리고 눈을 맞췄다.

"리처드 브레드?"

빤히 응시하는 진도윤의 모습에 오금이 저린 마테오가 딸꾹질을 했다.

"마, 맞습니다. 다 그자가 시킨 일입니다."

"그래?"

"그렇습니다!"

"거짓말하는 건 아니고?"

진도윤이 고개를 살짝 기울이며 물었다. 살짝 뜨끔- 한 마테오였지만, 이미 거짓말을 한 이상 완벽히 철판을 깔아야 했다.

"제, 제가 생긴 건 이렇게 생겼어도 개미 하나 못 죽이는 놈입니다."

"그렇단 말이지……."

피식 웃은 진도윤이 다시 자리에서 일어났다.

'오, 먹혔나?'

진도윤이 웃자, 마테오도 어색하게 따라 웃었다. 드러난 누런 이빨이 굉장히 역겨워 보인다.

"그럼 저들에게 물어보면 되겠네."

"……저들요?"

고개를 치켜든 마테오가 진도윤을 바라봤다.

외곽으로 향해 있는 그의 시선. 마테오는 천천히 고개를 꺾어 외곽을 바라봤다. 그곳에는 자신들이 5년 동안 노예처럼 부려 먹던 주민들이 모여 있었다.

분노에 가득 찬 표정으로 자신들을 바라보는 사람들.

'Fuxk……!'

마테오의 얼굴이 일그러졌다.

웨이트리스를 필두로 한 주민들의 눈빛에는 분노가 가득했다.

무려 5년이란 시간 동안 자신들을 탄압해 놓고, 또 네비아레에 들어온 수많은 서머너들을 죽여놓고 뭐? 개미 한 마리도 못 죽인다고?

"웃기지 마! 제가 분명 봤어요! 사람 죽여서 바닷가에 던지는 거!"

"저, 저도 봤어요! 심지어 저 새끼가 제 친구 에벨리나를 끌고 가서……. 흐으흑."

"……우리 아빠도 저놈들한테 반항한 이후, 다음 날부터 사라졌었어요. 이 흉악한 놈들, 사람 같지도 않은 놈들……."

주민들은 이때다 싶어 그동안 당했던 것들을 토로했다. 본능적인 두려움에 몸을 부들부들 떨면서도, 멈추지 않았다.

어찌 무섭지 않겠는가. 이미 머릿속에 저들의 횡포와 폭력이 트라우마처럼 각인되었을 텐데.

하지만, 그들은 용기를 냈다.

서머너 마스터, 진도윤. 그는 모든 세계인의 영웅 격인 존재.

'아무리 저들이 흉악한 집단이라 해도 서머너 마스터께는 못 비빌 거야.'

'게다가 어차피 저분이 안 되면 그 누가 우릴 구원해 주겠어?'

그들의 생에 마지막으로 찾아오는 기회였다. 혹여 잘못되는 한이 있더라도 저들의 악행을 알려야 했다.

"제발…… 제발 저들을 죽여주세요!"

"우리를 이 지옥에서 꺼내주세요!"

주민들이 악에 받친 목소리로 외쳤다.

"……"

그 모습을 바라보는 제프리도, 유아린도, 김제하도 쓰디쓴 표정을 지었다.

말이 쉽지, 그동안 얼마나 고통스러운 삶을 살아왔을까.

도저히 용서가 안 되는 집단이었다.

이에 고개를 끄덕인 진도윤이 다시 마테오를 쳐다봤다.

"야, 저렇다는데? 어떻게 된 거냐?"

"……"

진도윤의 물음에 마테오는 말없이 이를 갈았다.

이미 수는 틀어졌다.

'이렇게 된 이상······.'

눈앞의 서머너 마스터를 처리하는 것은 무리다. 이미 본능이 말하고 있었다.

또한 온 피부로 느끼고 있었다. 덤비는 순간, 자신은 죽는다.

하지만, 저 빌어먹을 주민들을 죽이는 거라면? 기회만 잘 잡으면 가능성이 없는 것도 아니다.

'저 연놈들이라도 죽여야 속이 풀리겠어······.'

5년간 자신이 수족처럼 부렸던 노예들이 옳다구나 싶어 저 난리를 펼치는 게 배알이 꼴리는 마테오였다.

'아직 내 소환수, 스노우 베어는 잘 살아 있으니까.'

침을 꿀꺽 삼킨 대머리, 마테오가 헤벌쭉 웃었다.

"하하, 그게······."

무릎을 펴고 천천히 뒤로 물러선 순간.

우우웅!

기습적으로 감응력을 펼쳤다.

"이 배은망덕한 새끼들, 다 죽어!"

뒤로 뛰어나감과 동시에, 소환수와 함께 주민들을 향해 내달렸다.

"어, 어어?"

"꺄악!"

갑작스러운 그의 돌발 행동에 주민들이 당황했다.

"......"

하지만, 진도윤은 그 모습을 그저 물끄러미 응시할 뿐이었다.

"크어어어!"

그렇게 스노우 베어의 앞발이 가장 선두에 있는 주민을 덮치려는 순간.

스걱!

갑자기 나타난 검은 손톱이 곰의 모가지를 단숨에 썰어냈다.

깔끔한 암살 솜씨. 김제하의 소환수, 세티스였다.

"이 이상 넘어가면 죽음이다, 쓰레기."

김제하의 서늘한 목소리에 눈이 휘둥그레진 마테오는 재빨리 주변을 두리번거렸다. 놀란 부하들의 모습과 그 모습을 싸늘하게 쳐다보는 유아린과 제프리가 보인다.

'이, 이거 좆 된 거 같은데.'

이대로라면 분명 뒈지는 것은 시간문제다. 그런데 어찌할 방도가 없다는 게 그를 미치게 했다. 아무것도 못 해보고 비참한 죽음을 맞이하는 건 그의 계획에 없었으니까.

그렇게 당황하고 있는 순간 그의 시야에 익숙한 신형이 잡혔다.

저 멀리서 청색 두건을 쓴 채 걸어오고 있는 자.

"오, 오스틴 형님?"

마테오가 반갑게 그를 불렀다.

"형님! 이곳입니다! 이곳!"

나이지리아 출신의 이곳 서열 2위, 오스틴. 간부 리처드 브레드의 수하로 그렇게 강한 편은 아니었지만, 무언가 정체 모를 분위기가 있는 사람이었다. 리처드도 그가 하는 말에는 웬만큼 따라줬던 거로 기억하니까.

그라면, 무슨 방도가 있을지도 몰랐다.

"……."

진도윤의 시선도 그쪽으로 향했다.

'뭐지 저놈은?'

다가오는 녀석의 분위기가 무언가 심상찮았다.

'그렇게 센 놈은 아닌데.'

느껴지는 감응력은 딱히 높지 않다.

많이 쳐줘 봐야 김제하 수준? 그러나 그의 본능과 직감은 그렇게 말하지 않았다.

무언가 불길하면서도 고약한 기운.

마치, 리처드의 기억에서 봤었던 노야와 비슷한 느낌이었다.

'마계…….'

그 순간, 진도윤은 본능적으로 알았다. 자신이 찾고자 하는 프리덤의 실마리가 저놈에게 있겠다는 것을.

"서머너 마스터가 이곳 마을까지 납셨다라……."

녀석은 무뚝뚝한 소리를 내며 걸어왔다. 그의 뒤에는 시커먼 낫을 든 유령이 함께 따라오고 있었다.

그의 소환수인 듯했다.

"그렇다는 건…… 리처드는 이미 이 세상에 없겠군……. 그렇게 조심해 달라 부탁했건만."

남자가 무릎을 꿇고 있는 프리덤 멤버들에게 다가가자 마테오가 다가가 반갑게 소리쳤다.

"형님! 오셨습니까?"

"……멍청한 놈."

오스틴이 자신의 오른손을 위로 들어 올렸다. 그 순간, 그의 소환수의 낫이 날카롭게 휘둘러졌다.

서거걱!

"혀, 형님?"

마테오는 믿을 수 없다는 표정으로 자신의 아래를 내려다 봤다.

"으…… 으어어……?"

낫이 지나간 자리에 깊숙이 파인 복부. 완전히 갈라진 그곳에서 시뻘건 피가 흘러내리고 있었다.

"이 쓸모없는 것들."

욕지거리를 뱉어낸 오스틴은 마테오뿐만 아니라, 다른 프리덤의 멤버들까지 죽여 나갔다.

미처 반항하지도 못한 채 썰려 나가는 괴한들. 갑작스러운 행동에 주민들뿐만 아니라 진도윤도 놀란 표정을 지었다.

"……뭐 하는 짓?"

어차피 죽어야 할 자들이란 건 별개로 그의 행동이 기괴한 것은 분명했다.

"진도유운……. 쟤 살짝 맛이 간 것 같아 보이는데?"

어느덧 그의 어깨 위에 앉아 있는 엘라임도 고개를 절레절레 흔들 정도였다. 순식간에 녀석들을 주검으로 만들어 버린 오스틴이 비릿한 미소를 지으며 진도윤을 쳐다봤다.

"진도윤, 아니, 서머너 마스터라 불러야 하나? 기자 회견은 잘 봤다."

"후우, 이건 또 뭐 하는 놈인지."

진도윤은 미치겠다는 표정을 지었다.

한 놈을 잡으면 또 한 놈이 튀어나오니 무슨 사슬낫의 제니라도 된다는 말인가?

한숨을 내쉰 진도윤이 상대를 바라보며 말했다.

"그래, 그래서 넌 또 누군데……?"

"내가 누구냐는 지금 중요한 문제가 아니지. 중요한 건 네가 이곳에 온 것이 아주 잘못된 선택이라는 것."

"……."

눈앞의 남자. 당장에 죽여 버릴 수도 있었지만, 진도윤은 궁금했다. 적은 감응력으로 어떻게 저런 기운을 풍길 수 있는지. 그리고 뭘 믿고 저렇게 자신만만한지.

"클클, 내가 왜 이런 소리를 하는지 모르겠지."

"당연히 모르지."

"굉장히 궁금해 보이는 표정이로군?"

오스틴이 여유로운 표정으로 진도윤을 바라봤.

"뭐, 궁금하면 말해줄 거냐?"

피식 웃으며 말하는 진도윤을 보며 오스틴이 고개를 끄덕였다.

"뭐, 어차피 뒈질 녀석들이니 말해주지 못할 건 없지."

"오, 쿨한 성격이네."

진도윤이 잘됐다는 표정으로 중얼거렸다.

어차피 말해주지 않으면 제압한 다음 얻어내려 했는데. 저렇게 직접 말해준다니? 나쁠 거 없지 않은가.

"이곳, 네비아레가 왜 5년간 안개로 뒤덮여 있었는지 알면 놀랄 거다."

입꼬리를 말아 올린 오스틴이 손가락으로 허벅지를 톡톡 두드렸다.

"내가 왜 군이 이 녀석들을 죽였는지 아나? 같이 싸우면 내 편인데 말이지."

"글쎄?"

"그래야 5년간 펼쳐놨던 소환진이 완벽하게 완성되기 때문이다."

그가 거만한 표정으로 소매를 걷어 팔을 드러냈다.

"이곳 마을은 프리덤이 야심 차게 준비한 악마 소환진 그 자체. 안개 속에서 일정 감응력 이상의 서머너 1,000명이 죽음으로써 활성화되지. 본래 노야께서 찾은 네 번째 그릇, 리처드 브레드의 소환수로 낙점된 악마이지만……. 그릇이야 뭐, 세상에 널려 있으니까."

"……그게 뭔 말이냐?"

진도윤이 의문스러운 표정을 지었다. 분명 말 자체는 알아듣긴 했는데, 무슨 뜻인지 도통 모르겠는 그였다.

소환진? 그렇다는 건, 마계에 있는 악마를 직접 소환할 수 있다는 뜻인가?

"방금 녀석들을 죽임으로써 진이 완성됐다는 말이다. 백 번 듣는 것보다 눈앞에서 직접 확인하는 게 더 빠르겠지."

오스틴이 웃으며 품속에 있는 단검을 꺼냈다.

푹!

그러고는 자신의 손목에 단검을 힘껏 찔러냈다.

'뭐 하는 짓이지?'

녀석의 팔에서 뚝뚝 떨어지는 피. 바닥에 닿자마자 치이익- 거리며 나는 소리.

'설마…… 정말 무슨 소환 의식이라도 되는 거야?'

그의 짧지 않은 서머너 인생에 저런 방법으로 몬스터를 소환하는 경우는 처음이었다.

두두두두…….

그 순간, 주변의 공기가 음습하게 변하기 시작했다.

땅과 바위, 나무가 세차게 흔들렸고 마을 주변을 두르고 있던 안개가 강하게 요동치기 시작했다.

"뭐, 뭐예요?"

"꺄악, 지, 지진이다!"

"다들 서로 붙잡아요!"

갑작스러운 환경 변화에 주변 주민들이 자세를 낮추고 바닥에 엎드려 균형을 잡았다. 그 모습을 지켜보던 오스틴은 경이롭다는 표정으로 하늘을 향해 손을 뻗었다.

"크하하, 다들 영접하라! 판데모니엄의 10 악마 중 하나이자, 안개를 다스리는 악마. 마르바스 님을!"

쿠구궁!

"……마스터."

미간을 찌푸린 진도윤 옆으로 제프리가 다가왔다.

"조금 사안이 심각한 것 같다."

"나도 느끼고 있어."

진도윤도 분명히 들었다.

판데모니엄은 마계의 중앙 도시. 그곳에 사는 악마가 나타난다는 것은 그가 느꼈던 것이 틀린 게 아니라는 말.

'역시……. 프리덤은 마계와 관련이 있었군.'

단순한 테러 집단이 아니었다. 지금은 알지 못할, 더 깊은 무언가가 있었다. 정확히는 모르겠지만, 일단은 그게 문제가 아니었다.

스르르르!

사방에서 몰려드는 안개가 벌써 어떠한 형체를 만들어내고 있었으니까.

[띠링!]
[위대한 업적을 달성합니다!]

[판데모니엄의 10악마를 발견하셨습니다.]
[감응력이 한 단계 성장합니다.]
[추가 감응력 +1]

"이건 뭐……."

진도윤도, 나머지 사람들도 전부 감응력이 오른 것 같았지만, 기뻐할 새가 없었다. 형체에서 품어져 나오는 그 끔찍한 기운이 일대를 지배해 나가고 있었으니까.

"와, 이건 좀 빡세겠는데."

진도윤은 온몸의 털이 곤두서는 것을 느꼈다.

"……제프리."

"맞다. 마스터, 저 소환이 완전히 끝나기 전에 처리해야 해."

"방법은?"

"지금 찾아보고 있다. 네비로스도 당황하더군."

분명히 예상치 못한 상황이었다. 하지만 진도윤은 당황하지 않았다.

미궁에서 100년간 산전수전 다 겪었던 경험 때문일까? 오히려 심장은 냉수를 마신 듯 차가워졌다.

"그어어어……."

공간 전체를 울리는 소름 끼치는 울음을 들으며.

진도윤은 천천히 전투를 준비했다.

유아린도, 김제하도 묵묵히 본인의 소환수를 꺼냈다.

이윽고- 던전에서나 볼 법한 메시지가 떠올랐다.

[가이아의 특별 임무가 도착합니다.]
[임무 - 악마 소환 저지.]
[판데모니엄의 끔찍한 악마가 세계의 질서를 어지럽히려 합니다. 소환 의식을 막아 평화를 지켜주세요.]

처음 받아보는 특별 임무였다.

세상이 변하고.
모든 인류에게 '감응력'이라는 특별한 능력이 생긴 그 날.
우리는 분명히 보았다.
가이아의 가호를 받았다는 문구를.
그렇다면 도대체 가이아가 누굴까?
수많은 서머너들이 연구했고.
또 수많은 가설이 쏟아졌지만.
누구 말이 맞다 할 수는 없는 노릇이다.
여기 있는 그 누구도 가이아를 만나보지 못했는데, 어찌 알겠는가.
가이아가 인류를 상대로 놀이를 펼치는 거라 주장하는 자도 있을 테고.
또 흉악한 몬스터를 처리하기 위한 지구의 자정작용이라

는 자도 있을 터였다.

예로부터 가이아는 지구라는 뜻으로도 쓰여왔으니까.

누구 말이 맞는지는 저자도 잘 모르겠지만, 확실한 것은 있다.

가이아가 준 감응력 덕에 우리가 생존하고 있다는 것.

그러니 한 번 열심히 감응력을 올려보자.

혹시 아는가?

키우다 보면 그 존재를 만나는 날이 오게 될지.

[제프리의 '서머너학 개론'에서 발췌.]

마을에 등장한 희멀건 안개는 곧이어 하나의 형체를 이루어냈다.

늙은 노인의 얼굴에 온 얼굴이 사자 갈기로 뒤덮여 있는 흉측한 괴물. 붉게 충혈된 눈과 끔찍한 기운은 보는 이들로부터 두려움을 자아냈다.

꿀꺽.

침을 삼킨 진도윤이 녀석을 노려보고 있자.

"마스터."

옆에 있던 제프리가 입을 열었다.

"왜?"

"마르바스는 판데모니엄에서도 최상위 계층에 있는 10 악마 중 하나다."

"10 악마라……. 나도 저놈한테 듣긴 했는데, 그럼 네비로스보다 센 건가?"

악마들의 서열에 대해 알 리 없는 진도윤이 두 눈을 깜빡였다. 제프리가 당연하다는 듯 고개를 끄덕였다.

"물론, 마계 전체 서열 중 10위 안에 드는 놈인데……. 둠이나 크림슨 나이트를 만날 때도 멀쩡했던 네비로스가 이렇게 긴장하는 건 나도 처음 본다. 마계에 있을 당시엔 눈도 못 마주칠 정도의 존재였다는군."

"오우, 끝내주는 놈이라는 말이네?"

"……말이 또 그렇게 되나?"

"그래서 저거 어떻게 잡는데? 지금 중요한 건 그거잖아."

이곳이 마계라면 둠의 힘이라도 빌릴 텐데. 아쉽게도 이곳은 던전 밖, 현실이다.

"일단 다행인 건, 저게 본체 힘의 10%도 안 된다는 사실이다."

"저게?"

그 말에 진도윤의 눈이 휘둥그레졌다. 지금도 기운에 밀려 숨 막힐 듯 답답한데, 100% 출력이면 얼마나 더 세다는 걸까.

"우선, 아직 소환이 완성된 건 아니니까, 우선 한 방 먹여보자."

"한 방? 뭐로?"

"낼 수 있는 것 중 가장 센 거."

"오케이, 접수."

진도윤이 고개를 끄덕이며 답했다.

답이 없는 상황일 땐? 제프리의 오더만 들으면 절반은 간다.

'가장 센 기술이라면, 고민할 필요도 없지.'

현 소환수 중 가장 강한 파괴력을 가진 것은 4성(★★★★)짜리 데몰리션. 녀석의 기술 중 하나인 '뉴클리어 브레스'(S급)다.

'오랜만에 써보겠구나.'

진도윤은 뒤로 이동해, 데몰리션을 소환했다.

"뀨우웅!"

"들었지, 데몰리션?"

"뀨웅!"

소환된 녀석은 기분 좋다는 듯 포효했다. 자신의 주인이 가장 센 공격으로 자신을 택했다는 것에 대한 기쁨이었다.

그오오오……

시야 앞, 마르바스의 형체는 계속해서 뚜렷해지고 있었다.

'시간이 없어.'

녀석으로부터 품어져 나오는 기운 역시 점점 거세졌다.

완전히 드러나기 전에, 한 방 먹여야 한다.

여느 소년 만화들처럼 악당이 다 등장할 때까지 기다려 주는 악취미는 없으니까.

뒤를 보니, 동료들이 주민들을 이끌며 뒤로 피신시키는 중이었다. 이를 확인한 진도윤의 입가에 미소가 피었다.

세 보인다고 쫄 필요 있겠는가? 그동안 겪어온 경험과 세월이 얼만데.

"자, 다들 안전거리는 확보한 것 같으니······."

진도윤은 우선 데몰리션의 크기를 4성(★★★★)에 맞게 키웠다.

"어디 한번, 찐하게 맞아보라고."

[스킬, 변화하는 육체(S급)를 사용합니다.]

"크롸라라!"

어느덧 뀨웅거리던 귀여운 모습은 사라지고, 녀석보다 월등히 큰 크기의 거대한 드래곤이 등장했다.

콰가가가!

대충 5층짜리 빌라 정도 되어 보이는 본래 데몰리션의 모습.

"······저, 저게 뭐야?"

"워, 원래 저런 소환수였어?"

뒤에서 걱정스러운 표정으로 지켜보던 주민들의 눈이 휘둥그레졌다.

진도윤이 루키로 활약할 당시 그의 시그니처였던 검은 용의 본모습을 처음 본 탓이다.

'진짜 본 모습은 6성 때 나오겠지만.'

어쨌든 4성만으로도 엄청난 위용이었다.

"······!"

마르바스 쪽에 붙어 있는 오스틴 또한 놀란 모습이었다.

하지만, 아직 놀라기엔 이르다. 데몰리션의 진짜 위력은 지금부터.

쿠그그그그……

데몰리션의 입으로 엄청난 자연의 에너지가 흡수되기 시작했다. 얼마나 흡입력이 강한지, 마르바스의 기운도 일부 빨아들일 정도.

진도윤은 인상을 찌푸리며, 모든 감응력을 털어냈다.

'언제 느껴도 적응 안 되는 아픔이구만.'

진도윤이 속으로 쓴웃음을 지었다.

데몰리션이 성장한 만큼, 브레스의 위력도 강해진다. 그만큼 진도윤이 받는 고통도 만만찮았다.

'이 한 방에 최대한 피해를 입혀야 해.'

녀석이 완전히 소환되면 어떤 능력을 사용할지 모른다. 그렇기에 이번 한 방에 최대한의 감응력을 쑤셔 넣어야 했다.

두드드드!

몰아치는 위력에 땅이 흔들렸다. 순간적인 위력만 따지고 보면, 마르바스에게도 밀리지 않을 정도.

이윽고 데몰리션의 입이 쩍 벌어졌다.

데몰리션의 비기. '뉴클리어 브레스'(S급)의 발사가 준비된 것이다.

브레스를 준비하는 데몰리션을 바라본 오스틴의 행동이 급해졌다.

"마, 마르바스시여, 빨리 일어나셔야……!"

소환 시간이 길다는 것은 들었다. 하지만, 크게 걱정하지 않앉던 것도 사실이었다. 선배들에게 듣기로는, 악마는 존재 그 자체만으로도 인간에게 공포심을 일으킨다 했었으니까.

'그런데……'

눈앞의 서머너 마스터는 두려워하는 기색이 없었다. 오히려 미소까지 지으며, 기세등등하게 공격하려 했다.

심지어.

'아씨, 뭐 저딴 몬스터가 다 있어?'

오스틴이 하얗게 질린 얼굴로 전방을 바라봤다.

매끈한 피부를 가진 시커먼 흑룡. 얼마나 큰지, 하늘의 해가 가려질 정도였다. 거기다 뭉치고 있는 기운은 어떠한가. 맹세코 저런 패도적인 기세는 그의 인생에 처음이었다.

"이런…… 미친."

결국, 오스틴은 마르바스를 등진 채 뒤로 달려 나갔다.

악마 소환이고 뭐고 일단 살아야 하지 않겠는가.

그러나 도주할 시간은 없었다.

슈아아아아앙!

곧바로 데몰리션의 브레스가 폭사했으니까.

'아아……?'

생각할 시간도 없었다. 시야가 온통 하애졌고- 그대로 의식이 끊겨 버린 오스틴이었다.

영원히.

3장

콰아아아앙!

엄청난 폭음이 공간을 떨쳐 울렸다. 눈을 감고 귀를 막은 주민들은 온몸을 덜덜 떨며 폭발의 후폭풍을 견뎌냈다.

그러면서도 실눈을 뜬 채, 눈앞의 상황을 파악했다.

'……저게 브레스?'

'무슨……. 소환수 하나가 이런 위력을.'

'아무리 서머너 마스터라 해도 저건 사기 아니야?'

'그렇게 귀여웠던 용이, 원래 저런 괴물이었다고?'

그들도 과거 서머너 교육을 받은 자들이었다. 각종 매스컴과 책을 통해 A급 서머너가 어떤 위력을 내는지도 잘 알았다. 당장 그들을 탄압했던 프리덤만 봐도 알 수 있지 않은가.

하지만 그런 그들도 저런 말도 안 되는 스킬은 듣도 보도 못했다.

'진짜 미쳤다…….'
'건물이랑 땅이 다 사라져 버렸어…….'
'이걸 누가 막아.'

이미 마르바스가 있던 자리 아래에는 운석이라도 떨어진 듯, 거대한 크레이터가 생성되어 있었고- 그 뒤에 존재하던 모든 건축물은 샅샅이 분해되어 황토가 되어버렸다.

소형 핵폭탄이 떨어졌다면 이런 분위기일까?

[파괴룡 '데몰리션'(★★★★)이 온 힘을 다한 분출에 만족해합니다!]
[친밀도가 1 상승합니다.]

"크롸라라라!"

녀석은 신난 듯 날개를 펼치며 하늘을 향해 포효했다. 그런 녀석을 보며 진도윤은 고개를 흔들었다.

"아직 끝난 거 아니다, 이 녀석아. 집중해."

진도윤은 침착한 표정으로 계속 전방을 응시했다. 상황이 종료되기 전에 방심하다간 골로 갈 수도 있는 법. 진도윤이 그 정도 기본을 모를 정도로 어수룩하진 않았다.

"……."

앞을 바라보던 진도윤의 미간이 찌푸려진 것은 그때였다.

"크륵."

뿌연 안개와 먼지 사이로 들리는 소리. 놀랍게도 마르바스는 그 공격을 맞고도 살아 있었다.

온몸이 피투성이긴 했지만, 분명히 꿈틀거리며 움직이고 있었다. 또한 풍겨 나오는 기세 역시 여전히 강력하다.

"크으으……."

표정은 살짝 당황한 기색이었지만 가까스로 몸을 가눈 마르바스가 시뻘건 눈으로 눈앞의 진도윤을 쳐다봤다.

"흐흐……. 흐흐흐……."

동시에 억눌린 웃음을 뱉어냈다.

"……어이가 없군. 인간계에 오자마자, 이런 대우라니."

칠판을 억지로 긁는 듯한 소름 끼치는 음성. 신기하게도 그 의사가 머릿속에 정확히 전달된다.

'불쾌하네.'

마치 인간이 본능적으로 벌레를 꺼리는 것처럼 녀석에게서 딱히 말로 표현할 수 없을 정도의 거슬림이 느껴졌다.

"잠깐, 이것은……?"

문득, 마르바스의 표정에 이내 의문이 어렸다.

"파괴의 기운인가? 신기하군. 어찌…… 봉인된 파괴의 기운이 여기에……."

진도윤은 미간을 좁혔다. 파괴라 말하는 것 보니, 데몰리션에게 뭔가 있는 듯싶은데.

'봉인이라고……?'

마계의 누군가가 데몰리션을 봉인하기라도 했다는 걸까? 정확히는 모르겠지만, 녀석의 표정을 보니 한 가지는 확실히 알

수 있었다.

'놈은 분명히······.'

데몰리션을 두려워하고 있었다. 비록 티는 내지 않았지만 말이다.

이윽고 마르바스는 이내 고개를 천천히 끄덕였다.

"뭐, 아직까지 조잡하긴 한데, 파괴의 기운임은 맞긴 하단 말이지······."

"마스터!"

제프리가 외친 것은 그때였다.

"왜?"

"빨리 공격해야 한다. 저놈······ 지금 꽤 충격이 있어. 지금 회복 시간을 벌고 있는 거다!"

"오오? 꽤나 똑똑한 인간도 있군? 그래, 이 정도는 되어야 재미있겠지."

제프리의 외침에도 마르바스는 꿋꿋이 여유를 부렸다. 그 모습을 보던 진도윤이 고개를 끄덕였다.

"좋아, 뭐······. 나도 이거 한 방으로 끝날 거라곤 생각 안 했으니까."

"그럼 당장 시작하자. 이번엔 합공! 김제하, 유아린도 준비해!"

제프리의 오더가 본격적으로 떨어졌다. 동시에 일행들은 각자 자신의 소환수를 꺼낸 채 마르바스를 포위했다.

딱히 연습하지 않았어도, 척척 움직였다.

"하하하하!"

마르바스는 마치 애들 장난을 보듯 웃어 재꼈다.

"악마들을 부릴 줄 아는 녀석들이 또 있다니. 역시 재미있는 세상이구나."

그리고 이내 가소롭다는 듯 고개를 흔들었다.

"하지만, 나는 악마들 그 위에 군림하는 10 악마. 기껏해야 저런 저급한 악마들로 날 어찌하려 생각한다면 큰 오산이다."

"하……. 참 말 많네."

진도윤이 끼어든 것은 그때였다.

"……뭐라?"

"악마들은 원래 그렇게 말 많냐? 우리 둠은 안 그러던데."

정확히 말하자면, 둠은 악마가 아니라 데스나이트였지만, 어쨌든.

"잡담은 이쯤하고 이제 슬슬 붙어보자고."

"언제든지."

쿠구궁!

말이 끝난 순간, 녀석을 둘러싸던 안개가 소용돌이치기 시작했다. 그 모습을 바라보는 진도윤의 눈빛이 차갑게 가라앉았다.

마계의 최상위 포식자 중 하나인 마르바스. 놈이 다루는 안개는 적들의 시야를 방해하고 균형감각을 잃게 만든다고 전해진다.

후웅!

눈을 번뜩인 마르바스가 손을 떨쳐낸 것은 그때였다.

스아아아아!

그러자 증기 뿜는 소리와 함께, 하얀 안개가 일대에 뻗어 나가기 시작했다. 기존에 펼쳐져 있던 것보다 세 배는 더 두꺼워진 안개였다.

"마스터, 유아린!"

제프리가 소리 높여 외쳤다.

"저 속에서 싸우면 무조건 질 수밖에 없다. 최대한 증발시켜야 해!"

"증발이라면?"

"태워! 주변의 온도를 높여라!"

진도윤은 제프리의 말뜻을 곧바로 이해했다. 화(火) 속성 몬스터인 피닉스와 이프리트를 이용하라는 말.

'안개와 불이 상극이긴 하지.'

안개가 짙어지면 그 습기 때문에 화력이 잘 붙지 않는다. 다만, 불의 화력이 더 세다면 안개는 뜨거운 수증기가 되어 사라지게 된다.

'결국 누구의 화력이 더 강하냐인데……'

진도윤은 우선 피닉스를 그대로 돌진시켰다.

"끼루루루!"

[스킬 '화염 돌풍'(S급)을 사용합니다.]

화르륵!

피닉스의 날갯짓이 돌풍이 되어, 안개들을 걷어냈다. 부족한 감응력으로도 통하는 걸 보니, 녀석도 꽤나 충격이 있었던 모양.

"괜찮은데?"

"저도 갈게요!"

유아린도 가만히 있지 않았다. 이를 악문 채, 이프리트의 염화로 쏟아지는 안개를 증발시켰다.

"크르륵."

둘의 견제를 보던 마르바스가 콧김을 품었다. 그러고는 본격적으로 육체를 움직이기 시작했다.

안개가 통하지 않으니, 육탄전으로 상대를 압살할 요량이었다. 기본적인 육체 능력도 뛰어난 마르바스였으니까.

동시에 제프리의 미간이 찌푸려졌다.

"전부 마스터 쪽으로 붙어! 최대한 안개가 없는 곳에서 싸워야 한다!"

마르바스는 안개 속에서 강해진다. 아니, 정확히는 강해진 것처럼 느낄 수밖에 없다. 그 속에서는 각종 디버프를 안은 채 싸워야 하기 때문.

그의 오더에 퍼져 있던 일행들이 모두 신속하게 진도윤이 있는 방향으로 달려오기 시작했다.

"크륵."

그러나 마르바스도 가만히 있진 않았다. 몸을 잔뜩 웅크리더니, 이내 김제하의 세티스를 향해 섬광처럼 쏘아져 나갔다. 가장 약해 보이는 녀석을 먼저 표적으로 삼은 것이다.

"김제하! 조심해라!"

"이런……."

제프리가 외쳤지만, 타깃이 된 김제하는 달리던 것을 멈추고 전투 자세를 취했다. 이미 은신이 들킨 이상, 떨쳐낼 수 없다는 사실을 안 것이다.

"제기랄."

욕지거리를 내뱉은 김제하가 충격을 대비했다.

그의 세티스도, 푸르카스도. 둘 다 방어력이 약한 암살 특화라 걱정이긴 했다.

그렇게 발톱을 내세운 마르바스가 세티스의 목을 치려고 할 찰나.

콰아아앙!

옆에서 등장한 펜-리르가 용수철처럼 튀어 올라 마르바스를 들이받았다.

"컹! 컹컹!"

스킬, '섬광낙하'(閃光落下). 늑대의 두 발톱이 광속으로 마르바스를 난도질했다.

"잠깐이에요! 어서 피해요!"

"고, 고맙습니다."

제프리가 신속히 진도윤 옆으로 달라붙자, 제프리가 외쳤다.

"펜-리르를 빼고 바로 디버프를 넣어!"

신속한 연계. 제프리는 태초의 마녀, 린다를 사용해 이속 감소 디버프를 넣었고- 진도윤 역시 방어력 50%를 감소시키는 피닉스의 '화마술'(S급)을 사용했다.

"……크르르."

마르바스의 두 눈이 가늘어졌다. 쉽게 잡을 줄 알았던 놈들이 제법 반항하는 게 짜증 났기 때문이었다.

일어선 마르바스는 다시 자세를 가다듬었다.

"데몰리션, 다시 작아져 봐."

그런 녀석을 보던 진도윤이 조용히 중얼거렸다. 육탄전을 컨트롤하기엔 작은 데몰리션이 훨씬 편하기 때문.

"크롸라라!"

[스킬, 변화하는 육체(S급)를 사용합니다.]

"뀨웅!"

다시 작아진 데몰리션의 눈빛엔 투기가 가득했다.

"좋아, 누가 더 잘 싸우는지 한번 보여주자고."

지속해서 불타오르는 화력에 안개는 점점 사라져 가고 있었다. 이제 진짜 육탄전으로 싸워야 할 때.

"뀨-우-웅!"

데몰리션은 자세를 잡는 녀석에게 그대로 달려 나갔다.

촤아악!

그러고는 과감하게 발톱을 휘둘렀다.

"……흐음, 또 파괴의 기운을 가진 놈인가?"

짧게 읊조린 마르바스가 횡으로 그어진 발톱을 미끄러지듯 물러나 피했다. 가속 없이도 폭발적인 움직임이요, 속도였다.

"올, 제법 빠른데?"

"까부는군. 고작 그 정도로 여유를 부리는 거냐?"

진도윤의 목소리에서 장난기를 감지한 마르바스의 눈살이 찌푸려졌다. 감히 판데모니엄의 10 악마인 자신에게 인간 따위가 여유를 부리고 있다는 게 자존심 상한 것이다.

"이곳이…… 인간계만 아니었다면."

마르바스가 흉측한 이를 드러냈다. 동시에 자세를 낮추고 발톱을 날카롭게 세웠다.

"네놈은 이미 한 줌의 재로 변했을 것이다."

후우웅!

대지를 힘껏 박찬 마르바스가 벼락처럼 데몰리션에게 돌진했다. 단숨에 목을 뚫어 죽이겠다는 듯이.

"……"

눈살을 찌푸린 진도윤은 최대한 집중했다.

'일단, 도발은 먹힌 것 같은데.'

그것도 흥분한 녀석의 공격을 받아낼 수 있을 때의 이야기다.

스읏!

찔러오는 녀석의 발톱을 데몰리션이 날개로 쳐냈다.

까아앙!

단순함 부딪침에 온 땅이 들썩거렸다.

"마스터, 뒤!"

제프리의 다급한 목소리가 들려왔다.

"어, 나도 보고 있어."

한 번 부딪친 후, 엄청난 스피드로 코너링한 마르바스가 데몰리션의 후미를 노렸다. 그 모습을 본 진도윤의 입꼬리가 살짝 올라갔다.

심장이 뛰고 온몸의 열기가 달아오른다. 전투가 힘들수록 흥분이 되는 게, 어느덧 데몰리션을 닮아가나 보다.

"우선 꼬리로 막아주고."

분명히 빠르긴 했지만, 충분히 반응할 수 있을 정도. 허리를 힘껏 돌린 데몰리션이 다가오는 마르바스의 손톱을 꼬리로 후려쳤다.

콰아아앙!

두 번째 부딪침에 폭음 소리가 공기를 찢어 울렸다.

둘 다 엄청난 충격을 받았을 터. 하지만 진도윤에게는 세미 힐러 격 존재, 엘라임이 존재했다.

"엘."

"웅, 맡겨주라고!"

촤르르륵!

엘라임의 손에서 펼쳐나온 물줄기가 데몰리션을 뒤덮었.

단일 대상 아군의 디버프를 제거하는 '정령의 가호'(S급). 그리고 단일 대상 아군을 지속적으로 회복시키는 '물의 축복'(S급) 버프였다.

"크아아아!"

마르바스가 열 받는다는 듯 포효했다.

마계에서도 적수를 찾아볼 수조차 없던 악마. 그가 전투에서 이 정도의 고통을 맛본 게 얼마 만이던가.

"건방진 놈들!"

감히 자신을 몰아붙인 인간들을, 모두 다 쳐 죽여야 분이 풀릴 것 같았다. 하지만, 그렇다고 무턱대고 다시 돌격하지는 않았다.

직접 부딪혀 보니, 생각보다 만만치 않은 탓이다.

"왜, 또 안 들어오냐?"

주머니에 손을 넣은 진도윤이 비아냥거렸다. 이미 속은 뒤집힐 것같이 아팠지만, 전투는 표정 역시 중요하다.

일종의 심리전이었다. 별것 아니라는 느낌을 줌으로써, 상대가 더욱 과감하게 움직이지 못하도록 옭아매는 것이다.

'이용할 수 있는 건 다 이용해야지.'

압도적인 힘을 가진 존재와 싸울 때는 이 방법이 은근히 먹혀들어 간다.

"크으……."

마르바스가 주변을 두리번거리며, 상대의 약점을 찾았다.

그러나 이미 많은 소환수들이 자신을 포위한 상태.

"안 오면 먼저 간다?"

데몰리션의 몸이 탄환처럼 빠르게 쏘아졌다. 둠과 펜-리르 역시 뒤따라 달려 나갔다. 한꺼번에 달려오는 돌격에 놀란 마르바스는 마구잡이로 손톱을 휘둘렀다.

후우웅! 후웅!

그 위력이 분명히 압도적인 것은 맞았지만 단순히 힘만 세다고 싸움에서 이길 수 있는 건 아니다. 더군다나 각종 디버프, 그리고 브레스에 맞았던 상처가 더해져 반응이 둔해져 있는 녀석이었다.

푸숙! 쩌어억!

소환수들의 공격이 조금씩 먹히기 시작했다. 휘두르는 발톱들을 데몰리션이 막아줄 때, 다른 소환수들의 공격이 녀석의 피부를 찢고, 베어냈다.

"이…… 비겁한 놈들이."

상황이 좋지 않음을 느낀 걸까. 재빨리 몸을 돌린 마르바스가 뒤로 빠져 정비하려 했다.

"……걸렸구나."

동시에 진도윤의 미소가 짙어졌다.

일부로 열어둔 도주로 그곳엔 김제하의 소환수, 세티스와 푸르카스가 대기하고 있었으니까.

"기다리고 있었습니다."

쇄애애액!

투명화된 두 소환수의 암살 스킬이 부드럽게 녀석의 목을 파고들었다.

"……!"

방어력은 약하지만 공격력에 몰빵된 소환수들의 공격에 마르바스는 속으로 식겁했다. 갑작스러운 기습은 순간적으로 시야를 좁게 만든다. 하물며 이미 당황한 채 뒤로 빠지려 하던 순간이었으니.

"이런……!"

까아앙! 까앙!

마르바스가 신속히 발톱을 들어 공격을 쳐냈다.

"지금 거기에 신경 쓰고 있을 때가 아닐 텐데?"

안타깝게도 마르바스의 뒤에는 그를 계속 노리고 있던 소환수가 셋이나 존재한다. 그리고 잠깐 보여줬던 그 빈틈을 놓칠 진도윤과 유아린이 아니었다.

"이번엔 좀 더 아플 거야."

데몰리션과 둠이 마르바스의 양쪽 옆구리를 날카롭게 파고들었다.

푸숙! 서걱!

"크아아악!"

벌어진 상처에 또 한 번 들어간 일격이었다.

"이 빌어먹을 놈들이!"

마르바스는 순간 깨달았다. 이러다 잘못하면 녀석들에게 지겠다고.

물론, 이곳에서 당해봐야 마계에 있는 본체로 돌아갈 뿐. 진짜 소멸당하는 것은 아니었다. 하지만 그의 자존심에는 엄청난 스크래치였다.

"본래 힘이었으면 아무것도 못 할 벌레들이 기어오르는구나!"

마르바스는 두 손을 이용해 미친 듯이 휘두르기 시작했다.

그뿐만이 아니었다. 몸에서 독 안개도 끊임없이 뿜어져 나왔다.

"엘."

"응! 진도윤! 보호는 나한테 맡겨."

물의 지배자(S급)를 통해 품어진 물줄기가 마르바스 주변 소환수들을 모두 감쌌다. 과거, 자이언트 스웜의 위액으로부터 진도윤을 지켜줬던, 그 물줄기였다.

그렇게 서로 치고받고 할퀴는 엄청난 육탄전이 시작됐다. 처음엔 이 존재를 어떻게 잡아야 하나 난감했었지만, 이제는 충분히 할 만해 보였다.

"판데모니엄의 10 악마? 이름만 거창하니 별거 없구만?"

거기에 피닉스와 이프리트의 화염 사격까지 더해졌다.

그리고 악마들의 제어술까지 첨가되니.

"케에엑!"

마르바스가 괴로운 듯 비명을 지르기 시작했다. 본래도 아팠던 몸, 이제는 더 못 버티겠다는 뜻이었다.

"네놈들……. 내 두 눈으로 똑똑히 기억해 두겠다!"

마지막 발악을 하며 협박을 하는 녀석.

"응, 안 무서워."

진도윤이 어깨를 으쓱이며 무시했다.

이윽고.

푸욱! 푸숙!

콰드드득!

모든 걸 내려놓은 녀석의 육체에 날카로운 발톱과 이빨들이 파고들었다. 그러자 녀석의 시뻘건 눈동자가 천천히 사그라들었고.

"……."

엄청난 위용을 뽐내던 악마, 마르바스는 천천히 안개화되어 증발했다. 마을을 둘러싸던 뿌연 안개도 점점 옅어지더니, 이내 공기 중으로 흩어졌다.

"후우……."

진도윤은 자리에 털썩 주저앉으며 한숨을 내쉬었다. 싸우는 내내 여유로운 척했지만, 소환수들이 받은 충격이 그대로 전해진 상태.

나머지 일행들도 바닥에 엎어진 채로 숨을 몰아쉬고 있는 상태였다.

저벅.

진도윤의 옆으로 굳은 표정의 제프리가 걸어왔다.

"……마계의 악마가 현세에 등장하다니……. 프리덤 이 녀석들…… 도대체 뭔 일을 벌이고 있는 거지?"

"뭐, 이상할 건 없지. 던전 못 깨면 몬스터들도 등장하는 세상인데."

"어쨌든, 무사히 잡아서 다행이다."

"다 같이 싸워줘서지."

진도윤이 욱신거리는 몸을 마사지하며 중얼거렸다.

"으으, 아파라."

당장에라도 쓰러져 쉬고 싶었지만, 진도윤은 천천히 일어섰다.

'아직 확인해야 할 게 있으니까.'

분명히 자신은 가이아란 존재로부터 특별 임무를 받았다. 그리고 그 임무를 해결했으니, 이제 무언가 보상이 떨어질 차례.

"스릅."

기대하는 눈빛으로 혀를 축이는 순간 클리어 메시지가 시야를 가득 채웠다.

[안개의 악마, '마르바스'(★★★★★★)를 처리합니다.]
[경험치 5,000,000,000exp를 획득합니다!]

일단, 50억이라는 막대한 경험치가 들어왔다.

'원래는…… 10억인가 보네?'

가브리엘 반지와 볼드윈 망토. 각각 200% 경험치 증가 효과를 주는 아이템 덕을 본 듯했다.

이렇게 되면 당연하게도, '둠 나이트'(★★)는 만렙인 30레벨을 달성하게 된다.

진화의 요건이 갖춰진 셈. 아쉽게도 4성(★★★★)짜리 데몰리션과 피닉스, 엘라임은 만렙이 아니었다.

엘라임의 레벨은 8, 데몰리션의 레벨은 23, 피닉스의 레벨은 21.

'와……. 진짜 S급은 끔찍이도 많구나, 요구 경험치량.'

아직 한참이었다.

더군다나.

[가이아의 특별 임무를 클리어합니다.]

[질서를 어지럽히려던 흉악한 악마가 본래 있어야 할 곳으로 돌아갑니다. 자연의 기운이 그대에게 축복을 내립니다.]

[보상을 획득합니다.]

[보상 - 감응력 + 3]

임무에 참여한 모두에게 감응력 3씩의 보상이 주어졌고.

[감응력이 220에 도달합니다.]

[서머너 전용 스킬이 개방됩니다.]

마침내 감응력 220을 달성했다.

"……서머너 전용 스킬?"

뭔가 싶어 상태창을 열어보려는 순간 진도윤은 그대로 의식을 잃고 쓰러졌다.

스르르…….

자욱하던 안개가 완전히 걷혔다. 동시에 드러난 마을의 광경은 처참하고도 끔찍했다.

'뉴클리어 브레스' 효과로 부서진 땅과 건물들. 움푹 파인 지대와 폭격이라도 맞은 듯 널브러진 잔해.

그 모습을 멀뚱히 서서 바라보던 네비아레 마을 주민들은 침을 꿀꺽 삼켰다.

자신들의 터전이 완전히 무너진 상황. 분명히 참담해야 할 심정이었지만, 그들은 분명히 기뻤다.

그럴 수밖에 없었다. 억압받던 자유가 해방된 순간이었으니까.

"정말…… 다 끝난 거야? 우리 이제 남들처럼 평범하게 살 수 있는 거야?"

"그러게……. 아직도 믿기지 않아. 그 끔찍하던 놈들이 다 죽었다니."

"나쁜 새끼들……."

주민들을 이를 아득 갈며 과거를 상상했다. 바닥의 돌을 발로 차기도 하고 주먹을 꽉 쥐고 몸을 부들부들 떨기도 했다.

"서머너 마스터만 아니었으면…… 우린 이렇게 살다 죽었겠지."

"맞아, 서머너 마스터님 덕분에……."

"우리가 알던 것보다 훨씬 더 대단한 사람이었어. 그 용 봤지? 어떻게 그런 소환수를 길들이셨을까?"

그리고 곧 분노의 감정은 감사하는 마음으로 뒤바뀌었다. 그들에겐 서머너 마스터가 곧 삶의 구원자였으니까.

고마운 마음에 차마 말을 뱉어내지 못하고 눈물을 쏟는 자들도 있었다.

"그런데……."

"의식을 잃으신 것 같은데 괜찮으신 걸까?"

"걱정되네, 우리가 돌봐드려야 하는 거 아냐?"

일행들 옆에 축 늘어진 진도윤의 모습을 확인한 주민들의 얼굴 위에 걱정의 기색이 스쳤다.

주민들이 어떻게 해야 할까, 머리를 굴리는 순간 웨이트리스였던 그녀가 먼저 나섰다.

"그럼, 말만 하지 말고 해보자고!"

"어떻게?"

"뭘 어떻게야! 물도 좀 떠 오고! 쉴 곳도 찾아보고! 난 최대한 먹거리 좀 마련해 볼게!"

"좋아, 다들 움직이자!"

주민들이 뿔뿔이 흩어지기 시작했다.

"으음……?"

감응력의 과한 사용으로 인해, 잠깐 의식을 잃었던 진도윤의 눈이 떠졌다. 이국적인 침대와 이불을 보니, 네비아레 어딘가의 집인 것 같았다.

"진도유운! 일어났어?"

순간, 엘라임이 머리 위를 빙글빙글 날아다니며 반겼다. 방금 전까지만 해도 고통스러웠던 몸이 현재는 개운하면서도 편안했다.

"엘, 또 네가 치료해 줬구나?"

"헤헷, 말해 뭐 해? 저번에 봉인 해제된 퍼펙트 리커버리를 사용했지!"

발랄하게 대꾸하는 엘라임의 모습.

"아, 그러고 보니……."

저번에 진화를 이뤄낸 바람에 새로운 스킬의 봉인이 풀린 상태였다.

"고맙다."

"고맙긴! 당연한걸!"

상체를 일으킨 진도윤은 주변을 둘러봤다. 자신을 지키려는 듯, 각자 자리를 잡고 대기하고 있는 소환수들. 그중, 둘의 기세가 한층 더 올라와 있었다. 벌써 진화를 이뤄낸 것이다.

"헐, 내가 몇 시간이나 잔 거지?"

"12시간 정도? 엄청 푸욱~ 자던데?"

"12시간이나? 많이 피곤했었나 보네……."

"응, 그동안 둠 혼자 진화하느라 고생하더라고. 아, 쟤는 고생했는지 안 했는지도 모르겠다. 워낙 표정에 변화가 없어서."

엘이 둠을 바라보며 대꾸했다.

"맞다, 어휴……. 고생 많았겠네."

원래 진도윤은 소환수가 진화할 때 옆을 지켜주는 편이다. 그 고통이 엄청 끔찍하다고 알려져 있기 때문. 그래서인지 미안한 표정으로 둠을 쳐다봤다.

철컥!

둠이 아무렇지도 않다는 듯, 칼집을 두드린다.

"그나저나 진도유운! 무리했는데 괜찮아? 힘들면 더 쉬어도 돼."

"괜찮아, 네 치료 덕에 피로는 완전히 사라진 거 같으니까."

"그래? 그럼 어서 확인해 보자."

"확인?"

"왜, 맨날 진도윤이 우리 진화할 때마다 뭐 보는 거 있잖아."

"아."

진도윤이 피식 웃었다. 둠의 상태창을 말하는 것이리라. 엘도 자신과 함께 지낸 시간만 100년이 넘으니, 이제 이 정도는 알 만도 했다.

"그럼 네 거부터 보자."

어깨를 한번 으쓱인 진도윤은 이왕 쉬는 김에 엘라임의 상태창부터 열었다.

- 물의 방패(S급):물로 이루어진 방어막을 만들어낸다.
 - 퍼펙트 리커버리(S급):단일 대상의 체력을 급속히 회복시킨다.

저번 진화로 물의 방패(S급)와 퍼펙트 리커버리(S급)의 봉인이 해제됐다. 한층 강해진 보호막과 힐링 스킬.

"딱 필요한 게 풀려줬네."

유리아가 없다 보니, 요즘 들어 힐링의 부재를 체감하는 중이었다.

하지만, 이 두 스킬이라면? 좀 더 공격적인 전략을 짤 수 있을 거다.

"그다음은 둠."

철컥!

흑색 갑주를 입은 녀석이 방 입구에서 고개를 끄덕인다. 말은 하지 않지만, 내심 자신도 신경 써달라는 뜻일까?

'하여간……'

그 모습이 괜스레 귀여운 진도윤이었다.

[소환수:지옥의 기사, '둠 나이트'(★★★)]
[종족:언데드족]
[등급:S급]
[친밀도:100]
[레벨:1 (Exp 0/15,000,000)]

[보유 스킬:10/10]

- 소드 마스터리(S급):검술에 극의를 담기 위해 끝없이 정진한다.
- 가로 베기, 세로 베기, 찌르기(S급):검술의 묘리를 세 초식에 담았다.
- 질주(S급):순간적인 가속으로 공간을 앞지른다.
- 검강(S급):기운을 뭉쳐 검날을 더욱 날카롭고 견고하게 만든다.
…….
- 봉인되어 있습니다.

녀석 역시 발전을 이뤄냈다.

어차피 둠은 자신이 따로 컨트롤 하는 게 없기에, 내버려 두면 된다. 신경 쓰지 않아도 알아서 성장하는 소환수. 둠은 그런 녀석이니까.

"소환수들은 잘 성장하고 있고."

이제는 자신의 변화를 확인할 차례.

분명히 의식을 잃기 전 봤었다. 서머너 전용 스킬이 생긴 것을.

"상태창."

[서머너:진도윤]
[보유 스킬:2/2]
- 연공법
- 감응

"……감응?"

조용히 자신의 상태를 관찰하던 진도윤이 고개를 갸웃했다. 연공법과 마찬가지로 아무 설명 없이 적혀 있는 '감응'이라는 단어.

"감응력이라서 감응인 건가? 이게 뭐지?"

"왜, 왜? 뭐가?"

엘라임이 호기심 어린 표정으로 다가왔다.

"잠시만."

궁금하면 직접 사용해 보면 되는 일.

진도윤은 눈을 감고 감응력을 움직여 봤다. 저번 연공법을 사용했을 때와 비슷한 방법으로.

[감응을 사용합니다.]

"……?"

그 순간, 오묘한 감각이 전신을 휩쌌다. 동시에 보유한 감응력이 급속도로 사라지기 시작했다.

무언가 불안하면서도 불쾌한 느낌. 그리고 의식이 천천히 사라지는 느낌.

"잠깐!"

[감응을 중단합니다.]

진도윤은 일단 감응을 중단했다. 왠지 그래야 할 것 같았기 때문이었다.

'이건…… 아무래도 좀 안전한 장소에서 사용해야겠어.'

여기서 또 의식을 잃으면 언제 깨어날지 모른다. 더군다나 엄청난 감응력을 소모하는 스킬이라면, 아직은 사용하면 안 된다. 상황이 종료됐다 해도, 아직 이곳은 프리덤의 본거지나 마찬가지인 곳이니까.

"후."

한숨을 내쉰 진도윤은 다시 주변을 둘러봤다. 옆 탁자에는 따뜻하게 데워진 차와 음식이 준비되어 있었다.

'주민들이 가져다 둔 건가?'

그리고 보니, 일행들이 없다. 느껴지는 감응력으로 봤을 때, 그들도 주변 방에서 쉬고 있는 느낌.

자리에 일어서, 일행들을 만나려고 할 때였다.

지이잉!

핸드폰 진동이 울렸다.

[털보:전화 요망.]

털보의 이름으로 온 국제 발신 문자였다.

'무슨 일이지?'

진도윤은 우선 전화를 걸어봤다.

"여보세요?"

-형님, 털봅니다.

"알지, 근데 네가 웬일로 전화냐?"

-허허, 섭섭하게 그게 무슨 소리십니까. 제가 꼭 뭔 일이 있어야 전화한답니까?

"그건 아니지."

-아 참, 가신 곳은 어떻습니까? 어떻게……. 놈들의 흔적은 발견하셨습니까?

"음, 그건 무선으로 하지 말고. 직접 만나서 말하자. 그러니까 빨리 본론부터 말해."

털보는 실없는 소리 하려고 전화하는 스타일이 아니다. 무언가 용건이 있거나, 보고 할 때만 전화하는 녀석.

-흐흐, 사실 저번에 경매 내놨던 아이템 있지 않습니까.

"대평야의 포용?"

-그렇습니다, 그게 꽤 고가에 낙찰되었습니다, 핫핫!

"오, 그래?"

기다리고 있었던 소식이었다. 최초의 S급 아이템이니만큼, 나름 비싸게 팔릴 거라고 생각했으니까.

진도윤은 흥미롭다는 표정을 지으며 물었다.

"얼마에 팔렸는데?"

-무려 5억입니다. 형님!

"뭐?"

진도윤이 눈살을 찌푸렸다.

고가라더니, 고작 5억이라고?

-헤헤, 장난이고 5억 달러입니다, 형님! 한화로 하면 5,500억 원이에요.

"5,500억 원……?"

진도윤의 눈이 휘둥그레졌다. 기대 이상의 수치였기 때문이다. 아무리 S급 아이템이라 해도 그 능력치는 오히려 엘릭서만 못하다.

진도윤 입장에선 그냥 A급 서머너 하나 정도의 가치? 한데 그렇게 비싸게 팔릴 수 있다니.

-네, 치킨을 무려 2,500만 마리나 먹을 수 있는 액수죠. 흐흐, 아랍 에미리트 쪽의 대부호가 기념으로 질러버린 듯합니다. 바로 환전해서 형님 계좌로 넣어드리면 되겠습니까?

"어……. 아, 잠깐만."

문득, 그의 머릿속에 네비아레 마을 주민들이 생각났다.

악한 집단을 만나 수년을 고생했을 사람들. 거기다 자신이 싸우느라 집까지 다 부숴 버렸다.

'이거 도와줘야 하나……?'

원래는 나라 측에서 해결해야 할 일이 맞다. 더한 피해를 얻을 뻔했던 걸, 직접 와서 해결해 준 거니까.

하지만 본래 오지랖이 많은 그였기에 고민이 됐다.

'아니, 고민할 거 뭐 있어?'

자기 돈 자신이 쓰겠다는데.

어차피 쌓아둬 봐야 지금은 딱히 쓸데도 없지 않은가. 경제적으로 큰 불편함이 있는 것도 아니고.

'돈이야 있으면 좋지만, 없으면 벌면 되는 거라.'

판단은 빨랐다.

"털보야."

-네, 형님.

"한 10% 정도는 이탈리아 협회 쪽에 기부해 줘. 네비아레 마을 재건에 쓰라고 해. 내가 반쯤 부숴놨거든?"

-헉……. 10%면 550억을 말입니까?

"응, 영감 통해서. 이탈리아 측에는 혹시 떼어먹으면 내가 가만 안 둔다고도 전해주고."

[속보! 이태리의 숨겨진 마을, 알고 보니 프리덤 근거지?]

[주민들 증언, '악마를 보았다.' 악마족과 프리덤은 어떤 관계일까.]

[최초의 S급 아이템, 역대 최고가 낙찰.]

[이번에도 프리덤 섬멸한 서머너 마스터, 이탈리아에 550억 원 통 큰 기부! 실력도 인성도 겸비.]

"후우, 역시 좋은 일을 하니 기분도 상쾌하구만."

어느덧 숙소로 돌아온 진도윤이 기지개를 피며 중얼거렸다.

"헤헷, 잘했어. 난 이럴 때마다 진도윤이 내 주인이라는 게 자랑스럽다니까?"

"아이고, 자랑스럽긴······. 알겠으니까 이제 그만 좀 해라."

진도윤이 오는 내내 칭찬 일색이었던 엘을 부담스럽다는 듯 쳐다봤다.

영혼이 깨끗하다나 어쨌다나. 자신과는 전혀 어울리지 않는 말이다.

"그래서, 이제 도착했으니까 그거 하겠네?"

"그거?"

"왜, 감응인가 뭔가. 그거 해야 한다고 노래를 불렀잖아."

"응, 해봐야지."

이제 딱히 자신을 찾을 사람도 없을 터. 새로 얻은 스킬의 비밀을 풀어야 할 차례였다.

"······바로 해볼까?"

비장한 표정을 지은 그가 소파에 앉아 손목을 풀었다.

그때 잠깐 느꼈던 그 기분. 새로운 감각에 살짝 두렵지만, 호기심도 생기는 그였다.

"의식을 잃을 수도 있으니까, 집 잘 지키고 있어."

"집은 저기 둠이 잘 지키고 있다구."

철컥!

엘의 말에 문 입구에 위치한 둠 나이트가 고개를 끄덕인다. 그 모습에 미소 지은 진도윤이 천천히 감응력을 끌어올렸다.

[감응을 사용합니다.]

우우웅!

엄청난 속도로 빠지는 감응력. 동시에 메시지 하나가 떠올랐다.

[대자연, 가이아와 감응을 시작합니다.]

"……!"

눈을 부릅뜬 진도윤은 그 오묘한 느낌과 함께 천천히 의식을 잃었다.

"으음……?"

진도윤이 눈을 깜빡였다. 정신을 차리니, 자신이 있던 숙소는 사라지고 온통 새하얀 홀이 보인 탓이다.

"뭐지?"

자리에서 일어선 진도윤은 살짝 긴장한 채 주변을 자세히 살폈다. 홀 가운데에는 후드를 뒤집어쓰고 있는 커다란 여인의 형상이 보였다.

[위대한 업적을 달성합니다.]
[대자연, 가이아를 조우합니다.]

[감응력이 한 단계 성장합니다.]
[추가 감응력 +1]

"감응력……?"

아니, 감응력은 둘째 치고.

"……저게 가이아라고?"

진도윤의 표정이 한층 더 해괴해졌다.

무려 100년이 넘는 시간을 살아온 그였어도 말로만 듣던 가이아란 존재를 본인이 직접 만날 줄은 꿈에도 몰랐기 때문이었다.

'감응이란 스킬이 가이아를 만나는 스킬이었던 거야?'

감응력 220을 달성해야 겨우 볼 수 있는 존재였다니. 세상 서머너들이 가이아의 존재를 모르는 것도 무리가 아니었다.

"이리 가까이 오세요. 시간이 없어요."

돌연히 따스한 음성이 홀 전체에 울려 퍼졌다.

동시에 떠오르는 메시지.

[감응 레벨이 낮아 머무를 수 있는 시간이 제한됩니다.]
[제한 시간 - 00:01:00]

"……?"

진도윤의 눈이 부릅떠졌다.

고작 일 분?

'아, 생각해 보니.'

감응력 소모 속도가 엄청났었다. 아마 현실에 있는 자신의 감응력이 모두 소진될 때까지 이곳에 머물 수 있는 것 같았다.

'일단, 가까이 오라니 가보자.'

느긋하던 진도윤의 행동이 빨라졌다. 가이아를 굳이 보여 준 데는 어떠한 이유가 있을 터.

제한 시간 안에 최대한 정보를 뽑아먹어야 했다.

"어…… 음……."

근데 무슨 말을 해야 하지?

진도윤이 쭈뼛거리자 불현듯, 여인의 입에서 웃음이 흘러나왔다.

"후후훗, 벌써 감응력을 이 정도로 성장시키다니, 정말 대단하세요."

가이아의 입꼬리가 부드러운 호선을 그렸다.

굉장히 기쁘다는 표정이었다.

"예상에 없었던 파괴의 틈에서도 생존한 것, 지구를 어지럽히려는 마계의 잔당들을 처리하고 있는 것. 저는 그대가 밟는 모든 행보를 감사하는 마음으로 응원하고 있답니다."

파괴의 틈이면 최후의 미궁을 말하는 건가? 마계의 잔당들이라면 확실히 프리덤을 말하는 것일 테고.

아무래도 가이아란 존재는 자신이 했던 일을 전부 알고 있는 듯했다.

'하긴 시스템창을 다루는 게 가이아라는 설도 많으니까.'

매번 눈앞에 뜨는 상태 메시지를 생각하면 딱히 이상한 일은 아니다.

"하지만 아직이에요."

"뭐?"

진도윤의 고개가 옆으로 기울었다.

"마계의 흉계는 훨씬 치밀하고도 간악해요. 오래전부터 준비해 온 만큼 말이죠."

"그건 또 무슨 말이야……?"

마계의 흉계? 오래전부터 준비?

혼란스러운 진도윤이 질문했지만, 가이아는 고개를 흔들었다.

"지금 모든 것을 풀어 설명해 드리기에는 시간이 너무 부족해요."

[제한 시간 - 00:00:30]

"미친, 벌써?"

진도윤이 눈살을 찌푸렸다. 무슨 말을 나눈 것도 없는데, 벌써 30초나 흘렀다니.

"우선 그대는 본래 하려던 일을 해주세요. 앞으로 자주 보게 된다면 만날 수 있는 시간도 길어질 터이니, 그때 차근차근 이야기해 봐요."

"본래 하려던 일?"

"관리자, 존을 만나주세요."

존이라면…… 데스 밸리에 존재하는 던전 속 관리자다.

'그 말은 마계로 다시 이동하라는 소린가?'

하지만, 마계 토벌은 진도윤이 원래 하려던 일이 아니다.

"저기, 잠깐."

진도윤이 손바닥을 들어 올렸다. 가이아가 고개를 끄덕였다.

"네, 말씀하세요."

"내가 하려던 일은 그게 아닌데?"

진도윤은 솔직한 감정을 내뱉었다. 미궁에 나왔을 때부터, 그는 목표를 정해뒀다.

프리덤을 처리하는 것도, 던전을 탐험해 소환수들을 키우는 것도. 그 목표를 향해 달려가면서 겸사겸사하던 일이었다.

지금 그의 머릿속을 가득 채운 것은 오직 유리아를 구하는 것뿐.

"알고 있어요. 그대의 동료를 구하는 일 말이죠. 아주 옳은 선택이에요. 제프리도 유리아도 궁극적으로 그대에게 큰 도움이 되는 자들이니."

고요하게 울려 퍼지는 가이아의 말에 진도윤은 고개를 끄덕였다.

"맞아, 알다시피 난 유리아를 구하는 것, 미안하지만 그 외에는 딱히 관심이 없어."

가이아가 뭐 하는 존재인지는 모른다. 마계와 그녀와 어떤 관계가 있는 지도 딱히 관심 없다. 고작 스킬을 사용해서 나왔다는 이유로 그녀의 말을 들어야 할 이유는 없다는 뜻.

"후훗, 그대가 그렇게 말할 줄 알았답니다."

가이아는 예상했다는 듯 미소를 지으며 말을 이었다.

"그런데 그거 아세요? 그대가 찾고 있는 메두사가 사실 제 신전을 지키는 신수라는 거. 일반적인 던전에서는 절대 찾을 수 없는 종류의 아이죠."

"……?"

진도윤의 동공이 커졌다. 그렇게 찾아 헤매던 메두사의 행방이 가이아의 입에서 나올 줄이야.

'근데 메두사는 분명 최후의 미궁에도 있었는데?'

파괴의 틈을 언급한 거 보니, 가이아와도 무언가 관계가 있을 것 같긴 하지만, 중요한 것은 그게 아니다.

지금 당장 얻어내야 할 정보는 메두사의 위치.

"그걸 굳이 나한테 말해준다는 건……."

진도윤이 인상을 찌푸리며 말을 이었다.

"널 도와줘야만 메두사를 내어준다는 말인가?"

동시에 눈알을 굴려 남은 시간을 확인했다.

[제한 시간 - 00:00:10]

'빌어먹을.'

좀 더 이야기를 나누고 싶은데 시간이 얼마 없었다. 감응이란 스킬을 매번 쓸 수 있는지도 모르는 일이고.

또 언제 만날지도 모르는 일인데 메두사의 행방에 대해 당장 듣고 싶은 진도윤이었다.

"……."

그런 진도윤의 조급한 마음을 느꼈을까. 아니면, 동료를 위한 따뜻한 마음을 느꼈을까.

가이아의 미소가 더욱 짙어졌다.

"후후후, 저는 그대의 의지를 존중해요. 그렇기에 선물을 하나 드릴게요. 오해하지 마세요. 이 선물에 대가는 없으니."

"선물?"

진도윤이 물었다. 시야에는 시간이 계속 째깍째깍- 흘러가고 있다.

[제한 시간 - 00:00:03]

'제발, 빨리…….'

진도윤이 속으로 간절하게 빌었다. 잠깐의 공백이 흘렀을까, 가이아의 음성이 이어졌다.

"아테네의 파르테논 신전 근처로 가세요. 그대가 원하는 것을 찾을 수 있을 거예요."

그녀의 말이 끝남과 동시에-

[제한 시간 - 00:00:00]

[감응이 종료됩니다.]
[30일간 감응 사용이 제한됩니다.]

파줏!
진도윤의 시야 전체에 섬광이 일었다.

"허억, 허억!"
의식을 찾은 진도윤은 숨을 가쁘게 몰아쉬었다.
몸에 있는 감응력은 이미 한 올도 남기지 않고 소진된 상태. 조금 과장을 보태서 말하자면, 팔 하나 들어 올릴 힘도 없었다.
'으으, 어지러워.'
진도윤이 두 손을 올려 머리를 부여잡았다. 고작 1분 만에 이 정도의 감응력을 소모해야 한다니. 역시, 안전한 곳에서만 사용해야 할 스킬이었다.
머리를 이리저리 뒤흔들고 있자, 기다리던 엘라임이 걱정스러운 표정을 지으며 다가왔다. 리모컨을 들고 있는 것 보니, 그 짧은 시간 동안 또 TV를 즐겼나 보다.
"진도유운! 괜찮아?"
"응응, 괜찮아. 걱정하지 말고 할 거 해. 잠깐만 생각 좀 정리할게."

진도윤은 힘없이 눈을 감았다. 그리고 조금 전 있었던 일을 떠올렸다.

'가이아라는 존재.'

그의 추측이 맞다면 인류에게 몬스터를 길들일 수 있는 힘을 부여한 존재다. 그리고 그 존재는 분명 자신의 행보를 지켜보고 있다고 했다.

'느낌이 선한 존재이긴 했는데……'

오랜 세월을 살다 보면, 상대의 성향을 직감으로 아는 경우가 많다. 그리고 그가 느끼는 가이아는 분명히 사악한 존재가 아니었다.

노야의 이미지와 정반대인 느낌?

더군다나 그녀는 분명 자신에게 큰 호감을 느끼고 있었다.

'뭐가 뭔지는 아직 잘 모르겠지만……'

그녀가 마지막에 말했다. 아테네의 파르테논 신전으로 가라고.

'내가 원하는 것을 찾을 수 있을 거라 했지.'

현재 그가 원하는 것. 유리아를 찾을 수 있다는 뜻일 확률이 높았다.

쿵, 쿵!

그렇게 생각하자 진도윤의 가슴이 두근거리기 시작했다.

고난이도의 던전을 높은 기여도로 깰 때도, 좋은 아이템을 획득했을 때도. 이렇게 가슴이 뛰지는 않았던 진도윤이었는데.

'유리아, 드디어…… 널 볼 수 있는 거냐?'
진도윤의 주먹이 불끈 쥐어졌다.

새하얀 홀.

"……."

가이아가 진도윤이 사라진 자리를 애틋하게 보고 있을 찰나.

스르륵!

공간에 또 다른 누군가가 등장했다. 가이아와 비슷한 후드를 뒤집어쓰고 있는 남성이었다.

"에레보스? 이곳엔 어쩐 일로."

"가이아……. 그래도 되는 건가?"

"무엇이 말이죠?"

고개를 돌린 가이아가 고개를 갸웃했다.

"방금 말이야. 진도윤……. 그자에게 대가 없이 선물을 준 것."

"……보셨군요."

가이아가 불쾌하다는 표정을 지었다. 자신과 진도윤의 만남을 누군가 몰래 지켜보고 있었다는 사실이 불편했던 탓이다. 그러나 에레보스는 그녀의 달라진 표정에 개의치 않았다.

"알다시피 상황이 심각하다. 중간계로 넘어오는 악마들이 점차 많아지고 있어."

"그건······."

"판데모니엄 놈들의 과반수가 넘어오는 순간 제약이 풀리는 건 알고 있겠지? 그렇게 된다면 인류의 힘으로 그들을 막아낼 방도가 없을 터인데······. 이번에 네 선택은 살짝 성급했다."

에레보스가 가이아를 질책했다.

"진도윤은 그들을 사전에 막아낼 수 있는 유일한 히든카드야."

그는 전 인류 중 가장 감응력을 빨리 키워낸 서머너다. 또한 마계의 한 구역을 정리한 서머너이기도 하다.

'게다가······.'

에레보스는 침을 꿀꺽 삼켰다.

그들조차 끔찍하게 여겼던 봉인된 파괴의 힘. 어떤 연유인지는 모르겠지만, 그는 그 파괴의 힘마저 얻어냈다.

그러나 가이아는 고개를 흔들었다.

"그래서요?"

"······뭐?"

"그래서 제가 어떻게 했어야 한다는 말인가요?"

가이아가 짜증 섞인 말투로 대꾸했다.

"후우······."

한숨을 푹 내쉰 에레보스가 말을 이었다.

"유리아를 이용했어야지. 그를 통제할 수 있는 유일한 수단이었는데······. 그걸 내주다니."

진도윤은 야생마다. 그것도 아주 거친 녀석.

야생마를 통제하는 데는 강력한 고삐가 필요한 법. '메두사의 눈'은 그에게 아주 강력한 고삐가 될 수 있을 터였다.

"……정말 그렇게 생각하시나요?"

"왜, 네 생각은 다른가?"

"우선 저는 그 아이를 통제할 생각이 없어요. 통제한다고 들을 아이도 아니고 말이죠."

진도윤을 떠올렸는지, 가이아의 입가에 미소가 다시 피어졌다. 마치 아이를 바라보는 엄마의 미소였다.

"안쓰럽지 않은가요? 전 인류를 위해 큰 희생을 치른 후, 지쳐 있는 아이예요. 그런 아이가 동료를 구하겠다는 마음으로 버티고 있는데, 기특하면서도 안타깝죠."

"……팔불출이 따로 없군. 네 선택으로 인해 인류가 멸망할 수 있다 해도 말인가?"

가이아가 고개를 끄덕였다.

"네, 전 그저 멀리서 그들을 응원할 뿐이랍니다."

"인류를 지킨다는 여신이 할 소리는 아닌 것 같군."

"인류를 그만큼 사랑하기에 할 수 있는 소리기도 하죠."

"말을 말자꾸나."

에레보스가 휙 고개를 돌렸다.

사실 그녀의 말도 틀린 것은 없었다. 여태껏, 누구보다도 인류를 위하던 것이 그녀였으니까. 그저 확실한 고삐를 버리고 당근과 사랑을 선택한 그녀의 방식이 마음에 들지 않았을 뿐이었다.

가이아는 다시 따스한 목소리로 말을 이었다.

"한번 믿어보자고요."

"누구를. 진도윤을?"

"아니요, 인류를요."

다음 날, 회복을 마친 진도윤은 곧바로 출국 준비를 했다.

'분명 아테네의 파르테논 신전으로 가랬지?'

아테네는 그리스의 수도.

불과 하루 전 이탈리아를 다녀온 그였기에 조금 짜증이 나긴 했다. 그리스는 이탈리아 바로 옆에 있는 나라니까.

'알려주려면 진즉 알려줄 것이지. 이게 무슨 동선 낭비냐고.'

투덜거린 진도윤이 침대 위에 정자세를 하고 앉았다. 출국 준비를 하면서도 그는 꾸준히 훈련에 임했다.

사실 훈련이라기보다는 집중에 가까웠다. 그저 가만히 앉아서 연공법을 통해 감응력을 컨트롤하는 것.

'다음 감응 때 가이아를 오래 만나기 위해서는 감응력을 최대한 늘려놔야 해.'

고작 1분밖에 대화를 나누지 못해 얼마나 답답했던가. 더욱 멀고도 먼 경지가 있음을 느낀 진도윤이었다.

"후우."

연공법을 마칠 때쯤, TV를 시청하던 엘라임이 방 안으로 들어섰다.

"진도유운! 이번엔 혼자 간다 그랬나?"

"어."

진도윤이 목 근육을 풀어주며 고개를 끄덕였다.

"어차피 메두사 잡는 법은 머릿속에 다 있으니까."

"하긴, 그렇게 많이 잡았었는데 까먹으면 이상한 거지."

"가는 김에 그쪽에 있는 던전들 좀 돌면서 너네 렙업도 좀 시키려고."

"오오. 던전 노가다하는 거야?"

"응, 슬슬 다들 5성화 준비해야지."

최근 들어 진도윤은 스펙업의 필요성을 느꼈다.

'판데모니엄의 10 악마라 했나?'

고작 10%의 힘으로도 엄청난 위력을 뿜내는 녀석들. 앞으로 프리덤과 부딪치다 보면 자주 만날 것 같은데, 미리미리 대비해 둬야 했다.

"호옹, 이곳에서도 정령계의 힘을 온전히 쓸 날이 머지않았구나?"

콧노래를 부르는 엘라임을 보며 피식 웃은 진도윤이 옷을 챙겨 입고 집 밖으로 나섰다. 다른 멤버들에겐 개인 시간을 보내라 해둔 상태였다.

이번 여정에서 나름대로 고생했을 터. 게다가 앞으로 또 어떤 여정이 있을지도 모르는데 하나하나 다 데리고 다니기엔 미안한 심정이었다.

'쉴 때 쉬게 해줘야지.'

어차피 가이아를 만났다는 사실을 일행들은 아직 모른다. 우선 급한 것부터 해결하고 나중에 차근차근 설명해 줄 생각이었다.

"흐아암~ 또 심심하겠네."

엘라임이 어깨 위를 쫄랑쫄랑 따라다니며 한탄했다.

"왜."

"비행시간 동안 할 게 없잖아?"

"……그래도 넌 고마운 줄 알아야 해. 데몰리션이나 피닉스, 둠은 비행시간엔 무조건 역소환이라고."

저 셋은 덩치가 너무 크다거나 위협적이라는 이유 등으로 비행기에 탑승하지 못한다. 일정 규모 이하의 소환수만 함께 탑승할 수 있는 것 같은데.

복잡한 규정이라 그도 자세히 읽어보진 못했다.

"어쨌든……"

진도윤이 높게 펼쳐진 푸른 하늘을 쳐다보며 미소 지었다.

이제 곧 유리아, 그녀를 만날 시간이 다가온다.

그리스의 수도, 아테네.

사방이 지중해로 뒤덮여 있는 이 도시는 정치, 종교, 문화의 중심지라 불리며 각종 고대 건축 유적이 남아 있는 도시로 유명하다.

그래서인지는 몰라도, 유난히 많은 던전들이 생성되는 턱에 수많은 서머너들이 몰리는 편이었다.

"클클, 던전이 많은 만큼 국가에서 관리하기도 힘들다는 소리지."

파르테논 신전 앞. 세 명의 파티로 이루어진 서머너들이 모여 있었다.

특이하게도 그들은 모두 같은 두건을 쓰고 있었는데 그 모습이 굉장히 음침해 보였다.

"여기야?"

"응, 최근에 탐지된 B급 던전이라 아직 아무도 트라이 안 한 것 같던데?"

"크, B급이면 사람 죽이기 딱~ 좋은 던전이지."

"크크큭, 역시 리더는 미친놈이야. 그러다 언제 한번 된통 당하는 거 아니야?"

"왜, 갈 때 가더라도 살인 한 번쯤은 괜찮잖아?"

굉장히 정신 나간 소리를 하는 이들. 서머너가 많이 모이다 보니, 괴상한 자들도 꼬이는 것이리라. 세상은 넓고, 미친놈은 많은 법이니까.

"크큭, 그 유명한 프리덤도 리더를 보면 혀를 찰 거야."

"그러게, 왜 난 스카웃 제의 안 오나 모르겠어. 누구보다 잘할 자신 있는데 말이야. 킬킬."

남자가 혀를 길게 내밀며 징그럽게 웃었다.

프리덤이 아닌, 그냥 일개 범죄자들 그 리더를 맡고 있는 케빈이었다. 사실 그가 나사 빠진 살인범들과 함께 다니는 이유는 따로 있었다.

'바로 내 소환수 소울 리퍼 때문이지.'

소울 리퍼. 직역하면 영혼 수확자다. 특수한 A급 던전에서 획득한 이 소환수는 신기하게도 사람을 죽일수록 더 강해졌다.

'서머너의 감응력을 흡수하는 것 같은데.'

죽이는 서머너마다 그 강해지는 수치가 미묘하게 다르니 아마 맞을 거다.

'시스템의 결함인지는 몰라도.'

그 사실을 알고 있는데 이용하지 않는 것은 바보라 생각했다. 이제는 돈 많은 자보다 힘 있는 자가 더 대우받는 세상이었으니까.

'그러니 억울해도 날 탓하지 말고 시스템을 탓하라고.'

고개를 끄덕이며 죄책감을 덜어낸 케빈이 일행들을 쳐다봤다.

"그래서 여기 계속 대기하려고?"

"응, 곧 누군가 들어가지 않을까? 최신 던전에 그 유명한 파르테논 신전에 생긴 던전이면 뭔가 있을 법도 하잖아. 굉장히 매력적이겠지."

"흠, 근데 대형 길드에서 오면 어쩌지?"

누군가가 불안한 듯 물어온 것은 그때였다. 일행 중 한 명인 마코스였다.

"큭큭, 대형 길드에서 굳이 알려지지도 않은 B급 던전을 오겠어? A급 던전이 차고 넘치는 곳인데."

이들은 전부 A급 서머너. B급 던전을 도는 수준의 서머너들은 손쉽게 죽일 수 있는 능력을 갖춘 자들이다.

게다가 살해도 해본 놈이 더 잘한다고 하지 않는가? 이들은 소위 말하는 살해 전문가들이었다.

"좋아 좋아, 다 좋은데……. 이러다 협회에 걸리는 거 아냐?"

마코스가 다시 한번 물었다. 그 모습을 본 케빈이 씨익 웃었다.

"넌 범죄자란 놈이 왜 이리 겁이 많냐? 워낙 던전이 많은 도시라 사람 몇 정도 죽어 나가는 건 신경도 안 써."

어차피 클리어하면 사라지는 던전이다. 게다가 누군가 조사한다 해도, 던전 사고로 위장하면 할 말이 없다.

"야야!"

그때, 일행 중 한 명, 사마라스가 급하게 외쳤다.

"응?"

케빈이 고개를 확- 돌렸다.

"저기 봐, 누군가가 들어가는데?"

"어디?"

"봐봐, 가면 쓰고 혼자 들어가는 사람 보이잖아."

"그러네?"

"크, 길드도 아니고 혼자면 더 잡기 쉬워지겠는데?"

사마라스가 '됐다!'라는 표정으로 중얼거렸다. 그러자 겁쟁이 마코스가 또다시 고개를 절레절레 흔들었다.

"아서라, 위험해. B급 던전을 혼자 들어가는 놈이면 최소 A급 서머너일 텐데. 위험 부담이 있어."

"아니, A급은 우리도 마찬가진데?"

사마라스가 자신감 넘친 말투로 말했다. 케빈도 고개를 끄덕이며 동의했다.

"크큭, 사마라스 말이 맞아, 녀석은 혼자고 우리는 셋이잖아? 게다가 혼자 있는 A급 서머너라니. 흔치 않은 기회를 놓칠 순 없지."

A급 서머너는 더욱 강력한 영혼을 가지고 있다.

하이리스크 하이리턴. 사냥에 성공하기만 한다면, 그의 소환수가 강해지는 폭도 더 클 것이다.

'맛있겠구만.'

케빈의 눈에 탐욕이 일기 시작했다.

"너희 나 못 믿어? 내가 누구한테 지는 거 봤어?"

그의 물음에 사마라스와 마코스가 고개를 흔들었다.

"하긴, 여태 실패한 적이 없었지."

"나도 믿긴 믿는데……."

둘의 답에 케빈이 피식 웃었다.

'바보 같은 놈들.'

실패했다면, 이곳에 살아 있었겠는가? 아직 더 강력한 상대를 못 만났을 뿐이다.

'나는 하이리턴을 노리는 것뿐이고.'

녀석들은 굳이 위험을 고수할 필요는 없다. 목표가 오직 서머너를 죽이는 것뿐이라면 말이다.

하지만 케빈은 이들의 그 나사 빠진 점이 좋았다. 사람을 죽이는 데 희열을 느끼는 주제에, 대가리는 멍청한 점 말이다. 그렇기에 데리고 다니기에도 편했다.

"근데……. 가면 쓰고 다니는 게…… 만약 서머너 마스터 같은 놈이면 어떡하지?"

마코스가 아직도 걱정된다는 듯 말했다.

"시끄러, 서머너 마스터가 B급 던전에 퍽이나 다니겠다."

"그, 그렇긴 하지?"

"잔말 말고 따라오기나 해. 아니면 놓고 갈까?"

"아, 아냐. 나도 사람 죽이는 거 좋아."

"큭큭, 미친놈."

케빈이 어이없다는 듯 웃었다.

터벅, 터벅.

그러고는 사라진 던전을 향해 여유롭게 걸어 나갔다. 또 한 사람의 희생자를 만들기 위해서.

[B급 던전 '무너진 가이아의 신전'을 발견하셨습니다.]

던전에 들어온 진도윤이 주변을 둘러보았다.
"오오, 으스스하네."
살짝 어둠이 서린 공간에는 다 무너져 가는 커다란 신전이 솟아나 있었다.
철컥!
진도윤은 소환수들을 꺼낸 채로, 크림슨 방어구를 착용했다. 그러고는 여유롭게 임무를 기다렸다.

[띠링!]
[임무가 도착합니다.]
[임무 - 던전을 지키는 신수, '약해진 메두사'(★★★★★)를 처리하세요.]
[가이아가 특수한 목적으로 만든 던전입니다.]
[신수, 메두사의 힘이 대폭 감소합니다.]
[메두사의 아이템 드랍률이 대폭 상승합니다.]

"……와."
진도윤은 진심으로 감탄했다.
설마 가이아가 선물을 준다는 게 이 정도까지 떠먹여 줄 줄은 몰랐기 때문이다.
그리고 또 하나 놀라운 점.

"가이아가 던전까지 만들 수 있어?"

하긴, 시스템과 감응력을 만들었다고 알려진 존재가 뭘 못 하겠냐마는 그래도 조금 충격이긴 했다.

"가이아가 누구야?"

엘라임이 옆에서 멀뚱거리며 물어왔다.

"……햐, 넌 정령왕이 모르는 것도 많다?"

"정령왕이라고 다 안다고 생각하면 큰 오산이야!"

"하긴, 정령왕의 돌이 뭔지도 모르고. 데몰리션이 어떤 존재인지도 모르고. 마계도 모르고."

"그, 그만. 내가 모르고 싶어서 모르는 것도 아니잖아."

엘라임이 토라진 듯 눈을 흘겼다.

"뭐, 네가 알았다면 그전에 다 설명해 줬었겠지."

"그래도 같이 알아가는 재미가 있잖아. 그래서 가이아가 누군데?"

"나도 잘 몰라."

진도윤이 솔직히 답했다.

그도 고작 1분 만나본 게 다인 상대다. 어떤 존재인지 명확히 설명할 수 있을 리 없었다.

"나중에 알게 되면 꼭 말해줄게."

"웅웅, 알겠어."

"후, 그럼 슬슬 돌아볼까? 생각보다 난이도가 쉬워서 금방 깰 거 같은데."

"좋아, 달려보자고."

엘라임의 당찬 대꾸와 함께 진도윤은 신전을 향해 걸어 나갔다.

스- 스아-

던전 곳곳에는 위협적인 소리를 내는 뱀들이 있었다.

"키엑!"

그리고 그 뱀들은 전부 데몰리션의 장난감이 되었다.

"뀨웅!"

발톱으로 푹푹- 찌르며 가지고 노는 녀석.

"……너희들을 여기다 데려다 놓은 가이아를 저주해라."

천천히 걸어 나가며, 진도윤은 뱀에게 애도를 표했다.

"쯧, 여기서 경험치 채우기엔 글렀네."

이미 경험치 요구량이 방대해진 소환수들. 고작 B급 던전의 몬스터로는 티끌만큼도 오르지 않는다. 우선 메두사의 눈을 획득한 후, 더 좋은 사냥터로 떠날 생각이었다.

"음?"

그렇게 잡생각을 하며 걷고 있을 찰나 진도윤의 걸음이 멈췄다. 동시에 엘라임의 고개가 뒤로 돌아갔다.

"진도유운. 누가 이쪽으로 오는 거 같은데?"

"응, 나도 느꼈어."

대충 A급 서머너로 판단되는 사람 셋.

"쟤들도 여기 깨러 온 건가?"

"후, 그럴 확률이 높겠지."

진도윤이 낮은 한숨을 내쉬었다.

선물을 주려면 제대로 줄 것이지 왜 전부 들어올 수 있게 만들어 가지고는.

"괜히 보상 달라고 하면 골치 아파지는데."

메두사의 눈은 그 누구에게도 양보할 수 없는 진도윤이었다.

"준비해."

"오케이."

"기습해서 단번에 끝내는 거다."

리더, 케빈의 명령에 나머지 둘이 고개를 끄덕였다.

진도윤의 뒤를 밟은 그들은 숨을 죽인 채 이동했다.

'흐흐흐.'

케빈은 이 순간이 가장 설 다. 서머너를 잡아 소환수를 성장시키는 그 순간.

'분명히 수준 높은 A급일 텐데, 죽이면 얼마나 성장하려나?'

방금 이곳에 들어온 서머너는 B급 던전을 홀로 시도하는 중이다. 딱 봐도 A급 중 최상위일 게 분명한 자.

하지만 케빈은 그다지 걱정하지 않았다.

'나도 만만치 않거든.'

수많은 서머너를 죽여본 그의 소울 리퍼는 이미 정상적인 힘의 범주를 넘어섰다. 이미 6성 만렙을 찍은 지 오래였지만,

그 힘이 날로 증가하는 상태.

'그 유명한 서머너 마스터라 해도 나랑 싸우면 애는 좀 먹을 걸?'

비록 붙어보진 않았지만, 그는 자신감이 넘쳤다. 그가 살해했던 서머너들 중엔 나름 전설로 알려진 소환수를 가진 자도 있었기 때문. 게다가 방심하고 있는 상대를 처리하기는 더더욱 쉽다.

"우선 우리도 그냥 평범하게 던전 들어온 것처럼 하는 거야."

"저번처럼 방심을 유도하자는 거지?"

"응, 같이 깨자고 하든, 아니면 따로 경쟁하자고 하든, 대화하다가 내가 신호 주면……. 알지?"

"바로 쓱싹?"

"그렇지."

케빈이 징그럽게 웃었다.

"키이이이."

그의 소환수. 낫과 랜턴을 들고 있는 옥빛의 악령, '소울 리퍼'(★★★★★★)도 해괴하게 웃는다. 랜턴 속에 또 다른 영혼을 수집할 생각에 신이 난 것이다.

"그나저나 언제 나오는 거야?"

"들어간 지 얼마 되지도 않은 것 같은데 멀리도 갔나 보네."

무너진 신전 안으로 들어서는 그들. 주변에는 수많은 뱀의 사체가 널려 있었다.

그리고 얼마나 지났을까. 붉은 갑주를 입은 남성의 뒷모습이 보였다.

"……!"

그 모습을 본 케빈의 눈이 번뜩였다. 남자의 주변에 있어야 할 소환수가 보이지 않았기 때문이었다.

'쯧, 방심했구나.'

홀로 던전 트라이를 하는 서머너들이 간혹 저지르는 실수다. 몬스터를 사냥하느라, 정작 서머너 본인을 지키지 않는 것.

보통 듀얼 서머너라면 한 마리쯤은 옆에 두는 게 좋고, 아니더라도 최대한 소환수 쪽에 붙어서 싸우는 게 기본이니까.

'이렇게 되면……'

굳이 몇 분 전 계획했던 작전을 써먹을 필요가 없다. 가서 바로 죽여 버리면 되는 거니까.

"클클. 바로 시작하자."

그렇게 케빈이 신호를 보낼 찰나였다. 붉은 갑주의 사내가 뒤로 돌더니, 빙그레 웃었다.

"후우, 다행이네. 혹시 착한 애들이면 어쩌나 걱정하고 있었는데 말이야."

"……?"

자신들이 공격해 올 거라는 것을 다 알고 있었다는 듯 말하는 남자.

케빈은 눈살을 찌푸렸다.

'어떻게 눈치챈 거지?'

분명히 먼 거리에서 작전을 짠 후, 접근했다.

'정상적인 서머너라면 절대 듣지 못할 거리였을 텐데.'

이윽고 케빈의 눈에 남자의 얼굴이 들어왔다.

던전에 들어오고 나서 가면을 벗은 듯 보이는 민낯.

'……어디선가 많이 본 얼굴인데?'

곧이어 그의 눈동자가 휘둥그레졌다. 저 얼굴은 정보에 빠삭한 서머너라면 절대 모를 수 없는…… 그런 인물이었기 때문이다.

"서, 서, 서……."

케빈이 말을 더듬었다.

"……서머너 마스터?"

그의 외침에 나머지 일행들도 가슴이 철렁했다.

"뭐, 뭣이라고?"

"지, 진짜야?"

눈을 비비적거리며 자세히 살펴보니.

촤르륵!

물과 함께 나타난 정령 하나가 그의 귀에 무언가를 속삭이고 있었다.

"저기 재수 없게 생긴 애가 그랬어. 감히 진도유운을 쓱싹할 거라고. 차암나, 웃기지도 않아서."

진도윤이 그들이 범죄자란 것을 단번에 파악할 수 있었던 이유. 그것은 혹시나 싶어 정찰 보냈던 엘라임에 있었다.

'저건 엘라임이잖아!'

'가는 날이 장날이라더니……. 진짜 서머너 마스터라고?'

사바라스와 마크스의 안색이 창백해졌다.

"……."

반면에 케빈은 눈동자를 빠르게 굴렸다.

언제 고수를 만날 일이 있을 거라곤 예상하긴 했다. 그게 하필 서머너 마스터라는 게 조금 걸리긴 했지만.

'서머너 마스터는 자신을 공격하려 했던 자를 절대 살려 보내지 않는다고 했었지.'

그의 저서 「최고의 서머너가 되는 법」만 읽어봐도 답 나온다.

지금 해야 할 선택 중 가장 최선은.

"뒈져라!"

가만히 지켜보고 있을 때 그리고 그의 소환수가 하나뿐일 때 공격하는 것.

'이건 기회야.'

그의 마음속엔 일종의 설렘도 피어올랐다.

혹여 서머너 마스터를 죽인다면 얼마나 더 강해질까. 지금껏 죽여왔던 것 이상으로 강해질 수도 있는 기회였다.

철그럭!

쇠사슬을 한 바퀴 돌린 소울 리퍼의 낫이 진도윤을 향해 쇄도했다.

"뭐 해? 너희들도 포위해서 바로 공격해!"

"아, 알겠다고!"

그의 일행들도 함께 소환수를 컨트롤했다.

"후우……."

그런 그들을 바라보며 진도윤은 나지막이 한숨을 내쉬었다.

'또 범죄자라니.'

미궁에 나온 후, 무슨 던전만 다니면 범죄자들이 출몰한단 말인가. 세상이 썩을 대로 썩었다고 느끼는 그였다.

게다가, 또 열 받는 점 하나.

분명 저들은 자신이 누군지 알고 있었다. 그런데도 저렇게 당당하게 공격한다는 것은.

'내가 얕보인다는 거겠지.'

기도 차지 않는 일이었다.

"흥, 어딜 우리 진도윤을!"

날아오는 낫에 엘라임이 손을 가볍게 떨쳤다.

촤르르르!

동시에 압축된 물이 진도윤의 몸 전체를 둘러쌌다. 이번에 봉인 해제된 스킬, 물의 방패(S급)였다.

팅!

소울 리퍼의 낫이 엘라임의 방패에 둔탁하게 부딪혔다.

꽤 강하게 들어오는 충격.

"오호라?"

진도윤이 살짝 놀란 표정을 지었다.

"소울 리퍼치고는 좀 센데?"

소울 리퍼 역시 미궁에서 많이 봤던 몬스터 중 하나. 그런데 그때 봤던 녀석들보다 훨씬 강한 느낌이다.

'그래 봐야 거기서 거기지만.'

진도윤이 여유롭게 지켜보고 있자, 케빈이 다시 외쳤다.

"어차피 지키고 있는 소환수는 하나뿐이야! 합공하면 이길 수 있어!"

사방을 포위한 채로 침을 꿀꺽 삼키는 그들.

진도윤은 피식 웃었다.

"뭔가 착각하고 있는 것 같은데."

동시에 손가락을 딱! 하고 튕겼다.

"포위된 건 내가 아니라 너희들이야."

그 순간, 외곽에 몸을 숨기고 있던 세 마리의 소환수가 급속도로 녀석들을 향해 달려들었다. 데몰리션, 피닉스, 그리고 둠이었다.

"무, 무슨?"

기척이 느껴지지도 않았는데, 바로 근처에 있었다니.

케빈이 급하게 몸을 틀어 대응하려 했으나.

푸욱!

번개처럼 다가온 데몰리션의 발톱이 그의 가슴을 베어냈다. 소울 리퍼로 방어할 시간조차 없이 당한 것이다.

"끄악!"

깊게 베인 상처와 그곳에서 느껴지는 말 못 할 통증.

"뀨웅!"

그런 그를 놀리듯 바라본 데몰리션이 곧바로 소울 리퍼에게 달려들었다.

까앙! 깡!

긴급히 쇠사슬을 들어 올린 녀석이 낫으로 데몰리션의 발톱을 튕겨냈다.

"키이이?"

소울 리퍼가 생각보다 묵직한 힘에 당황한 듯 울음을 터뜨렸다.

"뀨웅!"

과연 제법이라는 듯 고개를 끄덕이는 데몰리션. 녀석의 눈이 초승달처럼 휘었다. 반항다운 반항을 해줘서 고맙다는 의미였다.

"이 녀석아, 그거, 네 장난감 아니다."

"뀨웅!"

고개를 끄덕인 데몰리션이 다시 내달렸다.

까앙! 깡! 깡! 깡깡깡!

그러고는 물 만난 물고기처럼 소울 리퍼의 무기를 두들겼다. 열심히 막아냈지만, 점차 힘에 겨움을 느끼는 소울 리퍼.

녀석은 확실히 느끼고 있었다. 눈앞의 검은 용이 일부러 죽이지 않고 놀고 있다는 것을.

"……!"

통증 속에서도 그 모습을 지켜보던 케빈이 경악했다.

'소, 소울 리퍼를 저렇게 여유롭게 가지고 놀 수 있다고?'

가슴을 부여잡은 그가 고개를 돌려 주변을 확인했다.

'젠장……'

이윽고 벌어진 광경에 케빈은 낙담한 표정을 지었다. 마코스는 이미 둠 나이트의 검에 베인 채 쓰러져 있었고 사마라스는 피닉스의 염화에 시커멓게 타 있었다. 게다가 자신을 지켜야 할 소울 리퍼는 이미 검은 용의 장난감으로 전락한 지 오래였고.

"……."

그는 비로소 깨달을 수 있었다. 자신을 상대로 서머너 마스터가 애먹을 거라 판단한 것이 얼마나 큰 오만이었는지.

상대는 하늘, 아니, 하늘 위의 하늘이었다. 그러나 이제 와서 깨달으면 뭐 하나. 이미 물은 엎질러졌는데.

"이런 개 같은……."

다리에 힘이 풀린 케빈이 주저앉았다. 그런 그를 향해 진도윤이 싸늘한 표정으로 다가갔다. 그러고는 발을 들어 상처 난 그의 가슴을 힘껏 밟았다.

"커억!"

이루 말할 수 없는 고통에 케빈이 그의 발을 부여잡고 비명을 질렀다.

'무, 무슨 서머너 힘이 이렇게.'

거의 200kg이 넘는 거구가 짓밟는 느낌이었다.

"컥! 커어억! 제, 제발……."

케빈이 애원하는 듯한 눈빛을 보냈다. 그러나 그런 살인자의 눈빛에 흔들릴 진도윤이 아니었다.

"야."

꾸욱! 꾸욱!

진도윤이 발에 계속 힘을 주며 입을 열었다.

"궁금한 게 하나 있는데. 저 소울 리퍼 느낌이 좀 이상하거든? 내가 알던 소울 리퍼가 아닌데……. 무슨 짓을 한 거냐?"

"마, 말하면 살려줄 텐가?"

케빈의 물음에 진도윤이 헛웃음을 터뜨렸다.

"……바랄 걸 바라라. 그게 뭐 대단한 정보라고. 아, 말해주면 곧바로 죽여줄 수는 있지. 고통 없이."

"크으윽……."

케빈은 망연자실한 표정을 지었다.

이미 상대에게 생사여탈권이 넘어간 상황. 수많은 서머너들을 죽여왔던 자신이었기에 사람의 눈 속에 담긴 살기 정도는 쉽게 읽어낼 수 있었다. 그리고 진도윤의 살기는 그가 봐왔던 그 누구보다도 짙었다.

'저자는 분명히 날 죽일 생각이야.'

결국, 자포자기한 케빈이 킬킬거리며 웃었다.

"크크큭, 저 랜턴에 사람의 영혼이 담기더군. 높은 감응력의 서머너를 죽일수록 더 세지더라고."

"그래?"

진도윤이 살짝 놀란 표정을 지었다. 설마 소울 리퍼에게 그런 능력이 있을 줄은 몰랐기 때문이다. 그가 상대했던 소울 리퍼는 몬스터였을 뿐 누군가의 소환수가 아니었으니까.

"꽤 많이 상향되어 있던데, 그럼 도대체 얼마나 죽인 거야?"

"크큭, 셀 수 없을 만큼 죽였지. 시스템이 그렇게 만들어놓은 걸, 날 탓하면 안 되지 않겠어? 크크큭."

이젠 그냥 모든 것을 놓아버린 듯, 털어놓는 케빈.

"에이, 설마."

진도윤이 다시 한번 가슴을 꾹 밟았다.

푸확!

케빈의 입에서 시뻘건 피가 튀어 나왔다.

"내가 언제 널 탓한 적 있냐? 넌 그저 날 공격했기 때문에 죽는 거야."

"크르륵……"

이어지는 고통에 입을 꽉 깨문 그의 얼굴이 시뻘게졌다.

그리고 이내.

콰드득!

갈비뼈가 아작 나는 소리와 함께 녀석의 입에서 거품이 피어올랐다. 진도윤이 온 힘을 실어 밟은 것이다.

"끄아아악!"

고작 이 정도 고통으로 죽이기엔 질이 나쁜 녀석이었지만, 진도윤은 빠르게 끝내기로 했다. 이런 녀석에게 벌주는 시간조차 아깝다.

부르르르.

힘껏 경련을 일으킨 녀석은 곧이어 미동을 멈췄다. 내부 장기가 다 진탕된 채로 절명한 것이다.

"후우, 괜히 찝찝하게."

발을 떼어낸 진도윤이 한숨을 내쉬었다. 수많은 범죄자의 목숨을 빼앗았던 그였지만, 매번 찝찝한 건 어쩔 수 없었다.

그도 사람이니까.

그런 마음을 읽은 엘라임이 다가왔다.

"에이, 진도윤! 그래도 다행이지. 진도윤이 아니었다면, 더 많은 피해자가 생겨났을걸?"

"알지, 알지."

진도윤이 고개를 끄덕일 찰나.

"음?"

그의 시야에 소울 리퍼의 랜턴이 들어왔다. 소울 리퍼는 이미 데몰리션이 다 가지고 논 듯, 온몸이 난도질 된 상태로 쓰러져 있었다.

"저 랜턴……."

무언가 익숙한 느낌이었다. 마치 과거 로즈 케미칼에서 김춘식이 다룬 실험체를 보는 듯한 느낌.

'설마, 저놈이 죽인 서머너들의 감응력이 저기에 담긴 건가?'

라고 생각할 찰나였다.

[주인 없는 감응력을 발견합니다.]
[흡수하시겠습니까?]

연공법의 메시지가 떠올랐다.

4장

 서머너는 소환수와 알게 모르게 많은 정을 쌓게 된다.
 던전에서 서로의 목숨과 고통을 공유하는 사이니 더더욱 그렇다.
 소환수를 잃으면 서머너 역시 목숨이 위태로워질 것이오.
 서머너를 잃은 소환수 역시 자연 방생이 된다.
 그렇다면 여기서 말하는 '자연 방생'이란 무엇일까?
 물리적으로만 봤을 때는.
 서머너가 죽게 될 경우, 일정 기간이 지난 후에 연기처럼 사라지는 것을 뜻한다.
 하지만, 그 소환수의 사후 처리가 어떻게 되는지는 많은 서머너들의 의견이 갈린다.
 누군가는 본래 살던 곳으로 돌아간 것이라 말하고.
 또 누군가는 안타깝지만, 함께 소멸하는 거라 말한다.

무엇이 정답인지는 저자도 잘 모른다.

하지만, 한 가지 확실한 건 있다.

있을 때 잘하자는 것.

소환수라는 존재.

어찌 보면 불쌍할 수도 있는 존재다.

오직 한 사람을 위해, 자신의 삶을 송두리째 바쳐야만 하는 것일지도 모르니까.

저자는 그런 소환수들이 존중받았으면 좋겠다는 마음이다.

[제프리의 '서머너학 개론'에서 발췌.]

[흡수를 시작합니다.]

"진짜, 흡수된다고?"

진도윤이 소울 리퍼의 랜턴 속, 주인 없는 감응력을 천천히 빨아들였다. 과거 꼬마의 아빠, 한 씨에게 흡수했던 것과 동일한 방식이었다.

우우웅!

꽤 많은 사람을 죽였던 건지 그때보다 훨씬 많은 감응력이 뭉쳐 있었다.

"후, 완전히 사라지기 전에 다 흡수해야겠네."

현재 소울 리퍼는 전투 불능 상태로 쓰러져 있었다. 녀석의 주인이었던 케빈이 죽었으니, 이제 곧 방생될 터.

최대한 빨리 뽑아먹어야 했다.

우웅! 우우웅!

시간이 흐르자, 기가 점점 쌓여가는 게 느껴졌다.

"……그나저나 대단한데?"

진도윤이 놀란 표정으로 중얼거렸다.

케빈이 죽기 전에 했던 말이 맞다면 이는 엄청난 정보였다. 사람을 죽일 때마다 그 감응력을 얻고, 그 감응력을 다시 자신 것으로 만들 수 있다면?

비록 좋은 방법이라 할 수는 없겠지만, 수많은 감응력을 쌓을 수 있는 거니까.

'하나 얻어봐야 하나?'

진도윤은 만약 남은 자리를 채워야 한다면, 이런 류의 소환수를 얻어야겠다고 생각했다.

사람을 죽여서 감응력을 얻는다? 누가 보면 굉장히 흉악한 악당이라 생각할 수 있다. 하지만 그의 생각은 달랐다.

'어차피 죽어야 할 놈들이잖아?'

세상엔 케빈과 같은 범죄자들이 너무도 많다. 그리고 그런 이들이 많이 모인 프리덤도 있다.

그야말로 죽여야 할 쓰레기들이 넘쳐나는 상황.

'감응력을 거저 준다는데 이용 안 하면 바보지.'

어차피 죽여야 할 사람만 죽일 테니 인간으로서의 도리를 논할 필요도 없다 생각하는 그였다.

[띠링!]
[흡수되는 감응력이 일정 수준을 충족합니다.]
[감응력이 1 상승합니다.]

대부분의 감응력을 흡수할 찰나, 메시지가 떠올랐다. 꽤 많이 뭉친 감응력이었음에도 오른 것은 고작 1.

진도윤의 경지가 높은 탓이었다.

"그래도 1이 뭐냐……? 1이."

그가 실소하며 투덜거렸다. 마치 오르면 오를수록, 채워야 할 그릇이 배로 커지는 느낌.

"그래도 222면 나쁘지 않지."

최후의 미궁에서는 감응력 1을 올리기 위해 얼마나 많은 고생을 했던가. 또 다른 방법을 찾은 것에 감사하는 진도윤이었다.

"메두사 잡고, 소울 리퍼 나오는 던전이나 검색해 봐야겠다."

마지막 한 올까지 쭉 빨아 먹은 진도윤이 랜턴에서 손을 뗐다.

스르륵!

그러자 곧이어 연기처럼 사라지는 소울 리퍼.

"다음 생에는 꼭 좋은 주인 만나거라. 이왕이면 나처럼 실력 좋은 주인 만나면 더 좋고."

진도윤은 바닥을 바라보며 눈을 감고 살짝 묵념했다.

소환수가 무슨 잘못이 있겠는가. 굳이 찾자면, 주인에게 잘못 선택당한 것? 있다면 그뿐일 거다.

"그러니까, 엘. 너도 고마워하라고. 나 같은 주인 만난 거."

"잉? 뭐래."

엘라임이 코웃음 치며 말을 이었다.

"진도윤이 고마워해야지! 나 같은 소환수 만난 거! 귀엽고! 착하고! 헌신적이고!"

"그래, 그것도 맞는 말이긴 하다."

피식, 진도윤이 미소를 지었다.

"그나저나 진도유운."

"왜."

"슬슬 준비해야겠는데? 저기 놈들이 다가오고 있어."

"피 냄새를 맡았나 보구나."

스아! 스아아!

멀리서 뱀의 혓소리가 들려왔다.

이곳 던전에 들어왔던 이유 메두사들의 소리였다.

메두사는 굉장히 까다롭다. 눈을 마주치는 즉시, '석화'(A급)라는 봉인기가 걸리기 때문이다.

'멋모르고 싸우다간 영원히 돌로 변하게 되지.'

서머너가 눈을 감는다고 안전한 건 아니다. 소환수들 역시 시야를 자체 봉인한 채로 싸워야 하니까.

"뭐, 그것 말고는 별거 없긴 하지만."

속도도 느리고, 파괴력도 약하다. 게다가 이곳 던전의 메두사는 기존 것보다 더 약화된 상태.

굳이 긴장할 필요도 없는 상대였다.

"딱 여섯 마리네, 쉽게 쉽게 가자고."

느껴지는 감응력으로는 딱 여섯. 전방에 네 마리, 그리고 좌우에 각각 한 마리씩 펼쳐진 채로 다가오고 있었다.

스아아아! 키에에!

뱀 소리는 메두사의 머리카락일 테고- 괴성은 메두사의 입에서 나오는 소리.

메두사는 노란 눈을 번뜩이며 진도윤이 있는 방향으로 신속하게 이동했다.

"데몰리션."

"뀨웅!"

그들이 다가오기 전.

진도윤은 데몰리션을 하늘 높이 날려 보냈다. 과거에는 저 녀석들을 잡기 위해, 온갖 유리아의 버프를 떡칠했었다.

그러나 그건 그때의 이야기고 지금은 압도적인 파괴력으로 밀어버리면 될 일이다.

시야? 굳이 보이지 않아도 상관없었다. 그냥 전 지역에 브레스 폭격을 가하면 되니까.

"엘."

"응, 방패 둘러줄게!"

촤르르륵!

진도윤은 브레스에 대비해 온몸을 물의 방패로 둘렀다.

완벽한 공방의 조화.

"자, 데몰리션, 보여줘라."

"뀨우웅!"

곧이어, 허공에 뜬 데몰리션의 입이 쩌억- 벌어졌다.

화르르륵!

뜨거운 열기가 무너진 신전을 가득 채우기 시작했다.

그리고 튀어나오는 염화의 숨결.

콰아아아앙!

동시에 튀어 나간 화염 줄기가 사방 곳곳으로 쏟아지기 시작했다.

말 그대로 표적이 없는 무차별 폭격.

"키에에에!"

"키이이!"

갑작스러운 공격에 메두사가 울부짖었다. 진도윤은 메두사 반대 방향으로 등을 돌린 채, 눈을 슬쩍 떴다.

이제 기다려야 할 것은.

['약해진 메두사'(★★★★★)을 처리합니다.]
[경험치 200,000exp를 획득합니다!]
['메두사의 눈'(A급)을 드롭합니다!]

……..

 줄줄이 떠오르는 메시지창을 확인하는 것. 경험치뿐만 아니라, 아이템을 드롭했다는 문구도 있었다.
 '좋아, 좋아.'
 그동안 저걸 찾으려고 얼마나 애먹었던가. 100% 확률로 떨어지는 아이템에 진도윤은 시원한 쾌감을 맛봤다.
 '셋, 넷, 다섯……'
 진도윤은 총 여섯의 메시지가 뜰 때까지, 얌전히 기다렸다. 그리고 얼마 지나지 않아.

['약해진 메두사'(★★★★★)을 처리합니다.]
[경험치 200,000exp를 획득합니다!]
['메두사의 눈'(A급)을 드롭합니다!]

 마지막 메시지가 떴다. 고작 1분도 되지 않는 시간에, 존재하는 모든 메두사를 처리해 낸 것이다.

[시원시원한 전략에 파괴룡 '데몰리션'(★★★★)이 행복해합니다!]
[친밀도가 1 상승합니다.]

 세상에 이렇게 친밀도를 올리기 쉬운 소환수가 과연 존재할까?

"뀨웅! 뀨우웅!"

이제 24의 친밀도를 달성한 데몰리션이 신나게 울부짖었다.

"다 됐네."

죽은 메두사의 눈은 사람을 봉인시킬 수 없다. 그렇기에 진도윤은 다시 등을 돌려 무너진 신전의 상황을 확인했다.

"와우."

진도윤은 눈 앞에 펼쳐진 광경을 보며 감탄했다.

완전히 불타오르는 신전과 시커멓게 타버린 메두사의 사체들. 던전 하나를 완전히 아작내 버린 데몰리션의 브레스였다.

저벅, 저벅.

진도윤은 여유롭게 거닐며 떨어진 아이템을 주웠다. 메두사의 노란 눈은 마치 구슬처럼 딱딱하게 굳어 있었다.

[아이템:메두사의 눈]
[등급:A]
[메두사 처치 시 일정 확률로 얻을 수 있는 눈.]
[메두사는 자신의 눈을 심장처럼 아낀다.]
[소지 시, 특수 효과를 얻는다.]
[옵션:1/1]
- 골동품:소환수 마법 공격력 + 10.

'쩝.'

얼어붙은 유물과 똑같은 골동품 옵션. 확실히 거창한 정보에 비해 쓸모없는 옵션이긴 했다.

'이러니까 다 버리고 다녔지.'

뭐, 가지고 다녔다 하더라도 데몰리션과의 전투에서 다 파괴당했겠지만.

"드디어 원하던 걸 얻은 거야?"

다가온 엘라임이 웃으며 묻자, 진도윤이 고개를 끄덕였다.

"응, 이제 유리아를 구할 수 있겠어."

"유리아는 나도 보고 싶긴 해. 여기서 바로 할 거야?"

"음……. 여기는 너무 상태가 안 좋은데."

오랜만에 미궁 밖으로 나올 친우에게 눈을 뜨자마자 또 던전을 보여줄 수는 없었다.

"여기보단 바깥세상 냄새를 맡게 해줘야지. 얼마나 보고 싶겠어. 라면도 준비해야 할 테고."

그렇게 진도윤이 애틋한 미소를 지을 찰나.

[던전 클리어!]
[던전을 지키는 신수, '약해진 메두사'(★★★★★)를 모두 처리했습니다. 자연의 기운이 그대에게 축복을 내립니다.]
[특수한 던전입니다.]
[보상이 지급되지 않습니다.]

임무 완료 메시지와 함께, 시야가 번쩍였다.

던전을 나온 진도윤이 가장 먼저 찾은 것은 근처 숙소였다. 감동의 컵라면은 인피니티 백팩에 준비해 둔 상태.

"후우."

방에 들어온 진도윤은 긴장 어린 표정을 지었다.

미궁에 나온 후, 이 순간을 얼마나 기다렸던가. 옆에 제프리도 있었으면 좋았겠지만, 어쩔 수 없다.

"일단 구해놓고 수준을 좀 맞춰주긴 해야지."

제프리와 마찬가지로 유리아 역시 그에게 꼭 필요한 존재다. 그녀가 가진 각종 버프와 힐링은 엘라임의 것과 비교가 안 될 정도로 좋았으니까.

"뭐, 쉬고 싶다 하면 어쩔 수 없고."

진도윤의 다음 목표는 프리덤 척살이다.

자신을 계속 건드는 그 녀석들을 가만히 내버려 둔다면? 앞으로 남은 여가 생활이 굉장히 불편해질 수도 있다. 원래 가만히 내버려 둘 성격도 안 됐고.

하지만, 만약 유리아가 힘들다고 하면 그녀의 의견을 존중할 생각이었다. 그녀는 그럴 자격이 있으니까.

"웃차!"

진도윤은 먼저 가방에서 유리아의 석상을 꺼냈다.

아직도 돌처럼 굳어 있는 친우, 유리아의 모습.

"이 녀석아, 내가 구해준다고 했지?"

비록 많은 시간이 흐른 건 아니었지만, 진도윤은 그녀의 움직이는 모습이 보고 싶었다.

'언제나 긍정적이고 천하 태평하던 녀석······.'

그 성격은 최후의 미궁을 견디는 데도 큰 도움이 되었다.

"자, 데몰리션?"

"뀨웅?"

옆에 소환되어 있던 파괴룡이 고개를 갸웃했다.

"바로 시작하자."

동시에 이번에 획득한 메두사의 눈 여섯 개를 꺼냈다.

[파괴룡, '데몰리션'(★★★★★)의 흔적을 조우합니다.]
[스킬, '턴 투 스톤'(S급)의 효과로 봉인을 해제할 수 있습니다.]
[삐빅!]
[스킬 초월 단계가 너무 낮습니다.]

유리아 봉인 해제 전.
데몰리션의 스킬 초월 시간이었다.

['메두사의 눈'(A급) × 1개를 소지하고 있습니다.]
[스킬, '턴 투 스톤'(S급)이 한 단계 성장······]

초월 과정은 얼어붙은 유물 때와 동일했다.

예상대로 메두사의 눈은 스킬 초월의 매개체였고 여섯 개를 전부 소모하여 총 세 번의 초월을 이뤄냈다.

"뀨우웅!"

초월을 이뤄내자, 데몰리션이 기분 좋다는 듯 고개를 치켜들었다. 한층 강해진 스킬의 위력을 온몸으로 느끼는 것이다.

"자, 이제 준비는 끝났고."

진도윤이 데몰리션을 쳐다보며 턱짓했다. 빨리 진행하라고 보채는 제스처였다.

"뀨웅!"

"알아서 할 테니 보채지 말라고?"

"뀨우웅!"

"……이게."

얄미운 모습에 살짝 꿀밤을 쥐어박고 싶었지만, 진도윤은 참았다.

비록 테이밍 이전에 동료들을 봉인했던 녀석이지만 만약 녀석이 없었다면 어땠을까? 아직 유리아는커녕, 제프리도 구출하지 못했을 거다.

"……."

그렇게 스킬 준비가 끝났을까. 이윽고 데몰리션이 굳어 있는 유리아에게 뒤뚱뒤뚱 다가갔다.

[스킬, '턴 투 스톤'(S급)을 사용합니다.]

녀석의 스킬이 굳어 있는 유리아를 향해 폭사했다.

[봉인이 해제됩니다.]

"드디어……."

돌로 변했던 피부가 점차 흐물흐물해지는 것을 보며, 진도윤은 감격 어린 표정을 지었다.

생각해 보면 떨어져 있던 기간은 그렇게 길지 않다.

귀환 후, 고작 1년? 아마 그것도 안 될 터였다.

미궁에서 지낸 시간과 비교해 보면 진짜 찰나라 할 수 있는 시간.

'근데 이게 뭐라고 이렇게 떨리는 걸까?'

자신을 위해 목숨을 던졌던 친우를 구해서? 아니면 그렇게 바라왔던 목표를 이뤄서?

'아니, 그것보다는……'

그녀를 잃고 싶지 않다는 마음이 크기 때문일 거다.

'약속했었으니까.'

진도윤도, 제프리도, 유리아도 미궁에서 고생하며 꼭 바깥 세상으로 복귀하자고 약속했었다. 평화로운 세상을 만끽하면서, 개고생했던 걸 추억 삼기로 했었다.

"결국, 그날이 왔네."

파스슥!

그리고 마침내- 굳어 있던 그녀가 생기를 찾기 시작했다. 데몰리션의 봉인기를 맞으며, 소리를 고래고래 질렀던 그때의 모습 그대로였다.

"마스터, 미안……. 부디 저 새끼한테 한 방…… 응?"

비장한 표정으로 중얼거리던 유리아의 눈가가 찡그려졌다. 그 모습을 본 진도윤이 부드러운 미소를 지었다.

'놀랄 수밖에 없겠지.'

그녀 입장에선 데몰리션에게 한 방 맞자마자 숙소 안으로 순간이동 된 느낌일 테니.

"유리아."

"엥? 뭐, 뭐, 뭐야! 갑자기 이건 또 무슨 술수지?"

유리아가 눈썹을 올린 채 진도윤을 쳐다봤다. 데몰리션이 어떠한 수를 쓴 거라 생각하는 듯했다.

"마스터? 파괴룡은 어디 간 거야! 여긴 또 어디고!"

계속 혼란스러운 표정을 짓는 그녀.

"후."

진도윤은 미약한 한숨을 내쉬었다.

동료를 구하는 것은 이번이 두 번째지만 그때마다 어떻게 설명해야 할지를 모르겠다.

"유리아, 일단은 진정해라."

"마스터?"

"우선 최후의 미궁은 나 혼자 클리어했다. 믿기 힘들겠지만…… 우리는 우리가 그렇게 원하던 바깥세상으로 나온 거야."

"……그게 무슨?"

진도윤은 그녀를 진정시키려 노력했다. 하지만, 그게 어디 쉽게 진정되겠는가?

"그게 무슨 개뼈다귀 같은 소리야……? 나 지금 이해가 하나도 안 되는데……."

"그래, 시간이 좀 필요하겠지."

진도윤은 우선 기다려 주는 것을 택했다.

"흐음……."

불안한 표정으로 어쩔 줄 모르던 유리아는 이내 숙소 바깥 창문을 향해 걸어갔다. 언제나와 같은 그리스 도로의 모습이 그녀의 시야에 펼쳐졌다.

"세, 세상에. 이게 다 뭐야?"

강아지를 데리고 산책을 하는 시민, 벤치에 앉아 휴식을 취하는 노부부, 분주하게 움직이는 직장인까지.

유리아는 몸의 떨림을 주체할 수 없었다.

그녀가 100년 동안 그렇게도 바라왔던 풍경. 그 풍경이 바로 눈 앞에 펼쳐져 있는데 어찌 제정신을 유지하겠는가.

혹시 꿈이나 환상일까 싶었지만, 그럴 확률은 낮았다.

너무나 생생한 것은 둘째 치고 그녀는 서포터를 담당하는 서머너.

웬만한 저주는 쉽게 파악할 수 있었다. 아무리 수준 높은 저주라 할지라도 말이다.

"그럼…… 정말로?"

"그래, 그게 100년 만에 복귀한 현실의 모습이야."
"으아아……."
다리에 힘이 풀린 유리아가 주저앉았다.

"그러니까…… 우리가 몸을 던진 이후, 마스터가 그 끔찍한 용을 테이밍해 버렸다는 거지?"
유리아가 퀭한 눈으로 재차 확인했다.
봉인이 해제된 지도 벌써 10시간이 흐른 상태. 진도윤은 그 시간 동안 과거 제프리에게 했던 것처럼 하나하나 설명해 줬다.
귀환 후 있었던 일부터 프리덤과의 대치. 리스트릭트의 창설. 가이아와의 만남 등등. 하나도 빼먹지 않았다.
"이 시스템이란 걸 만든 초월자를 만나기까지 했고. 던전이나 이런 것들은 마계에 그 원흉이 있을 가능성이 있고?"
"엉."
"와……. 난 눈 한 번 깜빡였을 뿐인데, 진짜 많은 일이 있었구나."
사실, 유리아는 진도윤을 그렇게까지 반가워하지 않았다.
100년 동안 본 얼굴 또 보는데 뭐가 반갑냐고 했던가? 오히려 귀환 후, 진도윤의 행보에 대해 더 호기심을 가졌다.
쉬지 않고 떠들었음에도 초롱초롱 빛나는 눈빛.

진도윤이 피식 웃자, 그녀가 다시 입을 열었다.

"그래서 이제 어떻게 할 건데?"

"흠."

사실, 그게 고민이었다.

동료들을 전부 다 구하긴 했는데 가이아가 했던 말이 걸렸다.

마계가 어떠한 흉계를 꾸미고 있다는 말.

'결코 인류에게 유익한 일은 아닐 터인데.'

그보다 우선은 유리아가 먼저였다.

"넌 어떻게 하게?"

진도윤은 침대 끄트머리에 앉아 무릎을 모으고 있는 그녀에게 물었다.

"나?"

"응, 오랜만에 복귀했는데 할 거 없어? 쉬고 싶다든가, 아니면 만나야 할 사람이 있다든가."

"헹, 만나야 할 사람은 무슨……. 마스터도 알잖아. 설마 있다 해도 이미 까먹은 지 오래야."

"그럼?"

"으음……. 딱히 할 게 없는데. 갈 곳도 없고. 그렇다고 혼자서 청승맞게 쉴 생각 하니 그다지 끌리진 않고."

머리를 꼬며 답하던 그녀가 이내 의미심장한 표정으로 미소를 지었다.

"근데 말이야……. 마스터."

"응?"

"내 예상이 맞다면, 질문의 의도가 꼭 할 거 없으면 따라오라는 식으로 들리는데?"

"큼, 제대로 들었네."

진도윤이 솔직하게 인정했다.

"낄낄, 마스터야 내 손바닥 안이지."

히죽거리며 웃는 저 표정. 오랜만에 보는 유리아의 모습에 진도윤은 감회가 새로웠다.

"근데 쉬고 싶으면 쉬어도 좋아. 그 말은 진심이야."

"알지, 그 말이 진심인 것 정도는."

무려 100년 동안 동고동락한 사이다. 굳이 말하지 않아도, 눈빛만 봐도 서로의 생각을 읽을 수 있을 정도.

"그래서 사실 눈에 훤히 보이긴 해."

유리아가 눈을 좁게 뜨며 말을 이었다.

"응? 갑자기? 뭐가 보여?"

"마스터가 가이아의 말에 따르는 모습이."

"……."

진도윤이 고개를 갸웃했다.

"입장을 바꿔 생각해 봤거든. 만약 가이아 덕에 내가 마스터를 구할 수 있었다고 쳐봐? 난 무조건 가이아 편이지. 부탁이란 부탁은 다 들어줄걸?"

"아, 그 말이구나."

가이아에게 빚을 졌다는 말이리라.

그녀는 분명 진도윤을 위해 대가 없는 보상을 내렸고- 그 덕에 생각보다 빠른 시기에 유리아를 찾아낼 수 있었으니까. 오히려 사사건건 방해하던 프리덤과는 완전히 대조되는 대처였다.

"원한을 맺으면 10배로 갚고, 은혜를 입으면 2배로 갚는다. 마스터가 했던 말이지?"

"내가 그런 말도 했던가……?"

"응, 아마 예전에 책에다가 썼을 거야. 게다가 프리덤이란 놈들이 계속 방해했다며? 걔네들이 마계랑도 연관이 있다 하고. 절대 못 넘어가지."

유리아가 주먹을 불끈 쥐며, 호기롭게 말했다. 원래도 셋 중에 가장 감정이 앞서던 유리아였다. 욕도 거칠고, 행동도 호탕하고.

오래간만에 보는 모습에 진도윤이 기분 좋은 미소를 지었다.

"근데 그렇게 되면 너나 제프리나 복귀 발표 해야 할지도 모르는데? 알다시피 내가 대중들한테 정체를 다 까발려 버려서."

"솔직히 그건 좀 놀랍긴 해. 마스터 성격에."

"나도 가끔은 내가 놀랍더라."

"여하튼, 난 절대 못 넘어가. 게다가 잭 폴탄인가 뭔가 내 몸을 부수려 했다고?"

"걔는 죽긴 했지만……. 뭐, 때리고 태우고 누르고 별짓 다 했을걸?"

"으아악! 기분 나쁜 놈들."

징그럽다는 듯 몸을 한 번 떤 유리아의 표정이 살벌해졌다.

"가자!"

"뭘, 어디를."

"당장 그놈들 족치러!"

이렇게 리스트릭트 멤버 하나가 늘어버렸다.

쏴아아아!

폭우가 쏟아지는 이탈리아 한구석의 마을. 과거 네비아레라 불렸던 마을에 두 남녀가 우비를 쓰고 모였다.

"분명…… 마르바스의 소환 흔적이 있어."

쪼그려 앉아서 무언가를 확인하던 일본인 여성이 중얼거렸다.

프리덤의 두 번째 간부 요미였다.

"정말입니까?"

요미의 조사에 남성이 반응했다.

남성은 프리덤의 세 번째 간부. 약 20대 후반 즈음 돼 보이는 얼굴이었다.

"허, 그럼 서머너 마스터가 정말 마르바스를 처리했다는 거네요?"

"믿기 힘들지만 그렇겠지."

"거봐요. 제가 뭐랬어요. 그 사람은 그러고도 남을 사람이라니까."

"……."

남성의 한탄에 요미가 눈살을 찌푸렸다. 저번 모임 때부터 유난히 서머너 마스터를 칭찬하는데 뭔가 거슬렸기 때문이었다.

"어쨌든, 이거 좀 골치 아프게 됐어. 리처드 그놈만 악마 소환에 성공했으면 대계가 눈앞이었는데."

"전 세계 협회를 부수는 것 말이죠?"

"그렇지."

판데모니엄의 10 악마 중 과반수가 모이면, 본래의 힘(S급)을 끌어낼 수 있다. 프리덤은 그 힘을 빌려 세상에 숨지 않고 등장할 생각이었다.

하지만, 현재 소환에 성공한 악마는 총 넷. 노야를 포함한 프리덤의 세 간부뿐이다.

누군가 물을 수 있다. 지금도 충분히 강한 거 아니냐고.

하지만, 협회의 힘은 그렇게 만만한 게 아니었다.

전 세계에 등록된 A급 서머너의 숫자만 대략 만 명 이상. 프리덤에서 기준 이상의 힘을 낼 수 있는 자가 딱 간부뿐인 걸 계산해 보면, 쉽지 않았다.

'사실 해볼 만하긴 해.'

요미는 자신 있었다. 지금 당장 혼자서 게릴라를 펼친다 해도 모든 협회를 무너뜨릴 자신 있었다.

자신이 가진 소환수, 10 악마 바사고를 이용해서 말이다. 비록 10% 힘밖에 이용하지 못한다지만, 그것만으로도 충분했다.

그만큼 10 악마의 힘은 위대하고 강력했다.

'그러나 실천할 수는 없는 일이지.'

악마 소환에 성공한 간부는 모든 활동에 노야의 통제를 받기 때문.

악마의 힘을 함부로 드러내지 마라. 노야가 세 간부에게 당부한 말이었다.

"노야께서는 별말씀 없으시구요?"

"항상 그렇지, 뭐. 그냥 기다리라고만 말할 뿐."

"계속해서 10 악마를 소환할 생각이신가 보네요."

"근데 이건 조금 심각한 사안이야. 설마 직접 악마를 잡을 수 있는 서머너가 존재할 줄이야."

"서머너 마스터잖아요."

"후, 아까부터 자꾸……."

요미가 짜증 내려 하자, 남성이 웃으며 손사래를 쳤다.

"하하, 그럼 이렇게 합시다."

"뭘."

"제가 직접 어떤지 확인해 보고 오겠습니다."

"네가?"

"네, 원래 알던 사람이기도 하고. 저도 갑자기 궁금해졌거든요. 오랜만에 나타난 형님이 얼마나 세졌는지."

"아서라, 악마의 힘은 아직······."

"알죠, 알죠. 그냥 쓱 보고만 올 생각입니다. 혹시 모를 상황을 대비해 도주용 아이템도 준비하고요. 그래야 노야께 보고할 거리라도 생기지 않겠습니까?"

남성의 입꼬리가 올라갔다.

"흐아아, 이게 바깥세상의 공기구나."

잠깐의 휴식 후, 숙소 바깥으로 나온 유리아가 힘차게 숨을 들이켰다. 100년 만에 직접 거니는 도로는 너무도 상쾌하고 아름다웠다.

"유리아야."

"······?"

그녀의 볼에 시원한 촉감이 느껴진 것은 그때였다. 진도윤의 소환수, 엘라임이 다가와 손가락으로 쿡- 찌른 것이다.

"어? 엘이네? 무슨 일이야?"

정령왕 주제에 위엄이라고는 하나도 없는 녀석. 그래도 무한한 귀여움을 담당하기에 유리아의 입가에 미소가 드리워졌다.

"그냥, 애들은 잘 지내나 궁금해서. 미카엘이랑 페어리랑······ 또 아묘랑?"

"아, 내 소환수들."

유리아의 눈빛이 빛났다.

진도윤과 밤새 대화하느라 미처 생각하지 못했는데 생각해 보니, 그것부터 확인해 봐야 했다.

옆을 보니, 진도윤도 고개를 끄덕이고 있었다.

"복귀하기 전에 던전 좀 돌다가 가자. 합도 다시 맞춰봐야지. 맞춰볼 필요까지야 있겠냐마는, 그래도."

소환수의 구성이 달라진 이상, 함께 사냥해 보긴 해야 했다. 유리아의 서포트를 받으면 레벨 업 속도가 훨씬 빨라지기도 하고.

"아, 난 익숙하긴 한데, 마스터는 나온 지 꽤 됐다고 했었지?"

"응, 가기 전에 소환수들 상태 좀 파악해 놓자."

"오케이, 알겠어."

유리아의 시선이 살짝 흔들렸다. 혹시, 소환수를 잃었으면 어쩌나 걱정하는 눈빛이었다.

우우웅!

감응력을 활성화시킨 그녀는 이내 힘껏 손을 떨쳤다.

그녀의 몸 주변에서 뿜어져 나오는 오묘한 빛과 함께.

[대천사 '미카엘'(★★★★★★)을 소환합니다.]
[현재 소환수와의 친밀도가 100입니다.]

공방 능력을 두루 갖춘, 전투 천사족 미카엘과.

[요정 왕 '페어리킹'(★★★★★★)을 소환합니다.]

버퍼를 맡고 있는 요정족.
특히, 자신보다 낮은 등급의 몬스터를 무조건 소멸시키는 '즉사'(A급) 스킬이 특징인 페어리킹.

[숲의 고양이 '아묘'(★★★★★★)를 소환합니다.]

그리고 힐러를 담당하는 묘인족, 아묘(兒猫)가 등장했다. 한때 그녀를 빛의 성녀라 부르게 했던 그 주인공들이었다.
"다들 무사하구나!"
유리아는 안도의 한숨을 내쉬었다. 데몰리션에게 봉인기를 맞기 전, 역소환해 놓긴 했지만 내심 불안했던 탓이다.
"상태도 이상 없고."
혹시나 싶어 상태창도 둘러봤지만, 아무런 문제 없었다.
전부 6성 풀 레벨인 상태.
"이게 감응력 200이 넘은 상태에서 소환수 본연의 모습을 보게 되면 S급으로 각성할 수 있다는 말이지?"
"응, 확실한 건 아닌데. 일단 엘은 그랬었어."
진도윤이 파악한 것은 그렇다.
소환수마다 개별의 세상이 있고 A급은 그 세상에서 낼 수 있는 힘의 10%밖에 내지 못한다. 하지만 S등급을 다는 순간, 본연의 힘을 모두 품어낼 수 있다.

'그 위에 등급이 있을지는 모르겠지만.'

만약 있다면, 데몰리션이지 않을까?

가이아도 그렇고, 악마도 그렇고, 엘도 그렇고 데몰리션을 두고 무서운 파괴의 힘을 가졌다고 했다.

'그게 6성이랑은 또 다를 것 같단 말이지.'

만약 데몰리션에게 또 다른 세상이 있다면 어떨까? 사실 S급의 모습이 녀석이 가진 힘의 10%라면?

가정이었지만 진도윤은 팬스레 소름이 돋았다. 최후의 미궁 끝자락에서 봤던 그 모습만으로도 끔찍한 수준이었으니까.

"와, 신기하긴 하다. 우리 풀 각성 달성했을 때만 해도 그게 한계인 줄 알았었잖아."

"그랬었지. 근데 S급은 경험치 요구량부터가 차원이 달라."

"그래? 얼만데?"

"내가 대충 계산해 봤거든……?"

진도윤은 비행시간 등등 할 일 없을 때, 1성 기준으로 만렙을 달성하는 데 필요한 총 요구 경험치를 계산해 봤다.

경험치 계산 방식은 간단하다. 경험치 바 뒤에 있는 숫자를 전부 더하면 된다.

[레벨:1 (Exp 0/150,000)]
[레벨:2 (Exp 0/300,000)]
[레벨:3 (Exp 0/450,000)]

예를 들어, 경험치 상태가 이렇다 하면.

레벨3까지 드는 총요구량은 900,000이다. 뒤에 나타낸 숫자가 누적이 아닌, 리셋되는 시스템이라 그렇다.

"일단 1성 기준 만렙까지 드는 경험치가 총 7,800만이니까."

등급이 오를 때마다 ×10배가 되는 특성을 이용하면 쉽게 산출할 수 있다.

2성 만렙까지는 7억8천, 3성 만렙까지는 78억, 4성 만렙까지는 780억…… 이런 식으로.

"S급 6성 만렙까지 찍는 데는 총 필요한 양이 대충 8조 정도 되겠네."

"……미친 거 아냐? 8조라고?"

실로 무지막지한 양이긴 했다. 저번 악마 사냥으로 50억을 받았으니, 그와 비슷한 급 1,600마리를 잡아야 달성할 수 있는 수치란 말이었다.

'비록 마계에서 직접 잡는 것과는 또 다른 경험치겠지만.'

아직 마르바스는 죽은 게 아니다. 마계로 돌아간 것일 뿐. 그렇기에 아마 온전히 경험치를 다 받은 건 아닐 터였다.

'그때는 경험치 물약을 빤 것도 아니었고.'

모든 등급의 물약을 중첩 적용하면, 훨씬 더 빠르게 올릴 수 있을 터.

너무 낙담할 필요 없었다. 하지만 유리아는 그렇게 생각하지 않는 듯, 혀를 내둘렀다.

"말도 안 돼……. 이건 그냥 찍지 말라는 거잖아?"

"그래도 방법이 아예 없는 건 아냐."

"아니, 수십 년 동안 A급 던전에 살면서 경험치 물약으로 풀 도핑하고 무한 사냥하면 불가능한 건 아니겠지. 그래도 이건……."

유리아가 고개를 절레절레 흔들었다.

"아니, 아니. 그 말이 아니라. S급 던전에 가면 되긴 하거든. 기억 안 나? 우리 가끔 보스급 잡거나 특수 미션 해결하면 경험치 몇십억씩 다발로 들어왔었잖아."

"……그렇긴 했지. 그땐 만렙이라 아무 소용 없었긴 했지만."

"찍고자 하면 못 찍을 수치는 아니란 거지. S급 던전 찾는 게 문제라면 문제겠지만……."

원래가 그렇다. 세상에 널려 있는 A급 서머너들도, 하루아침에 만렙을 달성하는 게 아니다. 적어도 5년, 많으면 10년까지 사냥에 몰두해야 달성할 수 있는 경지인 것이다.

"그니까 천천히 하면 돼, 천천히."

어차피 지금도 충분히 강하다. 경험치에 집착하는 것보다 꾸준히 해야 할 일을 하다 보면 달성해 있는 게 바로 레벨이다.

어찌 보면 헬스와도 비슷하다. 꾸준히 강도 있는 운동을 하다 보면, 자신도 모르는 사이에 몸이 좋아져 있는 것처럼 말이다.

"오늘부터 꾸준히 사냥해 보자고."

"나도 감응력 올리고?"

"그렇지."

"던전은 어디로 갈 건데?"

유리아의 물음에 진도윤이 당연하다는 듯 말했다.

"당연히 여기, 그리스에서 가장 까다롭고 어렵다는 곳이지."

그리스 서머너 협회, 아테네 본점.

협회장실에 앉아 있는 한 중년이 한숨을 푹 내쉬었다.

"후우……."

그리스 협회장, 찰키아스는 요즘 쏟아지는 던전 관련 업무로 심신이 피로한 상태였다.

원래도 힘들었는데 눈앞의 직원이 가져온 또 하나의 소식이 그를 더욱 괴롭게 만들었다.

"내가 잘못 들은 거 맞지? 제발 그렇다고 말해줘. 제발……."

"……협회장님. 안타깝게도 사실입니다."

"그러니까 지금…… 아테네에 공략 불가 판정 던전이 또 생겼다는 말이지?"

"그, 그렇습니다. 하필 시기가 또 이렇네요."

아테네는 이상하게 던전이 많이 생기는 도시다.

그래서 제대로 관리조차 못 하고 있는 실정인데 엎친 데 덮친 격으로, 고난이도의 던전까지 생겼다니 속이 답답한 것도 무리가 아니었다.

"어디 쪽인데."

"필로파포스 언덕 쪽입니다. 나온 지 반년쯤 됐는데도 아무런 소식이 없어요."

공략 불가 판정은 한 번에 받는 게 아니다. 던전이 나온 후, 일정 기간이 지나도 클리어가 되지 않으면 그때 세계 협회에서 지정한다.

"지원 병력은?"

"아시다시피…… 다른 던전들도 많은지라."

"아이고, 이걸 어쩌나. 저번에 홍콩 쪽에서도 생기지 않았나?"

서머너 마스터, 진도윤의 활약으로 성공했다고는 들었지만 그때도 전 국가적인 손실을 보았다 들었다.

"그러게 말입니다. 이상하게 요즘 던전들이 갈수록 어려워지고 있는 것 같아요."

"저번 사건 때문에 아무도 지원 오려 하지 않을 텐데……."

"그래도 연락은 해봐야 하지 않겠습니까? 잘못하다간 국가가 멸망할 수도 있는 일입니다."

"연락, 그래……. 연락은 해야 하는데."

사실, 찰키아스는 그게 꺼려졌다. 저번 협회 요청에 지원을 거절했기 때문이었다.

'우리 쪽에 나타난 던전 해결하는 데도 힘들어 죽겠는데 지원은 무슨.'

그 당시에는 그런 생각이었는데, 누가 상황이 이렇게 흘러갈

줄 알았겠는가? 괜스레 후회되는 그였다.

"아, 잠깐!"

찰키아스의 머릿속에 문득 무언가 떠오른 것은 그때였다.

"서머너 마스터가 이번에 아테네로 입국했다고 하지 않았었나?"

"아, 그…… 랬던 것 같습니다."

"그한테 부탁해 보는 건? 왜 저번 공략 불가 던전도 거의 혼자서 깼다 하지 않았나?"

"으음, 그가 들어줄까요?"

서머너 마스터면 이제 전 세계 협회장 윗급이다. 인지도, 실력, 평판 등등 다 따져봐도.

일개 국가의 협회장이 감히 말도 걸 수 없을 정도의 위치인 것이다.

"후, 그러게나 말이다……."

찰키아스와 직원이 그렇게 골머리를 앓고 있을 때였다.

덜컹!

"협회장님!"

또 다른 직원이 문을 급히 열고 들어섰다. 찰키아스는 급기야 머리카락을 부여잡았다.

"으아아, 넌 또 뭔데?"

"그, 그게 필로파포스 언덕 쪽에 서머너 마스터가 나타났다고 합니다!"

"뭣?!"

그가 벌떡 일어섰다.

'왜 하필 거기에?'

은근한 기대감이 드는 건 왜일까? 찰키아스는 연신 '제발, 제발' 중얼거리며 직원을 쳐다봤다.

이윽고 직원의 입이 열렸다.

"음, 그게…… 던전, 울부짖는 영혼을 자기가 깨도 되냐는데요?"

"울부짖는 영혼이면 그 공략 불가 판정 던전이 맞습니다!"

옆에 있던 직원도 벌떡 일어났다.

"그…… 우리 쪽 던전인데 괜히 보상 채간다고 뭐라 할까 봐 물어보는 거랍니다. 문제가 된다면 그냥 자국으로 복귀하겠답니다."

"문제가 되긴 무슨!"

찰키아스가 말도 안 된다는 듯 외쳤다.

"절대! 무조건 가능하다고 전해! 아니, 클리어하고 나오면 아예 우리 쪽에서 따로 사례도 해준다고도 말해줘!"

사막에서 방황하다 오아시스를 발견할 때의 기분이 이럴까. 시원한 물을 한 사발 들이켠 것 같은 기분의 찰키아스였다.

"무조건 가능하답니다!"

필로파포스 언덕.

던전 출입을 통제하던 협회 직원이 고개를 숙였다.

그 모습을 지켜보던 유리아와 진도윤. 진도윤의 지시로 가면을 쓴 유리아였기에, 직원은 그녀를 알아보지 못했다.

"와, 진짜 마스터 말대로 요새는 던전을 이렇게 통제도 하는구나. 세상 많이 변했네."

그녀는 신기한지, 진도윤의 귀에다 대고 속삭였다.

혹시 본인의 정체가 탄로 날까 하는 행동이었다. 괜히 또 빛의 성녀가 나타났다고 하면 귀찮아지니까. 밝히는 건 나중에 해도 될 일이었다.

진도윤은 피식 웃으며 고개를 끄덕였다.

"그렇다니까."

그러고는 다시 고개를 돌려 직원을 쳐다봤다.

"이봐, 아까 달라고 했었던 A급 밀랍 날개는?"

진도윤은 이곳에 들어가는 대가로 밀랍 날개 역시 요구했다. 값비싼 아이템이긴 했지만, 본인이 갑이란 걸 알아챈 이상 미안함은 없었다.

"여, 여기 있습니다! 다행히도 캠프에 하나 남아 있었네요. 또 필요한 거 없으십니까?"

"땡큐. 다른 건 됐고, 혹시 들어가려면 신원 확인까지 다 해야 하는 건 아니지?"

원래 협회 지침이 그렇다. 서머너 등록증이 있어야 들어갈 수 있는 구조. 그렇기에 진도윤도 귀환 후에 등록증을 새로 발급받았었다.

"만약, 해야 한다고 하면 그냥 날개 반납하고 국가로 복귀할 생각인데."

"아, 그…… 하하. 아닙니다! 그럴 리가요. 서머너 마스터님이 모든 신원을 보장해 주는데요."

직원이 땀을 뻘뻘 흘리며 웃었다. 조금 전 연락으로, 찰키아스가 수단과 방법을 가리지 말고 던전에 보내라 지시했기 때문이었다.

"역시, 그렇지?"

"네, 그렇습니다. 어서 들어가 주십시오!"

"오케이. 깨고 나오면 사례는 잊지 말고."

"물론입죠!"

던전, 울부짖는 영혼에 들어서는 서머너 마스터와 정체 모를 여자. 직원은 그들을 존경스러운 눈빛으로 쳐다봤다.

사냥하다 보면, 문득 자신의 성장 속도에 대해 의구심이 들 때가 있다.

옆 길드의 누구는 더 효율적으로 사냥한다던데?

너보다 늦게 시작한 누구는 벌써 A급이라던데?

이런 소리를 듣다 보면 고민은 더욱 심화된다.

과연 내가 하는 사냥 방식이 옳은 걸까?

혹은 더 좋은 방법이 있지는 않을까?

이런 밑도 끝도 없는 고민들 말이다.

물론, 서머너라면 할 수밖에 없는 고민이긴 하다.

그런 서머너들을 위해 내가 팁을 하나 주고자 하니, 눈에 힘 빡 주고 집중하기를 바란다.

미리 말하자면, 단점이 하나 있다.

하늘이 돕지 않으면 평생을 노력해도 못할 수 있다는 점.

방법은 간단하다.

시너지를 얻을 수 있는 동료를 찾아라.

당신이 서포터라면 마음에 맞는 딜러를 찾고-

당신이 딜러라면 서포터를 찾아야겠지.

나 역시 빠른 시기에 마음이 맞는 동료를 찾았었다.

그 이후, 이전과 확연히 다른 속도로 성장했고, 지금도 성장 중이다.

혹자는 말할지도 모른다.

그건 네가 빛의 성녀급 서포터를 만났기 때문 아니냐고.

맞는 말이긴 하다.

하지만 생각을 다르게 해보자.

빛의 성녀 역시 날 만나서 빠른 성장을 이뤄낸 거 아닐까?

유유상종이란 말이 있다.

비슷한 부류의 인간끼리 모이는 것을 비유한 말이다.

만약, 그대 옆에 능력 있는 동료가 없다면, 그건……

이만 생략하도록 하겠다.

[서머너 마스터의 '최고의 서머너가 되는 법'에서 발췌.]

[A급 던전 '울부짖는 영혼'을 발견하셨습니다.]
[시간제한 - 235일]

스르륵!

진도윤이 던전 속에 몸을 집어넣는 순간 그의 눈앞에 새로운 세상이 펼쳐졌다.

필로파포스 언덕과는 전혀 다른 분위기의 공간.

"정원인가?"

이걸 정원이라 해야 할까? 수목원이라 해야 할까?

끝이 보이지도 않을 만큼 넓은 실내 공간에, 수많은 식물이 심겨 있었다. 문제는 그 식물들이 모두 말라비틀어져 있다는 것.

"기분 나쁜 곳이네. 게다가 실내라고?"

유리아가 소환수들을 꺼내며 중얼거렸다. 필드 타입이 실내인 던전은 실외인 던전보다 까다롭다. 일단은 지형적으로 제약이 따르기 때문이다.

"근데 뭐, 어떤 곳이든 상관없잖아? 마스터랑 내가 있는데."

이미 S급 던전인, 최후의 미궁에서 100년을 산 그들이다. 아무리 공략 불가 판정 던전이라 해도, A급 던전에 긴장할 그들이 아니었다.

진도윤 역시 소환수를 꺼내며 천천히 임무를 기다렸다.

시간이 흐르자, 추가적인 메시지가 떴다.

[임무가 도착합니다.]
[임무 - 최종 목적지에 있는 '소울 콜렉터'(★★★★★★)를 처리하세요.]
[생령을 가둬 에너지를 뽑아먹는 존재들 때문에 수많은 영혼이 고통받고 있습니다.]
[그들 중 가장 강력한 존재를 처리하여 가여운 생령들을 고통에서 해방시켜 주세요.]

"끼아아아!"

임무가 도착함과 동시에, 멀리서 소름 끼치는 울음이 메아리쳐 왔다. 그것을 들은 유리아가 혀를 내둘렀다.

"와우, 분위기 한번 살벌하구만? 소울 콜렉터면…… 그래도 꽤 까다로운 놈 아니야?"

"그치, 미궁에서도 나름 보스급이었으니까."

팔뚝을 쓱쓱 비비는 유리아를 본 진도윤이 중얼거렸다.

소울 콜렉터는 저번에 만났던 소울 리퍼의 상위 호환. 예전 수준으로도 잡는 데 꽤 애먹었던 기억이 있었다.

"왜, 공략 불가 판정받았는지 알 만하네."

S급 던전에서도 보스급인데, 일반 A급 서머너들이 어찌 공략하겠는가.

"바로 갈 거지?"

"그래야지, 버프만 잘 넣어줘."

물론, 애먹었던 것도 옛말이다. 지금 수준으로는 손쉽게 해결할 수 있을 거다.

"키이이!"

조금 기다리니 옥빛 낫을 든 존재들이 한 마리 한 마리 모여들었다. A급 몬스터, 소울 리퍼들이었다.

"뀨웅!"

녀석들을 본 데몰리션이 날개를 펄럭이며 흥분했다. 과거 낫을 두들겨 패며 가지고 놀았던 기억이 떠오른 듯했다.

녀석들이 다가오자 유리아가 신속히 버프를 걸었다.

[요정 왕 '페어리킹'(★★★★★★)이 '맹공'을 사용합니다.]
[모든 소환수의 공격력이 100% 강화됩니다.]
[요정 왕 '페어리킹'(★★★★★★)이 '의지'를 사용합니다.]
[모든 소환수의 방어력이 100% 강화됩니다.]
[요정 왕 '페어리킹'(★★★★★★)이 '가속'을 사용합니다.]
[모든 소환수의 공격 속도가 100% 상승합니다.]
[요정 왕 '페어리킹'(★★★★★★)이 '면역'을 사용합니다.]
[A급 이하 저주에 100% 저항합니다.]

우우웅!

페어리킹에게서 나온 오묘한 빛이 진도윤의 몸을 두르자, 메시지가 한 번에 촤르륵- 떠올랐다.

"크, 언제 봐도 좋구나."
"잠깐만 기다려 봐. 이건 오랜만에 쓰는 거긴 한데."

[요정 왕 '페어리킹'(★★★★★)이 '축복'을 사용합니다.]
[모든 소환수의 경험치 획득량이 200% 증가합니다.]

이윽고 추가로 떠오른 메시지.
"캬, 이게 있었네?"
진도윤이 감회가 새롭다는 듯 감탄했다. 자신이 과거 급격한 성장을 이뤄낼 수 있었던 그 스킬이었다.
"미궁에선 쓸 필요 없어서 자리 차지한다고 징징댔었잖아? 그랬던 걸 또 이렇게 쓰게 되네, 히히."
"아무렴, 갓페어리에게 쓸모없는 스킬이 어디 있겠어?"
진도윤이 생글생글 웃으며 동의했다. 유리아의 유용함은 저 페어리킹에게서 나온다. 지금 걸린 저 사기적인 버프 스킬들만 봐도 답이 나온다.
'소환수들의 능력치를 두 배로 끌어주니까.'
고작 버프로 마치 자신이 두 명이 된 것과 같은 효과를 보여주는 스킬 구성. 자신과 제프리가 괜히 갓페어리라 부르는 게 아니다.
"자, 그리고 마지막으로."
이번엔 작은 묘인족, 아묘가 빛을 뿜었다.

[숲의 고양이 '아묘'(★★★★★)가 골골거립니다.]
[서머너의 감응력 회복 속도가 200% 증가합니다.]

유리아는 아묘의 골골송으로 버프의 종지부를 찍었다.

무려 감응력을 회복시켜 주는 스킬. 이 스킬만 있으면, 어려운 상황에서도 꽤 장기전을 유지할 수 있다. 물론, 저번 때처럼 한 스킬에 모든 감응력을 퍼부으면 안 되겠지만.

"역시나 든든하구나, 유리아."

"별말씀을."

이제 버프를 받았으니 사냥을 시작해야 할 차례.

진도윤은 자신을 향해 몰려드는 소울 리퍼들을 바라보며, 태연하게 미소 지었다.

말라비틀어진 기이한 정원에서 경험치 축제가 시작되었다.

푸숙! 서걱!

둠, 데몰리션, 그리고 미카엘이 전방에서 근접전을 도맡았고.

화르륵! 촤륵!

피닉스, 엘라임이 후방에서 원거리를 지원했다. 힐러인 아묘는 굳이 지금 필요하지 않았다. 압도적인 화력 덕에 소울 리퍼들이 제대로 대응도 못 해보고 쓰러져 나갔으니까.

'원래 테이밍하려 했던 녀석인데.'

진도윤은 맥이 빠지는 걸 느꼈다. 무려 S급 네 마리인 그의 스쿼드에 고작 저런 몬스터를 넣기는 싫었기 때문이다.

'적어도 소울 콜렉터쯤은 되어야지.'

진도윤이 노리는 목표는 소울 콜렉터였다. 물론, 그것도 평생 가져갈 건 아니다. 스킬 구성 보고, 정말 감응력을 늘릴 수 있는 스킬이 있으면 잠깐만 이용할 생각이었다.

'안타깝지만…… 정 주는 건 여기 네 마리로 충분해.'

데몰리션을 제외하고는 모두 100년 이상 함께했던 녀석들. 그들에게만 신경 쓰는 것도 벅찬 진도윤이었다.

"흐아암, 여유롭다 여유로워."

전진하며 사냥하던 도중 유리아가 하품을 내질렀다. 수많은 소울 리퍼들이 생생한 영혼을 보고 환장한 듯했지만.

그들은 그 영혼 근처에도 오지 못했다. 진도윤 역시 주머니에 손까지 넣어가며 여유롭게 걷는 중.

"확실히 베이는 것도 더 잘 베이네."

서걱!

둠 나이트의 검이 단숨에 소울 리퍼의 목을 갈랐다. 원래도 강한 녀석이었지만, 페어리킹의 버프를 받아서 그런지 더 날카롭고 매끄러웠다. 나머지 소환수들도 한층 강해진 힘으로 묵묵하게 사냥해 나가는 중이었다.

"뀨웅!"

데몰리션만 유난히 신난 것 같았지만, 그렇게 한 시간 정도

흘렀을까.

"마스터."

유리아가 지루하다는 표정으로 진도윤을 부른 것은 그때였다.

"응?"

"이거 끝이 안 보이는데?"

"……그러게, 나야 좋긴 한데."

시간이 오래 지나도 몬스터가 계속 쏟아진다는 말은 다른 의미로 수많은 경험치를 쌓을 수 있다는 뜻이기도 하다.

하지만, 그것도 정도껏이지, 평생 여기서 사냥만 할 수는 없는 노릇이다.

"계속 이동했는데도 마치 그 자리에서 계속 빙빙 도는 것 같은 느낌이야."

"흠, 소울 콜렉터를 직접 찾아야 하는 시스템인가?"

"계단이나 아니면, 길이 한곳으로 나 있기만 했어도 이런 느낌 안들 텐데. 이건 뭐, 너무 넓으니까……."

사방팔방이 끝이 안 보일 정도로 넓은 공간. 자칫 길을 잘못 들면 던전 미아가 될 수도 있었다.

뭐, 수틀리면 밀랍 날개를 사용하면 되긴 하지만.

"흐음."

진도윤이 턱을 잡고 고민했다.

이럴 때 제프리가 없는 게 조금은 아쉽다. 그라면, 네비로스를 통해 던전의 모든 것을 분석해 줬을 테니까.

역시 제대로 된 사냥을 하려면 삼인방이 다 모여야 한다고 생각하는 그였다.

"일단, 답이 없을 때 방법은 하나야."

"뭔데?"

"존재하는 모든 몬스터를 다 잡는 것."

"응? 이렇게 넓은데? 좋은 방법이라도 있어?"

"물론 나도 확실히는 모르지만, 소울 리퍼들은 영혼에 환장하는 녀석들이야. 이곳 전체에 우리가 있다는 걸 알리면 몰려들지 않고 못 배길걸?"

하나하나 찾아 죽이기 힘들면? 그들을 불러 모으면 될 일이다.

"끌어모으자는 거구나?"

"기다려 봐, 데몰리션!"

진도윤은 신나게 날뛰는 데몰리션을 불렀다.

퍼석!

방금 소울 리퍼의 대가리를 터뜨린 녀석이 불만 가득한 얼굴로 다가왔다.

"뀨웅?"

한창 재밌었는데 왜 부르냐는 뜻이었다.

"최대한 크게 변신해 봐, 지금."

"뀨웅?"

"그리고 최대한 크게 소리쳐. 이곳 정원이 메아리로 가득 차도록."

진도윤의 말에 그제야 알아들었다는 듯 데몰리션의 표정이 밝아졌다.

"하나하나 처리하는 것보다 한 번에 쓸어 담는 게 너도 좋잖아?"

"뀨우웅!"

당연하다는 듯 고개를 끄덕이는 녀석.

[스킬, '변화하는 육체'(S급)를 사용합니다.]

쿠구궁!

이윽고 녀석의 몸집이 거대하게 불기 시작했다. 건물 6층의 크기라 머리를 살짝 숙여야 천장에 닿지 않을 정도.

불편하게 고개를 숙인 데몰리션이 낮게 울부짖었다.

"크르르르……."

본래도 강했지만 거기에 거대한 체구가 더해지니 가히 압도적이라고밖에 표현할 수 없는 기세였다.

"키이이?"

"키이이이?"

싸우던 소울 리퍼들도, 심지어 유리아의 소환수들마저도 당혹스러운 표정으로 데몰리션을 쳐다봤다.

"마스터에게 듣긴 했지만…… 역시 저놈은 끔찍해."

유리아도 고개를 절레절레 흔들 정도였다. 두 발로 거대한 육체를 지탱한 데몰리션이 곧이어 고개를 높게 치켜들었다.

배가 평소보다 더 크게 부는 것 같더니.

"크롸라라라라!"

정원 전체를 뒤흔드는 우렁찬 포효가 터졌다.

[스킬, '드래곤 피어'(S급)를 사용합니다.]

"키이!"

녀석의 포효에 소울 리퍼들이 돌처럼 굳어버렸다. 아무리 영혼에 환장하는 녀석들이라 해도 무식한 파괴의 힘 앞에서 덜덜 떠는 듯했다.

"흐음."

진도윤은 난감한 표정을 했다.

"이거…… 불러 모으려 했는데, 오히려 도망가게 생겼는걸?"

적당히 소리쳤어야지, 아무래도 너무 과한 것 같았다.

"으음?"

자라나는 식물들의 영령을 수확하던 소울 콜렉터가 눈살을 찌푸렸다. 저 멀리서, 누군가의 기운이 느껴졌기 때문이었다.

"또…… 침입자가 들어온 건가?"

소울 콜렉터는 이곳, 정원과 존재하는 모든 소울 리퍼들 위에 군림하는 악령이다. 그야말로 악령 중의 끝판왕.

2m가 넘는 장신의 키에 솟아나 있는 두 개의 뿔은 보는 이로 하여금 모골이 송연해지게 만든다.

"클클, 새로운 먹잇감이 들어왔나 보구나."

악령은 자신이 들고 있는 기괴한 랜턴을 뒤흔들었다.

키에에에! 끼아아아아!

그곳 안에서 고통받고 있는 영혼의 절규가 들려왔다. 악령의 입이 기괴하게 비틀어져 올라갔다.

좋아하고 있는 것이다. 타인이 고통받는 것을 즐기는 데다가 교활하기까지 한 악령이 바로 소울 콜렉터였다.

"이번…… 놈들은 제법 위험해 보이지만."

악령은 주변 소울 리퍼들이 보내오는 두려움의 감정을 힘껏 쳐냈다.

"그만큼 더 맛있어 보이는군."

악령의 미소가 더욱 진해졌다. 아무리 강한 존재들이라 해도 자신이 그동안 수확했던 영혼들의 힘을 빌리면, 못 해볼 것도 아니었다.

철그럭, 철그럭!

한껏 자신감을 표출한 악령이 천천히 걸어 나갔다.

진도윤이 있는 곳을 향해서.

콰드득! 쿵! 쿠웅!

커다랗게 변한 데몰리션이 굳어 있는 소울 리퍼들을 짓밟고 물어뜯었다.

"크르르르……"

반항조차 못 해보고 소멸하는 A급 몬스터를 보며, 진도윤은 새삼 데몰리션의 위력을 실감했다. 고작 4성(★★★★)의 힘으로 수많은 A급들을 박살 내버리다니.

과연 S등급다운 위용이었다.

"크롸라라!"

모든 소울 리퍼를 다 처리한 녀석이 또 나오라는 듯 거칠게 포효했다.

"인마, 그만하고 내려와."

"크르르……?"

"너 때문에 경험치들 다 도망가게 생겼어."

진도윤이 옅은 한숨을 내쉬며 말하자, 이윽고 데몰리션이 1성(★)의 크기로 줄어들었다.

'어그로를 끌려고 한 일이, 이렇게 될 줄이야.'

물론, 데몰리션의 잘못은 아니다. 녀석은 자신이 시키는 대로 한 것뿐이니까.

"뀨웅!"

발밑으로 내려온 녀석이 '나 잘했지?' 하는 표정으로 쳐다봤다. 녀석의 모습을 보고 살짝 굳어 있던 유리아의 입이 열렸다.

"얘가…… 그 미궁 끝자락에 있던 보스 몹 맞지?"
"응, 좀 거칠긴 한데, 그래도 말은 잘 들어."
"……대단하네."

유리아는 솔직히 감탄했다. 작은 모습으로 싸울 땐 몰랐는데, 커다래진 모습을 보니까 그때의 악몽이 슬금슬금 떠오를 정도였다.

'그래도 이제는 적이 아니라 팀이니까.'

천하 태평한 성격답게 그녀는 과거의 일을 단숨에 털어냈다. 목을 좌우로 꺾은 그녀가 주변을 둘러다 봤다.

"그나저나 이제 어떡하지?"

계속 쏟아지던 소울 리퍼들이 거짓말처럼 사라진 상태.

"이제는 직접 찾아다니면서 죽여야 할 판인데……?"

"……그러게."

진도윤도 혀를 찼다. 그러자 유리아가 입꼬리를 말아 올렸다.

"하긴, 마스터가 무슨 전략을 짠다고."

"……뭐야?"

"왜, 예전부터 다 때려 부수는 것밖에 할 줄 몰랐었잖아."

"……."

뼈를 때리는 말에 진도윤이 머리를 긁적였다.

예전에도 그렇긴 했다.

공략은 제프리가. 서포트는 유리아가. 다 때려 부수는 건 자신이.

"그냥 더 돌아다니다가 답 없으면 밀랍 날개라도 써야 하나?"
"흐음, 벌써 포기하기엔 좀 이르지 않아?"
둘이 머리를 맞대고 고민하고 있을 때였다.
슈우웅!
그의 귓가에 공기를 찢는 소리가 들려왔다. 진도윤과 유리아를 직접 노리고 날아든 그것은 무형의 탄구(彈球)였다.
"……어?"
빠르게 다가오는 속도에 살짝 당황한 순간.
서걱!
진도윤 옆에 있던 둠 나이트가 신속하게 검을 뽑아 허공을 베어냈다. 그야말로 보이지도 않을 정도의 반응속도였다.
"뭐, 뭐야?"
옆에서 유리아가 눈을 동그랗게 뜨며 묻자, 진도윤이 답했다.
"영혼의 힘을 이용해서 원거리 공격을 하는 애가 누가 있겠어."
"……소울 콜렉터구나?"
"겁쟁이인 줄 알았는데, 직접 찾아왔나 보네. 다행이야."
진도윤의 입가에 미소가 지어졌다. 그러고는 눈을 감았다.
소울 콜렉터는 교활한 악령이다.
'절대 무턱대고 눈앞에 드러나지 않지.'
자신의 육체를 숨기고, 가진 영혼의 힘을 이용해 상대의 힘을 야금야금 빼놓는다. 보이지 않는 감응력 덩어리를 던지면서 말이다.

집요하게 괴롭히다가 상대가 지칠 때쯤 나타나서 낫을 휘두르는 게 놈의 수법.

슈웅! 슈우웅! 슈웅!

녀석의 공격이 사방에서 쏟아지기 시작했다.

"엘."

"걱정하지 마, 진도윤!"

엘라임이 신속하게 진도윤과 유리아 위로 '물의 방패'(S급)를 덧씌웠다.

콰아아앙!

그 위로 터지는 엄청난 폭음과 압력. 아무리 갑옷을 입고 있다 하더라도 A급 보스의 공격이다. 방어 스킬 없이 맞았다가는 치명상을 입을 정도의 위력일 거다.

'우선 놈의 위치를 찾는다.'

진도윤은 눈을 감고 감응력을 끌어올렸다. 그러고는 감각을 펼쳐 주변의 모든 감응력을 탐지했다.

'많이도 잡아먹었나 보네.'

잠시 후, 진도윤의 얼굴이 일그러졌다. 워낙 많은 감응력들이 펼쳐져 있는 터라, 소울 콜렉터의 위치를 잡기 힘들었기 때문이었다.

사방팔방 뭉쳐져 있는 감응력 덩어리들.

'본래는 제프리의 정찰로 본체를 찾았었지만.'

지금은 딱히 방법이 없다. 직접 찾아가서 다 확인하는 수밖에.

그렇게 움직이기로 결정을 내린 그 순간.

[주인 없는 감응력을 발견합니다.]
[흡수를 시작합니다.]

"……!"
진도윤의 감응력이 멋대로 움직이기 시작했다.
"어?"
물의 방패 위로 달려오던 감응력들이 속도를 늦추더니 스멀스멀 진도윤의 몸속으로 기어들어 오기 시작한 것이다.
'……그러고 보니.'
저번 소울 리퍼의 랜턴 속에 들어 있던 것도 감응력이었다. 녀석이 영혼의 힘을 이용한다는 것은 곧 감응력의 힘을 이용한다는 것.
'그래서 반응하는 거구나!'
소울 콜렉터의 공격들이 신체 곳곳에 이어져 있는 회로를 타고 들어왔다.

[흡수되는 감응력이 미미합니다.]
[일정 기준 도달 시 감응력이 상승합니다.]
…….

지속적으로 뜨는 메시지들. 하나하나의 감응력은 적었지만,

계속 모이다 보면 엄청난 양이 될 게 분명했다.

"마스터, 왜 그래?"

"이거 아무래도 기연을 얻은 것 같은데?"

"갑자기?"

"일단, 엘."

그녀와 잠깐 대화를 끊은 진도윤이 엘라임을 불렀다.

"응?"

"방패 좀 풀어봐. 유리아는 유지해 주고 나만."

"알겠어!"

그녀도 감응력 탄구가 진도윤 앞에서만 느려지는 걸 봤을까.

손쉽게 풀어줬다. 어차피 옆에 둠이 눈을 시퍼렇게 뜨며 지키고 있기에, 걱정은 없었다.

그러자 더 쉽게 다가오는 감응력들.

"흐흐……"

진도윤이 아저씨처럼 웃기 시작했다.

"어디 더 힘내서 공격해 줘봐. 마음껏."

"그으윽……. 뭐지……?"

악령, 소울 콜렉터는 무척이나 당황한 상태였다.

그럴 만도 했다. 수년 동안 침입자들을 상대하면서, 이런 경우는 단 한 번도 없었을 테니까.

소울 콜렉터의 사냥 방식은 본래 이러했다. 서머너의 위치를 파악한 후, 숨어서 그 서머너만 집요하게 공격한다.

그러다 죽이게 되면 서머너가 이끄는 소환수들이 자동으로 사라지게 된다.

소환수가 없는 서머너는 다 익은 밥. 그대로 가서 영혼을 흡수하면 된다.

간단하고도 편안한 방식. 그렇게 먹은 그리스의 서머너들만 수백을 넘긴 소울 콜렉터였다.

그런데 지금은…….

"내…… 소중한 영혼들을 빼앗기고 있어?"

악령은 꽤나 억울해 보였다. 그가 수집했던 영혼들은 그의 모든 것과 다름없었다.

그것들을 차곡차곡 모아 괴롭히는 것. 그게 소울 콜렉터라는 악령의 존재 의의였으니까.

"……."

악령은 심각하게 고민했다. 저 맛있어 보이는 영혼들을 지금이라도 포기해야 할 것인가. 아니면, 직접 육탄전을 벌여야 할 것인가.

"……일단은 다음 기회를 노려야겠군."

몬스터 주제에 꽤 영리한 판단을 하는 소울 콜렉터였다. 한 종족 위에 군림하는 존재답게 상대의 역량을 단숨에 파악한 것이다.

스윽! 스으윽!

악령은 주변에 펼쳐두었던 영혼들을 신속하게 걷어내기 시작했다.

"어차피 이 정원은 무척이나 크니까."

악령이 봐왔던 인간은 그리 오래 살지 못했다. 숨어서 기다리다 보면, 둘 중 하나의 선택을 할 거다.

기다리다 죽든가. 도망가든가.

둘 다 나쁘지 않은 선택이었다.

"클클클."

맛있는 영혼을 먹기 위해 잠깐의 인내도 필요한 법. 악령이 기분 나쁜 미소를 지으며 등을 돌렸다.

"오호라, 도망간단 말이지?"

감응력을 맛있게 빨아먹던 진도윤이 피식 웃었다.

"그리 똑똑한 놈은 아닌가 보네."

녀석은 도망가기 전 사방에 흩어진 감응력들을 회수하고 있었다. 영혼을 뺏기는 것을 끔찍이도 싫어하는 소울 콜렉터만의 특성 때문이었다.

'사방에 뿌려졌던 힘이 회수되는 쪽이 소울 콜렉터의 위치다.'

꽤나 빠른 대처였지만, 그걸 놓칠 진도윤이 아니었다. 눈을 감고 모든 감응력을 읽어내던 진도윤의 미소가 짙어졌다.

"저쪽이구나."

"뀨웅!"

진도윤이 손가락으로 가리키자마자, 데몰리션이 쏜살같이 뛰쳐나갔다.

쐐애애액!

바닥을 얼마나 세게 걷어찼는지, 발바닥 모양의 구멍이 생길 정도.

신속하게 달려 나간 데몰리션은 멀지 않은 곳에서 당황하는 소울 콜렉터를 찾을 수 있었다.

"뀨우웅!"

콰아앙!

그대로 녀석의 하체를 정확하게 후려친 발톱은, 그러고도 힘이 남아 바닥까지 부숴 버렸다. 돌 부스러기와 먼지가 사방을 뒤덮었다.

"그아아아!"

다리 하나가 아작 난 악령이 미친 듯이 울부짖었다. 하지만, 고작 한 번의 공격으로 끝낼 데몰리션이 아니었다.

이어서 순식간에 허리를 비튼 녀석이 꼬리로 악령을 사정없이 내려쳤다.

쾅! 쾅! 쾅! 쾅!

어찌 보면 불쌍할 정도.

몸에 먼지가 폴폴 피어날 정도로 두들겨 맞는 소울 콜렉터였다. 진도윤이 멀리서 다가오자, 데몰리션이 마지막으로 발톱을 유령의 목 밑에 가져다 댔다.

"그어……?"

조금만 움직이면 찔릴 정도로 가까이. 그야말로 깔끔한 마무리였다.

"……."

악령은 미치고 환장할 지경이었다. 상대하기 힘들 줄은 알았지만, 이 정도일 줄은 몰랐기 때문이다.

다가온 진도윤 역시 살짝 감탄했다.

'유리아 버프 효과가 이 정도라니.'

쉽게 잡을 줄은 알았지만, 이렇게 압도적인 차이를 보여줄 줄은 그도 몰랐다. 진도윤은 빌빌거리고 있는 악령을 물끄러미 쳐다봤다.

끼이이이…….

그가 지닌 랜턴 속에서는 아직도 영혼의 절규가 흘러나오고 있었다.

"쯧, 얼마나 많은 인간의 생명을 빼앗아온 거냐?"

코웃음을 친 진도윤은 고민했다.

이 녀석을 어찌해야 할까. 가지고 있으면 유용하게 쓸 수 있을 것 같기는 한데 뭔가 들고 있기엔 꺼려지는 놈이었다. 어쨌든 끔찍한 악령의 모습이니까.

"그어어어……."

녀석은 죽는 게 두려운지 반항도 못 한 채, 덜덜 떨고 있었다.

그 모습을 보며 진도윤은 결정했다.

"네 죗값은 내 감응력 쌓는 도구가 됨으로써 갚아라."

잘 쓰다가 버리기. 그게 진도윤이 내린 결정이었다.

그가 감응력을 피어 올리며 소울 콜렉터를 쳐다보자, 메시지가 흘러나왔다.

[정원의 주인 '소울 콜렉터'(★★★★★)가 '빈약' 상태입니다.]
[감응력 수치에 따라 테이밍이 가능합니다.]
[테이밍을 시도하시겠습니까?]

[빠밤!]
[축하합니다!]
[테이밍에 성공하셨습니다.]
[A급 소환수, 정원의 주인 '소울 콜렉터'(★)의 등급이 1성으로 초기화됩니다.]

나름 장신이었던 악령의 크기가 진도윤의 무릎 아래로 내려왔다. 진도윤은 심장 속에 자리 잡은 녀석의 기운을 느끼며, 그 앞에 쪼그려 앉았다.

그러고는 손을 내밀었다.

"자, 랜턴."

"키이이……?"

"빨리 다 내놔, 모아놨던 네 영혼."

이제 테이밍했으니, 쌓아놨던 감응력을 전부 받아내야 할 차례. 녀석은 내키지 않아 했지만, 어쩔 도리가 없었다. 이미 신체의 통제권을 진도윤에게 빼앗긴 상태였으니까.

[흡수되는 감응력이 미미합니다.]
[일정 기준 도달 시 감응력이 상승합니다.]

진도윤은 연공법을 이용해, 녀석이 모아놨던 것들을 계속 흡수했다. 점점 사라져 갈수록, 핼쑥하게 변하는 소울 콜렉터의 표정이 무언가 우스꽝스럽다.

[띠링!]
[흡수되는 감응력이 일정 수준을 충족합니다.]
[감응력이 1 상승합니다.]

그렇게 대부분의 감응력을 흡수할 찰나, 1의 감응력이 올랐다. 나쁘지 않은 결과.
"후우."
어느새 텅텅 비어버린 랜턴을 확인한 그가 랜턴에서 손을 뗐다.
"키이이이……."
그러자 서글프게 우는 소울 콜렉터.
진도윤이 피식 웃으며 말했다.
"걱정하지 마라. 그깟 감응력, 나중에 들고 다니기 무거울 정도로 가득 채워줄 테니까."

"키이?"

정말이냐는 물음.

"그럼 정말이지."

만약, 죽여야 할 프리덤이 수없이 많다면 말이다.

사방에 널려 있는 눈먼 감응력들을 다 모은다면 얼마나 강해질 것인가? 물론, 가득 채운 후에 다시 가져갈 거라는 뒷말은 굳이 삼켰다.

'이제 클리어됐으려나?'

자리에서 일어난 진도윤이 양팔을 하늘로 길게 뻗었다.

늘어나는 근육이 찌뿌둥한 육체를 풀어줬다. 던전 보스를 테이밍했으니, 임무는 달성한 셈. 칙칙하게 시들어 있는 정원을 보자, 빠르게 복귀하고 싶어진 그였다.

좋은 일이 있어도, 나쁜 일이 있어도 항상 바쁜 사람이 있다. 그리스 협회장, 찰키아스가 그런 류의 사람이었다.

"일단 급한 불은 껐는데……. 문제는 서머너 마스터가 과연 그 던전을 클리어할 수 있느냐야."

"클리어할 수 있으니까 당당하게 들어간 거 아닐까요?"

"으음, 그렇겠지?"

"그는 여태 승률 100%의 전적을 자랑하고 있습니다. 그 유명한 최후의 미궁에서도 복귀한 그인데요. 분명히 클리어해 낼 겁니다."

"좋아, 그건 걱정 없다 쳐도, 얼마 정도 걸리려나?"

"아무리 그라 하더라도…… 한 달? 그 이상은 걸리지 않을까 싶습니다."

그리스 출신의 유명한 서머너 전문가가 답했다.

찰키아스는 각종 인력을 불러 모은 채, 비상 회의를 진행하는 중이었다.

서머너 마스터가 자국의 던전에 들어갔다는 것은 전 세계의 이목이 쏠린 사안. 가만히 발 뻗고 앉아 있을 순 없었다.

'만약 서머너 마스터가 그곳에서 실종되기라도 한다면……?'

찰키아스는 이후 벌어질 상황에 두 눈을 질끈 감았다.

'우선, 대한민국 협회 측에서 강력하게 항의를 걸어올 테고.'

그런 위험한 던전에 들어간다는 것을 만류했던 게 아니라 오히려 사례까지 걸어가며 요구했다는 사실이 알려지면 전 세계인의 지탄을 받을 것이 분명했다.

서머너 마스터는 전 세계인들의 영웅이나 마찬가지니까.

"아무래도…… 지원 가능한 서머너들 좀 추려봐야겠어."

눈을 다시 뜬 찰키아스가 이마 위에 흐르는 땀을 닦았다.

"지원 병력을 보내시게요?"

"모션이라도 취해야지. 분명 발 빼던 이들도 서머너 마스터와 함께할 수 있다 하면 지원할 거야."

"흐음, 그렇게 큰 문제가 있을까요? 서머너 마스터가 직접 들어가겠다 요청했던 거고, 저희는 만약을 대비해 밀랍 날개까지 주지 않았습니까."

"노우, 노우."

찰키아스가 단호하게 고개를 저었다.

"세상이 그렇게 원하는 대로만 흘러간다 생각하면 큰 오산이야."

원래 여론이란 게 그렇다. 한 번 낙인찍히게 되는 순간, 자신들이 잘못한 게 없어도 마녀사냥의 피해자가 될 수 있는데 그 대상이 평범한 인물도 아니고, 세계적 영웅인 서머너 마스터다? 그 여파는 더욱더 커질 것이다.

서머너 하나 때문에, 그리스라는 국가가 쓰레기 프레임으로 덧씌워질 수 있다는 말이다.

그렇게 생각하자 등골이 오싹해진 찰키아스였지만, 이럴 때일수록 더 냉정하게 판단해야 했다.

"지금 들어간 지 하루 정도 지났나?"

"21시간 하고 40분 더 지났습니다."

"최대한 빨리 지원 병력을 모아. 혹여 서머너 마스터가 깰 수 있다 하더라도, 우리는 이 정도 노력했어요~ 하고 보여줘야 한다 이 말이야."

"아, 알겠습니다."

협회 간부가 고개를 끄덕일 때, 옆에서 그의 비서가 손을 들었다.

"혀, 협회장님?"

무언가 급한 연락을 받은 듯, 눈동자가 심하게 떨리는 비서. 찰키아스는 문득 불안해졌다.

"왜, 무슨 일인데?"

"그, 그게……. 방금 서머너 마스터가 출국했다는뎁쇼?"

"……뭐?"

순간, 회의실 전체에 정적이 흘렀다.

출국?

이 상황에 전혀 어울리지 않는 단어가 나왔기 때문이었다. 지원 병력을 보낼까 말까 결정하고 있는 판국에 무슨 출국이란 말인가.

찰키아스는 침을 꿀꺽 삼켰다.

"그 말은…… 설마, 벌써 던전을 클리어했단 말이냐?"

수많은 서머너들이 반년 동안 도전했던 던전이다. 그런 던전을 하루도 걸리지 않아서 클리어했다?

'그럴 리가 없지…….'

그렇다면 방법은 하나다. 던전 공략에 실패하고 밀랍 날개를 사용한 것.

"아니면…… 혹시 밀랍 날개를 쓰신 거냐?"

"아닙니다. 불과 한 시간 정도 전에 이미 던전 클리어를 마쳤답니다. 던전 입구가 사라졌다 했으니 확실할 겁니다."

"허……?"

"미친."

"역시, 서머너 마스터는……."

모여 있던 각종 전문가들이 감탄했다. 클리어할 것이라고는 예측했지만, 이렇게 빨리 끝낼 거라고는 전혀 생각하지 못했던 그들.

"계좌 하나만 남기고 공항으로 이동했다는데 어떡할까요?"

"계좌……?"

"네, 사례금은 알아서 마음 가는 만큼만 보내달라 했답니다."

또 다른 회의 거리가 생겨 버렸다.

[속보, 서머너 마스터. 또 공략 불가 던전 클리어해. 걸린 시간? 고작 '하룻밤']

[그리스 협회장, 찰키아스. 대한민국에 무한 감사 표시.]

['그는 우리 생각보다 더욱 강력했다.' 서머너 전문가들 잇따라 외쳐.]

"크으."

신문지 1면을 펼쳐 든 유준태가 감탄했다.

"잠깐 쉬고 있으라 하더니, 또 한 건 벌이고 오셨구만?"

유준태가 밝은 표정으로 답했다.

또다시 대한민국의 위상을 높이고 왔는데, 어찌 기쁘지 않을 수 있으랴.

"흠, 그나저나 녀석아. 또 이렇게 불러 모은 이유가 뭐냐?"

신문을 접어둔 유준태가 궁금한 표정을 지으며 물었다.

이곳은 털보네 매장. 이미 전 리스트릭트 멤버들이 모여 있는 상태였다.

유준태, 제프리. 유아린과 김제하. 거기에 김소원까지.

"오늘은 소개해 줄 사람이 있어서."

진도윤이 씩 웃으며 답했다.

일행들에게는 가이아에 대해 말하지 않은 상태. '메두사의 눈'을 구한 것조차 모르는 상태였다.

"소개해 줄 사람? 설마 저기 뒤에…… 방 안에 들어와 계신 그분이냐?"

"뭐야, 알고 있었어?"

"여기 서머너가 몇인데 당연하지. 그게 누군지는 모르겠지만……. 굳이 여기 소개해 준다는 건 리스트릭트 멤버로 추천한다는 말이겠지?"

일행들이 전부 의문 어린 눈빛으로 쳐다봤다.

오직 제프리만 눈치챈 듯, 놀란 표정을 짓고 있었다.

'미리 말 못 해서 미안하긴 한데.'

모로 가도 서울만 가면 된다고, 그녀를 구해냈으니 된 거 아니겠는가?

진도윤은 고개를 한차례 끄덕인 후, 그녀를 불렀다.

"나와서 소개해라, 유리아."

그의 말에 일행들이 순간, '무슨 소리지?' 하는 표정을 지었다.

"자, 잠깐만요. 유리아요? 그 빛의 성녀, 유리아?"

김소원이 놀란 표정으로 답했고 유아린도 말은 안 했지만, 동공이 커다래져 있었다.

영감도 놀란 표정 그대로 굳어져 있었다.

그리고 뒤에서 깃털처럼 걸어 나오는 영국 출신의 여성. 석상으로 봤었던 그 모습이 생생하게 걸어 나오고 있었다.

"다들 반가워요. 이곳이 감히 절 건드렸던 프리덤을 박살 낸다는 그곳이죠? 마스터한테 얘기는 들었어요. 제프리도 헬로."

유리아가 밝게 웃으며 인사하자, 제프리가 간신히 입을 열었다.

"도대체…… 어떻게 된 거냐?"

"얘기하려면 복잡하긴 한데, 차차 이야기해 보자고."

가이아의 선물부터 해서 관리자 존을 만나라 했던 것까지. 진도윤은 일행들에게 다 털어놓을 생각이었다. 프리덤을 잡는 것은 이들과 함께하기로 약속했으니까.

"네가 그렇다면…… 그런 거겠지. 어쨌든 유리아, 너도 귀환에 성공했구나. 축하한다."

이내 제프리가 반갑다는 표정을 지었다.

"왜, 이 누나의 힐링이 그립긴 했나 보지?"

"누나는 아니고. 힐펫이 필요하긴 했지."

"힐펫……? 야, 펫은 어감이 좀 그렇지 않냐? 내가 애완동물이야?"

언제나처럼 익숙하게 투덕거리는 제프리와 유리아. 헤어진

지 그리 오랜 시간이 흐르지 않았기에 가능한 일이었다. 둘 다 봉인된 채로, 눈만 감고 있었을 뿐이니까.

그런 둘을 신기한 듯 넋 놓고 바라보는 일행들. 서적으로만 봤었던 전설들의 애 같은 모습이 생소한 것이다.

'짜식들.'

진도윤은 그런 그들을 보며 부드러운 미소를 지었다.

그러고는 이내 짝! 손뼉을 치며, 상황을 정리했다.

"다들 모여봐. 슬슬 계획을 짜봐야지."

앞으로의 계획을.

5장

서울 한복판.

두건을 쓴 한 남성이 누군가를 불러세웠다.

"저기, 길 좀 물읍시다?"

"길이요?"

"여기 풍운 길드 사무실이 어딥니까?"

누군가는 남성의 의도를 단박에 알아챌 수 있었다.

요즘 대한민국에서 가장 핫하게 떠오르는 길드가 어딘가? 바로 풍운 길드라 할 수 있었다.

서머너 마스터가 소속되어 있는 길드. 비록 창설된 지 얼마 안 되는 길드였지만, 그 사실만으로 이미 빅3의 위세를 넘어서고 있었다.

'가입 신청하려는 서머너겠구나?'

풍운 길드 건물 근처에 사는 누군가는 이런 류의 질문을 수도 없이 받아봤다. 그렇기에 거리낌 없이 알려줄 수 있었다.

"이 근처 바로입니다. 저쪽 커피집 보이시죠? 거기서 왼쪽으로 꺾다 보면 가장 최신식으로 보이는 건물 있을 거예요."

"감사합니다."

"가입 신청 하시려나 봐요?"

누군가가 괜한 오지랖으로 물었다.

"흐음, 그것보다는……."

두건 쓴 남성의 입꼬리가 올라갔다.

"혹시 그곳에 가면 서머너 마스터를 만날 수 있는 겁니까?"

"으음, 그건 모르죠. 워낙 세계적으로 노시는 분이라. 게다가 서머너 마스터는 아무나 못 만날 겁니다."

"그런가요?"

사내가 피식 웃으며 말을 이었다.

"만나고자 하면 못 만날 게 뭐가 있겠습니까?"

"아니죠, 만약 만날 수 있었다면 건물 근처에 수천 명이 줄 서고 있을걸요? 근데 보면, 그런 사람들 아무도 없거든요."

"크크큭, 뭐, 건물을 다 부숴 버리기라도 하면 안 나오고 배기겠냐는 말이었습니다."

"……뭐라고요?"

누군가는 문득 불길한 기운을 감지했다. 비록 고등급 서머너는 아니었지만, 사내에 몸에서 풍겨 나오는 오싹한 기운에 심장이 철렁 내려앉았다.

"뭐, 뭐야."

깜짝 놀라 신속히 자리를 뜨는 누군가. 그런 그를 바라보며 사내는 입꼬리를 더욱 위로 올렸다.

"어디 오랜만에 한번 얼굴이나 보자고, 형."

"그러니까…… 프리덤이 마계의 판데모니엄과 관련이 있고 가이아와 척지고 있는 상태란 거지?"

"엉, 대충 그런 거지."

간단명료하게 정리하는 제프리를 보며 진도윤이 고개를 끄덕였다.

사실 그의 마음은 이미 가이아에게 기울어져 있었다.

'유리아를 구해준 것은 둘째 치고……'

악마라는 존재들이 문제였다. 가만히 내버려 두면, 귀찮게 할 게 분명했으니까.

복귀 후, 동료들과 약속했던 유유자적한 삶을 살기 위해서는 일단 세상이 건실해야 했다.

'만약…… 판데모니엄의 악마들이 온전한 힘을 가지고 세상에 나타난다면……?'

아무리 서머너 중 최강이라는 진도윤이라 해도 어쩔 도리가 없었다. 마계의 무서움에 대해서는 저번에 직접 경험했기에 더욱 확실했다.

솔직히 진도윤은 조금 불안하기도 했다.

마계의 악마들이나 가이아나. 둘 다 초월적인 존재들인데, 고작 인간인 자신이 무엇을 할 수 있겠는가.

"후, 확실히 어려워지긴 했군."

이심전심일까. 제프리가 옅은 한숨을 내쉬며 말을 이었다.

"저번에 만났던 놈도…… 고작 10%의 힘이었잖나."

"엄청나게 세긴 셌지. 마계에서 만났으면 그렇게 싸워보지도 못했을 거야."

진도윤이 제대로 본 10 악마는 지금껏 단 한 마리뿐이었다.

바로 안개의 악마, 마르바스. 녀석을 향한 평가는 단 세 글자면 충분했다.

×나 셈.

온 전력을 다한 데몰리션의 브레스를 맞고도 살아 있던 놈이다.

'그런데 그게 고작 10%라니.'

100%의 힘이었다면 도대체 얼마나 강하단 말인가. 게다가 그런 놈이 9마리나 더 있다는 악마 도시가 바로 판데모니엄이었다.

"으으음……."

공기가 급속도로 무거워졌다. 다들 리스트릭트 멤버로서, 막대한 부담감을 느끼는 것이리라.

심지어 단순한 범죄 집단이 아니라 배후에 마계가 있다니. 그 부담감이 어깨를 더욱 세게 짓누르겠지.

"……."

그렇게 오랫동안 침묵이 이어지자.

"뭐, 답은 나왔네, 그럼."

짝짝!

유리아가 밝게 웃으며 손뼉을 쳤다.

"프리덤이 마계 종자들이면, 마계를 다 때려 부수면 되는 거 아니겠어?"

"……그게 말처럼 쉽지 않아서 문제지. 유리아, 넌 악마를 직접 본 적도 없잖아?"

그런 그녀에게 제프리가 고개를 흔들며 말했다.

"당연히 천천히 해야지, 천천히. 급할 거 없잖아? 한 던전을 공략하려고 100년을 소모했던 우린데."

유리아가 대수롭지 않게 말했다. 항상 느끼는 거지만, 그녀는 무거운 분위기를 밝게 푸는 재주가 있었다.

"게다가 가이아라는 여자가 도와준다며? 우리도 초월적인 힘을 빌리는 데 뭐가 문제야?"

놀라울 정도로 긍정적인 마인드의 소유자. 그런 그녀를 바라보던 진도윤이 결국 피식 웃음을 터뜨렸다.

"맞지, 마계건 뭐건……. 날 건드는 놈들은 언제나 똑같은 결말을 맞이했지."

"내 말이 그거야, 그 포악했던 데몰리션도 지금 마스터 발밑에 있잖아?"

"뀨웅?"

정강이를 비비던 데몰리션이 갑자기 자신이 왜 나오냐는 듯 고개를 치켜들었다. 그 모습에 입가에 미소를 지은 진도윤이 고개를 끄덕였다.

"좋아, 쉽게 생각하자고. 오늘부터 딱 일주일 후, 가이아의 뜻대로 관리자 존을 만나러 떠난다."

사실, 고생했던 동료들에게 다시 한번 싸우자 하는 게 미안했던 건데. 오히려 저렇게 나와줘서 고마운 그였다.

"멤버는, 어떻게 가려고?"

지켜보던 유준태가 물어왔다.

"저번 멤버에 유리아까지 포함해서 다섯."

"너랑 제프리, 유리아, 유아린, 김제하. 이렇게?"

"응, 일단 전력은 갖출수록 좋은 거니까."

"깔끔하네."

"나머지는 현실에서 서포트 좀 부탁해. 밖에서도 프리덤의 움직임에 대비해야지."

정리를 끝낸 진도윤이 자리에서 일어났다. 그래도 유리아 덕에 무거웠던 어깨가 어느 정도는 가벼워진 기분이었다.

"진도유운."

"응?"

가벼운 마음으로 숙소를 향하던 도중 엘라임이 말을 걸었다.

"무슨 냄새 안 나?"

"냄새?"

"응, 고약하고 더러운 냄새."

"나한테?"

갑자기 왜 이러지 싶은 진도윤이 킁킁- 옷 냄새를 맡았다.

'그러고 보니……'

가이아를 본 이후부터 급해서였는지 제대로 씻지를 못했다. 유리아를 구하고 던전 '울부짖는 영혼'을 클리어하는 동안 내내 말이다.

"아니, 아니. 진도윤은 냄새 좋아. 내가 잘 때마다 씻겨주거든."

"……뭐?"

진도윤의 눈이 휘둥그레졌다.

"몰랐어?"

"전혀."

어쩐지, 오랜 기간 던전에 다녀도 몸이 비정상적으로 개운하다 싶더라니. 뭔가 기분이 오묘해진 그였다.

"진도윤 말고 저기서 나는 냄새야."

엘라임이 손가락으로 한 건물을 가리켰다.

자신의 숙소. 풍운 길드의 신식 건물이었다.

"저기서……?"

"응, 그때 그 10 악만가 하는 놈한테 났었던 거랑 비슷한데……?"

"확실해?"

순간, 진도윤의 가슴이 철렁했다.

생각해 보니, 자신이 프리덤을 찾고 다니는 것처럼 놈들도 자신을 찾아올 수 있지 않겠는가?

'게다가 놈들은 극악무도한 범죄자들.'

자신과 달리, 죄 없는 사람들을 잡고 인질극을 펼칠 수도 있다.

"뀨우웅……."

"끼루루루!"

엘라임을 제외한 다른 소환수들도 슬슬 전투 의지를 드러냈다. 웬만큼 강한 적이 아니고선 호승심을 드러내지 않는 데 몰리션이 저럴 정도면, 프리덤이 확실했다.

"제길."

입술을 깨문 진도윤이 신속히 건물로 향했다.

만약 자신을 빌미로 풍운 길드원들을 건든 거라면.

'절대 편히 죽게 내버려 두지 않겠다.'

진도윤의 몸에서 진득한 살기가 뿜어져 나왔다.

이혜연이 처음 본 그 사내의 요구는 단순했다.

'내가 서머너 마스터의 지인이니, 대면을 요청한다.'

안면이 있는 것도 아니고, 그렇다고 선약이 있는 것도 아닌

무례하고 어처구니없는 요구.

그런 것을 그녀가 수긍할 리 없었다. 당연히 거절했고, 그 결과가 눈 앞에 펼쳐진 사태였다.

"끄으으……."

"크허헉, 아, 아파. 아프다고. 흑흑……."

바닥에 널브러진 채, 고통을 호소하는 풍운 길드원들.

그중에는 부길드장 이충수도 있었다.

"이…… ×벌 것이……."

본인을 지인이라 밝힌 사내는 괴물이었다. 열 명이 넘는 풍운 길드원들을 단신으로 박살 낸 건 그럴 수 있다 쳐도 그는 소환수를 꺼내지도 않았다.

오직 서머너의 악력만으로 덤벼드는 소환수들을 찢어발기고 내려친 것이다.

그녀의 소환수, 페어리도 이미 날개가 뜯어진 채 쓰러져 있는 상태였다.

"말도 안 돼……."

다리에 힘이 풀린 이혜연이 이를 갈며 중얼거렸다.

서머너가 소환수를 박살 내다니. 그녀의 서머너 인생에 들어보지도 못한 현상이었다.

"……도대체 우리한테 왜 이러는 거예요?"

"크크크, 그니까 순순히 서머너 마스터를 내놓았으면 이런 일도 없었잖아?"

"그분은 그저 이곳에 머무시는 것뿐. 저희가 통제하는 분이 아니에요!"

"……그런 건 내가 알 바 없고."

저벅, 저벅.

두건 쓴 사내가 여유롭게 이혜연 앞으로 걸어왔다. 그러고는 그녀의 머리채를 확 쥐어 잡았다.

"꺄악!"

머리털에서 느껴지는 통증. 이혜연은 결국 눈물을 또르르- 흘렸다. 아파서 흘리는 눈물이 아닌, 억울한 상황에 아무것도 할 수 없다는 것에서 나오는 눈물이었다.

고작 이런 괴한 하나 상대하지 못하는 주제에, 길드원들을 이끈다며 수장을 맡은 자신이 한심했다.

사내는 그런 그녀를 바라보며 피식 웃었다.

"네년은 언젠가 한 번 손 봐주고 싶긴 했단 말이지."

"……그게 무슨?"

이혜연은 황당했다.

분명히 처음 보는 상대였는데 누가 보면 철천지원수라도 되는 것처럼 말하지 않는가.

'잠깐……. 어디서 본 것 같기도?'

이혜연은 눈을 부릅뜬 채로 사내를 노려봤다.

날렵한 턱선과 튀어나온 광대. 각 길드 수장들 사진을 달달 외웠던 그녀는 이내 한 사람을 떠올릴 수 있었다.

"……흑철 길드 마스터, 서동희?"

"오, 날 알아?"

사내가 신기하다는 듯 그녀를 내려다봤다. 흑철 길드는 과거, A급 던전 여명의 속삭임에 참여했던 집단. 그때 간부, 남동훈이 진도윤의 기세에 물러났던 적이 있었다.

"……지금 설마 그때 일 가지고 이런 짓을 벌이는 건가요?"

"설마. 내가 그렇게 속 좁아 보였나?"

서동희가 하얀 이를 드러내며 웃었다.

"그럼 도대체 왜……."

"너희 서머너 마스터가 프리덤을 박살 내고 다니는데, 우리라고 가만히 참고 있으란 법은 없잖아?"

"……프리덤?"

이혜연은 그제야 이해했다. 그가 왜 이런 극악무도한 짓을 서슴없이 저지르는지.

프리덤이라는 이름 하나로 설명될 만큼, 그곳은 질 나쁜 집단이니까.

"너희들은 서머너 마스터님께 다 죽을 거야."

"어이, 어이. 너무 표독스럽게 쳐다보지 말라고."

서동희는 이혜연의 머리를 거칠게 휘두르며 말했다.

"진짜 죽이고 싶어지니까."

오늘은 인사차 들른 거였다. 어차피 이런 허접한 서머너들은 죽일 필요조차 없다는 게 프리덤의 입장이기도 하고.

무엇보다 서동희가 이들을 살려둔 이유는 옛정 때문이었다.

"……서머너 마스터라."

6년 전까지 자신이 무척이나 잘 따랐던 형이었다. 그에게 배웠던 소환수 컨트롤과 던전 생존법은 아직도 생생하게 기억이 날 정도였다.

'하지만……'

그는 결국 자신을 동료로 받아들이지 않았다. 직접적으로 들은 말은 아니지만, 그는 그렇게 받아들였다.

자신을 동료로 생각했다면, 최후의 미궁에 자신을 놓고 들어가진 않았을 터이니.

'그리고 난 그랬던 형을 뛰어넘었다고.'

서동희는 정말로 그렇게 생각했다.

남들이 경외시하는 서머너 마스터는 그에겐 옛말이었다. 노야를 만난 이후, 그의 몸속에 받아들였던 10악마 바사고. 그 끔찍하고 강대한 힘은 분명 서머너 마스터 그 이상이었다.

"그래서, 서머너 마스터가 날 죽일 수 있을 거라 생각해?"

"응, 너 같은 쓰레기를 보고 그냥 넘어가시는 분이 아니니까."

이혜연이 흐르는 눈물을 닦으며 중얼거렸다.

"크큭, 뭐 당장 오늘은 싸우진 않겠지만……. 결국에 누가 이길지 지켜보게 하는 것도 나쁘진 않겠지."

서동희가 잡았던 그녀의 머리카락을 놓아줬다. 그의 감각에 누군가의 기척이 잡혔기 때문이었다.

"아무래도, 너희들의 구세주가 온 것 같군."

몸을 부들부들 떠는 그녀를 내팽개치고 등을 돌리자, 익숙한 형체가 보였다. 과거엔 가면을 쓰고 있어 보지 못했던, 서머너 마스터의 실제 얼굴.

"형, 왔어? 오랜만이네?"

"……."

저벅, 저벅.

반갑게 맞이하는 서동희를 진도윤은 표정 없는 얼굴로 무시했다. 그러고는 이혜연과 쓰러져 있는 풍운 길드원들 옆으로 다가갔다.

"괜찮냐?"

"도윤 씨……. 흐윽. 괘, 괜찮습니다."

"그래도 무사해서 다행이네, 엘."

"웅, 맡겨만 달라구!"

엘라임의 손에서 '퍼펙트 리커버리'(S급)가 터져 나왔다. 그러자 상처로 가득했던 이혜연의 상태가 단숨에 치유됐다.

진도윤은 그런 그녀의 어깨를 가볍게 툭- 쳤다.

"우선, 길드원들 좀 챙기고 있어라."

그러고는 일어서 등을 돌렸다. 동시에 지금껏 본 적 없던 싸늘한 눈빛으로 서동희를 바라봤다.

"넌, 나 좀 보자."

공터로 자리를 옮긴 진도윤은 눈앞에 서 있는 서동희를 물끄러미 바라봤다.

'서동희.'

기억은 흐릿하지만, 분명히 알고 있는 자였다. 한창 오지랖이 넓던 시절, 던전에 몇 번 데리고 다녔던 적이 있었으니까.

"오랜만에 만난 것 치고는 별로 반가운 표정이 아닌데? 거참, 서운하네."

서동희는 괜스레 바닥을 차며 말했다.

파가각!

가벼운 동작이었지만, 얼마나 힘이 강한지 돌 부스러기가 바깥으로 튀었다. 동시에 굉장히 불쾌하면서도 익숙한 느낌이 진도윤의 감각에 걸렸다.

'이건…… 노야와 비슷한 느낌.'

놀랍게도 녀석의 소환수가 아닌, 녀석 자체에서 악마의 냄새가 풍겼다.

'소환수를 쓰는 방식이 아닌 건가?'

예민하게 끌어 올려진 그의 감각이 말하고 있었다.

서동희가 지닌 감응력을 떠나서, 녀석이 몬스터와 같은 기운을 지니고 있다고. 마치 녀석이 악마, 그 자체가 된 것처럼.

그를 바라보던 진도윤의 입이 처음으로 열렸다.

"……프리덤에 들어간 거냐?"

"이야, 오랜만에 만나서 묻는다는 게 고작 그거야?"

"그래, 네 말이 맞다. 굳이 물어볼 필요는 없겠지."

우우웅!

진도윤이 묵묵히 감응력을 끌어올렸다. 녀석은 이제부터 명백한 자신의 적이다.

이건 과거의 추억과는 별개의 문제였다.

첫째로, 녀석은 프리덤의 멤버가 확실했으며, 둘째로, 악의적으로 풍운 길드를 박살 냈다.

그리고 마지막으로…… 프리덤의 이름을 달고 감히 자신의 앞에 당당하게 찾아왔다. 그것만으로 공격할 이유는 충분했다.

"워우, 워우. 형, 오랜만에 만나서 이러기야? 오늘은 싸우러 온 게 아니라고."

진도윤의 소환수들이 적의를 드러낼 찰나.

서동희가 오른쪽 발을 들어 땅을 밟았다.

구구궁!

그 순간 일대를 장악한 무형의 기운이 진도윤의 몸을 속박했다.

"……!"

마치 보스급 몬스터가 속박기를 쓴 것 같은 기분.

"싸우러 온 게 아니긴."

끼긱! 펑!

그러나 데몰리션은 그 기운을 단숨에 깨버린 뒤, 서동희에게 달려들었다.

"뀨-우-웅!"

날개를 펄럭이며 순식간에 거리를 좁힌 데몰리션이 녀석의 목을 베려는 찰나 서동희가 다급히 손을 들어 올렸다.

까아앙!

쇠와 쇠가 부딪치는 소리가 고막을 울렸다.

"아씨, 힘쓰면 노야께 혼나는데."

데몰리션의 발톱을 후려친 그가 허공에 붕- 뜬 채로 공중제비를 돌더니 바닥에 착지했다.

"……."

솔직히 서동희는 놀란 상태였다. 검은 용에게서 느껴지는 기운이 상상 이상이었으니까. 잠깐이었지만, 바사고의 힘을 빌리지 않았다면 위험할 뻔했다.

'어떻게 이럴 수 있는 거지?'

가차 없는 공격과 정확도는 그렇다 쳐도 진도윤에게서 느껴지는 감응력이 무언가 싸했다.

'5년 만에 저런 발전을 할 수가 있다고?'

잭 폴탄이나 리처드가 당했다 했을 때도 웃어넘겼던 그였다. 그들은 악마의 힘을 손에 넣지 못한 상태였으니까.

하지만, 지금 만나본 서머너 마스터는 악마의 힘을 써도 상대할 수 있을지 의문이 들 정도로 위험해 보였다.

'게다가……'

자신의 몸 안에 있는 예언의 악마, 바사고가 경고하고 있었다. 위험한 파괴의 힘이 도사리고 있다고. 그에게 먹이를 주지 말고 추후를 도모하라고.

'이건…… 노야께 보고해야겠다.'

꿀꺽!

침을 삼킨 서동희가 다시금 진도윤을 바라봤다.

"좋아, 좋아. 인정해. 형이 이 정도일 줄 모르고 저지른 짓인

건 맞아."

그가 풍운 길드를 친 이유는 단순했다. 깽판 쳐도 힘으로 짓누를 자신이 있어서. 프리덤에게 서머너 마스터란 그저 지나가는 개미 중 조금 날카로운 이빨을 가진 개미. 그 이상 그 이하도 아니었으니까.

하지만, 이제는 생각을 바꿔야 했다. 분명 서머너 마스터는 프리덤의 대계를 위협할 만큼 성장하고 있었다.

"근데 생각해 보니 너무하단 말이야?"

"뭐가 말이지?"

진도윤이 눈살을 찌푸리며 답했다. 그 역시 말은 안 했지만, 방금의 충돌에서 느꼈다. 서동희가 무시 못 할 힘을 숨기고 있다는 것을. 그는 분명히 일부로 힘을 억제하고 있었다.

"하긴, 형은 언제나 그랬었지. 날 동료로 인정하지도 않고, 내 능력을 제대로 봐주지도 않았어."

"무슨 헛소리를 하는지 모르겠네."

진도윤은 어이없다는 표정을 지었다. 자신은 서동희를 도우면 도왔었지, 무시하거나 인정하지 않은 적이 없다.

'뭐, 열등감 그런 건가?'

만약 자신이 제프리와 유리아를 챙겨서 그런 거라면 할 말이 없다. 그건 진짜 서동희가 그들보다 능력이 없어서일 확률이 높았으니까.

"하지만, 노야는 달라. 그는 날 인정하고 받아들였지. 큭큭. 결과적으로 막대한 힘을 손에 얻었고."

"이건 뭐…… 안 본 사이에 정신병이라도 걸렸나."

다짜고짜 중이병처럼 웃는 서동희를 바라보며, 진도윤이 고개를 절레절레 흔들었다.

그러고는 데몰리션에게 감응력을 흘려 넣었다. 녀석을 확실하게 제압할 수 있는 스킬, 뉴클리어 브레스(S급)를 쓰기 위함이었다.

"그럴 필요 없어, 형. 아까도 말했다시피, 오늘은 싸우러 온 게 아니거든."

녀석이 품속에서 냉큼 무언가를 꺼내 들었다. 과거, 잭 폴탄이 도망칠 때 썼던 것과 비슷한 생김새의 노란색 비서였다.

"도망가려는 건가?"

"너무 걱정하지 마. 곧 대계가 완성되면 형은…… 꼭 내 손으로 죽일 테니까."

"대계라……."

진도윤도 이내 감응력을 깔끔하게 거두었다. 어차피 녀석이 도망가고자 하면, 지금으로서는 잡을 방도가 없다. 녀석을 단박에 제압할 수 있는 힘이 있지 않은 이상.

"후우."

옅은 한숨을 내쉰 진도윤이 그를 다시 응시했다.

"서동희, 기억나냐? 날 건든 놈들이 나중에 다들 어떤 꼴을 당했는지."

"알지, 알지. 그때의 형은 분명히 무서웠지. 근데 그게 지금도 그럴까?"

"글쎄, 그건 네가 더 잘 알지 않을까?"

녀석은 자신의 과거를 봐왔기에 분명히 알 거다. 서머너 마스터라는 이명이 있기 전. 은 등급부터 시작해, 세계 최고의 자리까지 올랐던 그 과정들을 옆에서 지켜봐왔을 테니까.

"……대계든 뭐든. 너든 노야든. 분명히 그 대가를 치를 날이 올 거다."

"그래, 두고 보자고. 그 결과가 어찌 될지 나도 기대되는데? 솔직히 난 다행이라 생각해. 형이 예상보다 더 강해서. 시시하면 어쩔까 걱정하는 마음도 조금은 있었거든."

빙그레 웃은 서동희가 이내 아이템을 작동시켰다.

스르륵!

동시에 뿌옇게 사라지는 신형.

"……."

진도윤은 녀석이 있던 자리를 가만히 쳐다봤다. 살짝 허무하면서도 씁쓸한 감정이 그의 입맛을 쓰게 했다.

'뭐, 나쁘진 않지.'

안 그래도 가이아를 따르는 데 원동력이 살짝 부족했던 그였다. 그러나 이제는 확고한 의지가 생겼다.

'노야, 마계, 그리고 서동희.'

서머너 마스터를 건드린 자. 진도윤은 어느덧 어두워진 하늘을 보며 피식 웃었다.

풍운 길드 내부는 완전히 줄초상이었다.

비록 직접적으로 목숨을 잃은 자는 없었지만 누군가는 소환수를 잃었고, 또 누군가는 감응력 폭주 상태에 걸렸다.

그게 고작 한 서머너에게 당한 일이니 얼마나 비참할까. 그것도 이제는 곧 빅3의 아성을 넘는다고 알려진 길드가 말이다.

"제 욕심 때문이라 생각해요."

이혜연은 깔끔하게 결론지었다.

"욕심?"

"사실 세상 사람들이 다 아는 일이죠. 우리 길드가 아직 서머너 마스터를 품을 실력도 자격도 안 된다는 거요. 그저 제 욕심이었죠."

"아……."

진도윤은 할 말이 없었다.

솔직히 미안한 감정이 없다면 거짓말이었다. 비록 거주지만 빌리기로 했던 거지만, 결과적으로는 자신 때문에 이러한 봉변을 당한 것이니.

"혹시, 우리 처음 만난 날 기억하시나요?"

"처음이면……. 그레이트 맨티스를 잡았던 그때?"

"네, 사실 그때가 아직 트라우마로 남아 있거든요. 오늘도 그때처럼 또 길드원들을 잃을까 두려웠어요."

"……."

길드장실 내부. 팔짱을 낀 진도윤은 묵묵히 그녀의 이야기를 들었다.

"이렇게 된 이상, 길드장인 저는 책임지고 결단을 내릴 수밖에 없어요."

"어떤 결단을?"

"길드를 해체할 생각이에요."

진도윤은 이혜연이 하는 말의 숨은 뜻을 이해했다.

이미 그녀의 길드는 프리덤의 목표가 되었다. 자신의 소중한 길드원들을 그런 위험한 상황에 놓이게 하기 싫다는 뜻이었다.

"네 선택을 존중한다."

찝찝하고 씁쓸하지만, 어쩔 수 없었다. 진도윤이 봐도 그게 가장 깔끔하고 안전한 방안이니.

"이해해 주셔서 감사해요."

"혹시 내가 도울 게 있다면, 언제든지 요청해라. 들어줄 수 있는 범위에서는 다 들어줄 테니."

자신 덕에 큰 길드지만, 자신 때문에 해체한 길드인데 무언가 그도 책임을 지고 싶었다.

"저보단…… 길드원들이 문제예요. 서머너의 꿈을 가지고 있던 자들인데……."

"감응력 폭주가 문제라면 조금 전 오는 길, 다 치료하고 왔다."

"……네?"

이혜연의 눈이 휘둥그레졌다. 서머너가 걸릴 수 있는 최악의 고질병 1위, 감응력 폭주를 무슨 상처에 밴드 붙이듯 치료했다 하는 진도윤이 이해가 가지 않아서였다.

"그게 무슨……?"

"다 방법이 있어. 기억 안 나? 나랑 유아린도 예전에 감응력 폭주 걸렸었던 거."

"……헐?"

그러고 보니, 그런 사건이 있었다. 오보된 기사라고 정정 보도가 게재되어 그렇구나 했었는데.

사실, 그게 치료한 거였다니?

"잃은 소환수야 안타깝지만, 감응력만 있으면 언제든 구할 수 있는 게 또 소환수니까."

진도윤이 고개를 끄덕이며, 이혜연을 바라봤다.

"서머너 활동은 언제든 할 수 있다는 뜻이다."

"그, 그렇군요."

절망적이었던 그녀의 눈빛에 희망이 살짝 차올랐다. 그 정도만 되어도 길드원들을 볼 면목이 생기니까.

"……"

그런 그녀를 바라보던 진도윤의 머릿속에 문득 김제하가 떠올랐다.

"프리덤의 표적이 문제면 살림으로 가는 건 어떠냐?"

"사, 살림이요?"

이혜연도 '살림'(殺林)에 대해서는 잘 알았다. 길드장들 사이에서 급속도로 이미지가 변한 집단으로 손꼽히기도 했었다.

과거엔 살인 청부 업체 이미지였다면, 지금은 정의의 괴도 느낌으로?

"살림이랑도 연이 있으세요?"

"있지, 아주 끈끈하게."

A급 엘릭서 하나로 거의 주종계약을 맺었으니 끈끈하다면 끈끈하다 할 수 있었다.

"원하면 거기 수장한테 말해서 넣어줄 수 있다."

"헉, 수장!"

이혜연은 놀랐지만, 그럴 수도 있겠다 생각했다. 일단은 살림의 수장보다는 서머너 마스터가 급이 더 높은 존재니까.

"관심 있으면 연락처 줄게. 내가 줬다 하면 알 거야. 아니, 그 전에 이미 알 수도 있겠다 거긴."

살림의 본거지가 어디인지는 진도윤도 모른다.

나름 보안 유지가 잘 되는 집단.

'그 꼬마 녀석도 잘 크고 있으려나?'

진도윤은 언제 한번 살림에도 들러봐야겠다고 생각했다.

"기, 길드원들이랑 한번 얘기해 볼게요."

"오케이. 일단, 오늘은 푹 쉬고."

무언가 피곤해 보이는 그녀.

자리를 비켜주기 위해 등을 돌린 진도윤의 뒷모습을 이혜연은 멍하니 쳐다봤다.

그리고 조용히 중얼거렸다.

"괜히 신경 써주셔서 감사해요."

진도윤은 예전에 분명 말했었다. 그저 거주지만 빌리겠다고.

그냥 지나칠 수도 있는 일을, 굳이 책임지고 가는 진도윤이 고마운 그녀였다.

돈이 많이 모였고.
고성능의 아이템을 구매하고 싶다면?
라스베이거스로 가라.
그곳에 본점이 가장 많다.

[서머너 마스터의 '최고의 서머너가 되는 법'에서 발췌.]

다음 날부터 진도윤은 무척이나 바빠졌다.
멤버끼리 모이기로 약속한 날은 딱 6일 뒤.
'관리자 존이 또 어디로 보낼지 모르는 일이니까.'
황금 양피지를 활용한 던전은 무조건 S급 난이도다.
만반의 대비를 갖춰야 했다. 일행들은 각자 흩어져서 훈련하거나 아이템을 정비했고 진도윤은 오래간만에 또 라스베이거스에 들른 상태였다.
"여긴 이제 완전히 제2의 고향이구만."

서울 다음으로 가장 많이 들른 도시가 이곳이었다.

세상이 이 모양 이 꼴인데도 관광객들이 즐비한 도시. 또한 많은 서머너들이 머무르기에 비교적 몬스터로부터 안전하며 서머너 관련 상권이 많이 발달한 도시이기도 했다.

"진도유운! 여기는 서울보다 사람이 더 북적거려!"

수없이 방문했던 도시였지만 그때와 지금은 사뭇 다른 점이 있었다.

바로 더는 정체를 숨기고 다니지 않는다는 점. 항상 쓰고 다니던 가면도 버린 지 오래였고, 소환수들도 자유롭게 꺼내둔 상태였다. 그렇기에 그의 주변에는 평소보다 많은 사람들이 모여 있었다.

"저, 저기 피닉스 좀 봐. 어쩜 저렇게 날개가 곱디고울까."

"저기 드래곤 있지? 싸울 때 엄청나게 커진다던데? 무시무시하대."

"으아아, 내 생에 서머너 마스터의 실물을 보는 날이 올 줄이야."

"꺄아아, 알러뷰! 서머너 마스터!"

그가 걸어 다니는 길마다 사람들이 우르르- 따라다니며 구경했다.

'유아린이 매번 이런 기분이었을까?'

진도윤은 쏟아지는 관심과 시선을 무시하며 계속 이동했다. 귀찮을 줄 알았지만, 그래도 생각보다는 괜찮았다.

'뭐 때문인지는 몰라도……'

그의 주변에 가까이 오는 사람이 단 한 명도 없었던 탓이다.

'아, 설마 그거 때문인가?'

조금 전, 공항에 도착할 때 어떤 정장 입은 노인이 반갑다고 악수를 내밀길래 무시하고 걸었던 적이 있었다.

누군지도 모를뿐더러 하나하나 상대해 주다 보면, 아까운 시간만 날리게 되니까.

나름의 공정함을 위한 대처이긴 했다. 근데 신기하게도 그 이후부터 단 한 명의 사람도 자신에게 다가오지 않았다.

"그나저나, 진도윤! 이곳엔 왜 온 거야?"

그의 어깨 위에 앉아 사방을 두리번거리던 엘라임이 정수리를 톡톡 건드렸다. 새로운 장소에 대한 호기심 때문인지, 잔뜩 상기된 표정이었다.

"쇼핑몰에 뭐 하러 오긴, 쇼핑하러 왔지."

"쇼오핑?"

엘라임이 아는 체했다.

"그 매장 같은 데 들어간 다음에 여기서부터 여기까지 다 주세요 하는 거! 그거 맞지?"

"응, 그거 맞아."

또 어떤 재벌 드라마를 본 건지는 모르겠지만 설명하기 귀찮은 진도윤이 고개를 끄덕이며 인정했다. 실제로 돈을 쓰기 위해 온 것은 맞으니까.

"이제 곧 던전 들어간다고 돈 왕창 쓰러 온 거였구나? 옛날 미궁에 가기 전에는 집까지 팔았지?"

"응, 그리고 결국은 그게 옳은 선택이었지."

누가 던전에서 100년을 썩을 줄 알았을까. 모아뒀던 돈 아낀다고 저축해 놓고 들어갔으면 억울할 뻔했다.

'그나저나 얼마 모였나 볼까?'

진도윤이 걸으며 핸드폰을 두들겼다. 계좌 내역을 확인하기 위해서였다.

[계좌 상세조회]
[계좌주:진도윤]
[서머너 우대통장 C]
[출금가능금액:717,800,210,642원]

"크, 많이도 불었네."

현재 그의 수중에 있는 잔액이었다.

과거 있던 돈에, 저번에 털보가 '대천사의 포용'(S급)을 5,500억에 팔았고 거기서 550억 정도를 네비아레 마을에 기부하는 데 사용했으며.

그리스 협회에서 들어온 돈이 1,000억.

'1,000억?'

이제야 확인한 진도윤의 눈이 휘둥그레졌다. 준다니까 마음만큼 달라고 하긴 했는데, 이 정도 큰 금액을 내놓을 줄은 몰랐기 때문이었다. 고작 던전 하나 깨주는 금액치고는 무척이나 많은 액수였다.

'뭐 다 생각이 있었겠지.'

협회는 국가에서 운영하는 단체이다 보니, 협회장 마음대로 자금을 굴렸다간 큰일 난다. 충분한 내부 회의 결과, 그럴 만한 가치가 있다고 판단했기에 내어준 것일 테지.

'하긴, 이해가 가지 않는 건 아냐.'

진도윤은 그리스 협회의 의도를 짐작했다. 자신에게 큰돈을 쥐어줌으로써 더 큰 이득을 챙기는 방법.

누군가는 그게 무슨 소리냐 할지 모르겠지만 서머너 마스터라는 네임 브랜드는 그것을 가능케 한다.

자신과의 콜라보로 국가 이미지도 더 좋아질뿐더러, 서머너 마스터와 호의적인 관계에 놓여 있다는 것을 어필하는 것만으로도 그리스 협회엔 큰 이득일 거다.

'어쨌든 많이 주면 난 좋으니까.'

자신은 원하는 만큼 달라고 했고 그리스는 원하는 만큼 줬다. 그것으로 모든 거래는 끝.

복잡한 생각을 머릿속에 지워낸 진도윤은 가벼운 발걸음으로 매장 안에 들어섰다. 「팀 헤파이스토스」라고 쓰여 있는 매장이었다.

그 시각 그리스 협회장 찰키아스와 직원은 불안한 표정을 짓고 있었다.

"1,000억으로 충분하겠지……?"

"그 정도면…… 아무리 서머너 마스터라 해도 만족하지 않을까요?"

"부족하다고 생각할 수도 있어. 그간 행보만 봐도 돈이 없을 수가 없는 사람이니까. 1,000억을 껌값으로 생각할 수도 있겠지."

"……설마 그럴까요? 라고 말하고 싶지만, 왠지 그럴 수도 있겠다는 생각이 들긴 하네요……."

큰돈을 보내놓고도, 그의 성에 차지 않을까 고민하는 둘이었다.

1,000억으로 그리스가 얻을 수 있는 이득? 그런 건 생각조차 하지 않았다.

그저.

'알아서 마음 가는 만큼만 보내라.'

서머너 마스터가 출국하기 전, 직원에게 하고 간 말 때문이었다.

잘 뜯어보면 굉장히 무서운 말.

'마음에 안 차면…… 어떡하겠다는 거지?'

'사례가 짜면 다음에 도우러 오지 않을 수도 있어.'

'알아서 잘 판단하라는 말인가?'

'그가 언론에다 그리스 협회가 별로라는 말 한마디만 한다

면…….'

수많은 그의 팬들과 세계 협회마저도 등을 돌릴 수 있는 상황이었다. 안 그래도 던전이 많이 생기는 그리스로서는 절대 피해야 할 상황.

그러다 보니, 조금 무리해서 보상을 내어줬음에도 불안한 것이었다.

"그래도 아직 별다른 모션이 없는 것 보면, 만족한 거 아닐까요?"

"흐으으, 언급 한마디만 해줬으면 좋겠는데 말이지."

"……잘하면 모르고 있을 수도 있습니다."

"계좌에 1,000억이 찍혔는데 모른다고?"

"사례금으로 백지 수표를 제시하는 자인데 그럴 수도 있죠."

"아, 많이 달라고 한 게 아니라 그냥 돈에 관심이 없는 것일 수도 있다는 거지?"

"네, 괜히 우리만 걱정하고 있는 걸 수도 있습니다. 게다가 서머너 마스터가 그렇게 악당 인품은 아니지 않습니까."

"그건 그렇지."

평소 포악하고 안하무인으로 알려진 서머너 마스터의 성격. 그러나 그 표적이 협회나 일반인들은 아니었다. 범죄집단이거나 그럴 만한 자들에게 일침을 가했을 뿐.

그러다 보니 조금은 안심이 되는 찰키아스였다.

"어쨌든, 기도하자고."

찰키아스가 고개를 끄덕이며 두 손을 모았다.

"서머너 마스터가 우릴 이쁘게 봐주길……."

팀 헤파이스토스.

세계 3대 공방 중 하나로 볼드윈의 크림슨 블랙 스미스에 일가견이 있다면, 이곳은 연금술과 재료에 특화된 매장이었다. 그리고 팀 헤파이스토스 역시, 라스베이거스에 본점을 두고 있다.

"우와! 이 물품들 좀 봐. 세상에? 이건 내 속성이 담겨 있는 돌이잖아? 스르릅!"

매장에 들어선 엘라임이 한껏 신난 표정으로 돌아다녔다. 그리고 그런 진도윤을 바라보던 직원은 꿀꺽 침을 삼켰다.

'서, 서머너 마스터가 우리 매장에?'

진도윤은 태어나서 팀 헤파이스토스에는 처음 들러봤다.

어차피 필요한 아이템은 털보가 구해다 줬고 방어구들은 볼드윈에게 구하면 됐었으니까. 그렇기에 팀 헤파이스토스로서는 사실 굉장히 아쉬운 상황이었다.

서머너 마스터는 흥행의 아이콘. 그가 들렀다는 사실 하나만으로 브랜드의 가치가 더욱 상승한다.

'이건 일생일대의 기회야.'

직원은 바른 몸가짐으로 그의 앞에 서 공손하게 허리를 숙였다. 혹시 그가 마음에 들지 않아, 구경도 하지 않고 떠나게 되면 상사에게 큰 꾸중을 들을 터이니.

하지만, 자신의 응대로 서머너 마스터가 물품 하나라도 구매하게 된다면? 특별 보너스를 받을지도 모르는 일이다.

"서머너 마스터님의 매장 방문을 진심으로 환영하는 바입니다."

팀 헤파이스토스는 여타 명품 매장과 비슷하게 줄 서서 입장해야 한다. 고가의 아이템을 취급하다 보니, 1:1 상담도 해줘야 하며 매장의 쾌적한 환경을 유지하기 위해서다.

물론 워낙에 고가다 보니, 그렇게 줄 서는 경우가 없기는 했다.

"흠."

가볍게 손짓한 진도윤이 전시된 곳을 두리번거리며 아이템들을 살폈다.

그가 이곳에 온 이유는 단순했다. 볼드윈에게 가기 전, 선물이라도 하나 장만할 생각에서였다. 맨날 맨입으로 받아먹는 게 불편했기에.

"혹시 찾으시는 거라도 있으십니까?"

한껏 긴장한 직원이 졸졸 따라다니며 물어왔다.

"진도유운! 진도유운! 나 저거! 저거!"

"저거?"

엘라임이 가리킨 방향에는 푸른 빛이 감싸고 있는 돌이 보였다. 그 모습을 본 직원이 재빨리 설명했다.

"물 속성 정령석입니다. 보통 정령을 길들이고 싶으신 서머너분들이 구해가시죠."

"오오, 그런 게 있었어?"

정령석은 진도윤으로서도 금시초문이었다. 그가 엘라임을 구하게 된 경위는 던전이었으니까.

"넵, 활성화하면 운에 따라 A~B급 정령이 무작위로 나온다 들었습니다."

"설명 땡큐. 정보 좀 읽어봐도 되나?"

"얼마든지 확인해 보십시오!"

[아이템:물의 정령석]
[등급:A]
[물의 정수가 깃든 돌. 이곳에 담긴 물의 기운이 정령을 끌어당긴다.]
[옵션:2/2]
- 소환:1회에 한해 물의 정령을 소환한다.
- 흡수:특수한 존재의 힘을 한층 더 끌어낸다.

'흡수 때문이었구나.'

진도윤은 엘라임이 보채는 이유를 깨달았다. 저 돌에 담긴 기운을 흡수하고 싶어서일 테지.

물론 엘라임은 정령왕이기도 하고 S급이니, 더욱 많은 정령석이 필요하겠지만 그래도 엘라임이 세진다는데, 오히려 진도윤이 나서서 사줘야 할 판이었다.

"저거 사줄까?"

"응, 응!"

거칠게 고개를 끄덕이는 엘.

피식, 웃은 진도윤이 직원에게 물었다.

"여기 불이랑 물 정령석 있는 거 등급 상관없이 다 하면 총 얼마지?"

"불에 물까지 말입니까?"

직원의 눈이 휘둥그레졌다. A급 정령석의 가격은 기본가가 100억이다. 그런 고가의 상품을 분명 그는 '전부'라 말했다.

'그럼 거의 전 세계 매장 월매출인데……?'

대박의 기운을 느낀 직원이 빠르게 계산했다.

"두 속성 다 합쳐서 A급 20개, B급 41개, C급 100개……. A급이 100억이고, B급이 30억, C급이 3억이니……."

타다닥!

직원이 전광석화와 같은 속도로 계산기를 두들겼다. 서머너 마스터가 한국인인 것을 고려하여, 원 단위로 계산하는 센스까지 보여줬다.

"초, 총 3,530억인데요?"

계산하고도 입이 떡 벌어지는 가격. 정령석 같은 경우는 매물이 많은 것에 비해 그렇게 잘 팔리는 상품은 아니다.

A급 서머너들 정도 되면, 소환수는 던전 가서 직접 구하는 게 더 싸게 먹히기 때문이다.

그렇기에 직원은 더욱 긴장했다.

"원래 할인은 없지만, 이 정도 가격이면 5%까지는 DC가 가능해서 3,353억……이면 전부 구매할 수 있으십니다."

직원은 말하면서도 눈이 핑글핑글 돌았다.

세상 어느 누가 매장에 와서 몇천억 단위를 긁겠는가. 그러나 눈앞의 서머너 마스터는 별로 동요하지 않는 표정이었다.

"오케이, 그거 다 포장해 주고, 또 블랙 스미스 재료는 볼 수 없을까?"

"저, 정말 그걸 다 사시는 겁니까? 거기다…… 더 구매하신다고요?"

직원이 자신의 본분을 잊고 외쳤다. 도대체 눈앞에 있는 사람의 자산이 얼마인 걸까.

'이, 이게 서머너 마스터 플렉스?'

벌린 입을 다물지 못하는 직원이었다.

"저, 정령석 3,353억에, 최상급 광물에, 각 경험치 폭주 시약까지 합치면 총…… 4,200억 되겠습니다."

계산대 앞의 직원이 믿을 수 없다는 표정을 지었다.

사실, 팀 헤파이스토스에는 판매대금의 1%를 직원에게 제공해 주는 제도가 있다. 즉, 서머너 마스터로 인해 오늘 그가 얻어낸 수익만 42억.

손이 부들부들 떨리지 않을 수 없었다.

"여기 카드로 긁어줘."

"가, 감사합니다!"

허리를 90도로 숙이며 인사하는 직원의 모습을 본 엘라임이 걱정스러운 표정을 지었다.

"진도유운……. 괜히 나 때문에 너무 무리하는 거 아니야?"

"아까 사달라고 할 때는 언제고?"

"에이, 하나만 사달라 한 거였는데 설마 전부 다 결제해 버릴 줄은 몰랐지."

"흐음, 그 올라간 입꼬리부터 내리고 걱정하는 게 어때?"

"……헤헷, 들켰나?"

엘라임은 뿌듯한 미소를 감추지 못했다.

각종 매체를 통해, 인간 대다수가 돈을 얼마나 소중하게 여기는지 잘 아는 그녀였다.

그런 돈을 자신에게 서슴없이 사용한다? 엘라임은 정령석보다, 진도윤의 그 마음이 더 기쁘고 좋았다.

"약속할게, 이걸로 훨씬 진도윤한테 훨씬 더 도움 되는 정령이 되겠다고!"

"……지금도 충분하니까 오바하지 마라."

"쳇, 좋으면서 츤츤거리긴."

"그런 단어는 또 어디서 배운 거야?"

매장을 나선 진도윤은 엘라임과 수다를 떨며 다음 매장으로 향했다. 다음에 갈 곳은 그가 굳이 라스베이거스까지 온 이유, 볼드윈이 운영하는 크림슨 공방이었다.

"서머너 마스터님! 기다리고 있었습니다."

매장 앞에 다가가자, 붉은 유니폼을 입고 있는 직원이 공손히 인사해 왔다.

이미 쇼핑몰에 서머너 마스터가 등장했다는 소식을 들은 터라. 다른 손님을 받지 않고, 던전까지 개방해 둔 직원이었다.

마력의 흐름과 함께, 던전 속 공방으로 들어오자 볼드윈이 웃으며 반겼다.

"허허허, 오늘은 혼자 왔는가, 인간?"

"그럼, 혼자 왔지."

"저번에 같이 온 처자는 어찌하고? 잘 어울리더니 헤어졌나?"

눈을 좁게 뜨며 이를 드러내는 볼드윈. 덥수룩한 수염의 노인이 그러고 있으니까, 기분이 굉장히 오묘하다.

"……그런 거 아니니까, 이거나 받아."

진도윤이 팀 헤파이스토스에서 사 온 최상급 광물들을 넘겼다. 동시에, 볼드윈의 눈이 반짝였다.

"오, 이건?"

"맨날 빈손으로 오기 뭐해서, 옆 동네에서 하나 구매했지."

"A급 아다만티움에, 오리하르콘…… 거기에 미스릴까지 있잖아? 이 친구 무리 좀 했구만. 옆 동네면 팀 헤파이스토스 제품인가?"

"응, 그동안 받은 거에 비하면 티끌이지, 뭐."

진도윤이 대수롭지 않다는 듯 말했다. 매물이 없어 많이 사지는 못했지만, 매장에 있는 걸 다 털었으니 분명히 만족할 거다. 광물이나 보석에 환장한다고 알려진 드워프였으니까.

"크흐흐, 이런 선물을 준비했다는 건…… 또 원하는 게 있다는 소리겠지?"

"……꼭 그런 건 아니지만."

"하하하하, 농담일세, 농담! 저번에 선물해 준 와이번의 뼈도 잘 쓰고 있다구."

볼드윈이 호탕하게 웃어 재꼈다. 틀린 말은 아니었기에, 진도윤이 웃으며 말했다.

"실은 유리아가 돌아왔어. 걔가 쓸 만한 방어구가 있나 해서."

드워프는 직설적인 것을 좋아한다. 속내를 감추는 것보다 솔직하게 말하는 것이 훨씬 잘 먹힌다.

"오오, 유리아면, 그대의 친우 빛의 성녀가 아닌가?"

"응, 결국 구해냈지."

"크, 마음고생 하더니…… 기쁜 일이 아닐 수 없구먼!"

볼드윈은 진심으로 진도윤을 축하했다. 그가 동료들을 얼마나 애틋하게 생각하는지 잘 알기에.

"좋아! 에드야!"

"네, 할아버지!"

어느새 옆에 다가온 에드가 씩씩하게 답했다.

"오랜만에 방문한 친우를 위해 또 실력 발휘를 해보자꾸나!"

"저번에 만들었던 프리미엄 한정판 방어구를 말씀하시는 거죠?"

"그렇지, 그렇지! 아, 그리고 자네."

무언가 잔뜩 들뜬 볼드윈이 진도윤을 쳐다봤다.

"응?"

"이곳엔 얼마나 있다가 갈 건가? 늙어서 그런지 요새 통 적적해서 말일세."

"맥주나 마시자고? 한 5일 정도는 시간 낼 수 있지."

일행들과 약속한 날짜 이전은 이곳에서 지내도 상관없었다.

어차피 훈련은 장소에 구애받지 않을뿐더러 자신을 위하는 볼드윈을 위해서, 5일 정도 시간 내는 것쯤은 아무것도 아니니까.

"아니, 아니, 맥주보다는."

볼드윈이 소매를 걷으며 씩 웃었다. 대장장이답게 우락부락한 근육이 드러났다.

"나도 실력 발휘를 한번 해보고 싶어서 말이지."

"……뭐야, 은퇴한 거 아니었어?"

"어허! 친우가 기쁜 일이 있다는데, 어찌 가만히 있을 수 있단 말인가!"

"그, 그래?"

당황한 듯 말하면서도 진도윤은 내심 기대했다. 볼드윈은 그가 아는 세계 최고의 대장장이니까.

"근데, 뭘 만들려고?"

"보아하니, 자네 소환수가 쓰는 검이 굉장히 구려 보이더군."
"내 소환수면…… 둠?"
철그럭!
옆에 있던 둠 나이트가 자신의 검을 꺼내 들었다. 녀석답지 않게 굉장히 기대하는 눈빛으로.
"저 보게, 전투가 얼마나 잦았는지 이가 다 빠져가고 있지 않나."
"……그래? 튼튼해 보이는데."
확실히 외관상 문제는 없어 보였다.
하지만, 볼드윈이 누군가. 수십 년을 철만 두들기고 살던 드워프 아닌가. 그가 그렇다면 그런 거겠지.
철크럭! 철그럭!
둠 나이트도 '이게 튼튼하다니 무슨 소리 하는 거냐!'라는 표정으로 고개를 젓고 있었다. 그 모습이 너무도 귀여워 피식 웃는 진도윤이었다.
"기억나나? 자네 방어구를 만들 때 사용했던 크림슨 드래곤의 뼈 말일세."
"……그걸 어떻게 잊을 수 있겠나? 가문에 전해 내려오는 가보랬잖아."
"그때 남은 자투리로 하나 만들어보겠네. 5일 정도면 딱 적당하니, 기대해도 좋아."
볼드윈이 기대할 만하다니. 또 어떤 역작이 탄생할 것인가. 진도윤은 괜스레 심장이 두근거렸다.

깡! 깡! 깡!

공방은 어느덧 망치 소리로 가득 찼다. 작업할 때는 그것에만 열중하는 드워프의 특성상, 진도윤은 방 안에만 머무는 중이었다.

"엘."

"응?"

"괜찮아?"

"뭐가?"

진도윤의 갑작스러운 물음에 엘라임이 고개를 갸우뚱했다.

"불의 기운이 강한 곳에 오래 머무는데 불편하지 않을까 싶어서."

"끄응……. 살짝 불편하긴 한데."

진도윤의 걱정을 느꼈을까. 음흉한 미소를 지은 엘라임이 손으로 부채질하는 시늉을 했다. 마치 주인의 관심을 계속 원하는 개냥이처럼.

"역시, 그렇지? 그럼 5일 동안만 잠깐 역소환을……."

"자, 잠깐만, 진도유운!"

화들짝 놀란 엘라임이 허공에 뜬 채로 말을 이었다.

"날 뭐로 보는 거야?"

"뭐로 보긴, 불에 민감한 물의 정령으로 보지."

"헹, 나 물의 정령왕이라구! 고작 이런 E급 던전의 불 따위! 아무 타격 없어!"

"……뭐냐, 그 태세 전환은?"

진도윤이 그럴 줄 알았다는 듯, 가방에서 주섬주섬 정령석을 꺼냈다. 그녀가 이 정도 불에 아무런 타격이 없다는 건 그도 잘 안다. 그냥 수(水) 속성이다 보니, 불편할까 물어본 것뿐이다.

"끼루루루……."

괜히 옆에 편안한 듯 누워 있는 피닉스와 대조되는 상황이었으니까.

"이거라도 먹고 있어, 그럼 좀 나아지겠지."

진도윤이 책상 위에 물의 정령석을 전부 털어놓으며 말했다.

'피닉스도 먹을 수 있으면 좋겠는데.'

아쉽게도 피닉스는 돌에 이렇다 할 반응을 하지 않았다. 아무래도 정령석에 적힌 '특수한 존재'가 정령왕을 뜻하는 것 같았다.

"오오오오! 오오!"

엘라임이 잔뜩 신난 듯, 정령석 위로 다가갔다. 그러고는 눈을 감은 채, 돌의 기운을 스멀스멀 빨아들였다.

[물의 기운을 흡수합니다.]
[경험치 50,000,000exp를 획득합니다!]

[경험치 50,000,000exp를 획득합니다!]
[경험치 50,000,000exp를 획득합니다!]
……

"으아아, 좋아! 좋아!"

엘라임이 맛있는 음식이라도 먹는 것처럼 음미하기 시작했다.

동시에 수없이 올라가는 경험치 획득 창.

'이제 피닉스와 좀 밸런스가 맞춰지려나?'

현재 데몰리션의 레벨은 25, 피닉스의 레벨은 23이다. 원래 둘도 레벨 차가 꽤 났었는데, 최근 들어 격차가 많이 줄어든 상태였다.

피닉스를 얻기 전, 데몰리션이 획득한 경험치가 고작 레벨 2 차이일 정도로 4성(★★★★)의 경험치 요구량이 엄청난 탓이었다.

사라지는 정령석과 함께, 경험치를 마구잡이로 흡수할 찰나였다.

거의 90% 정도를 흡수했을까?

[띠링!]
[특수 조건을 달성합니다.]
[스킬, '물의 정령왕'(S급)이 한 단계 성장합니다.]
[스킬, '정령의 가호'(S급)가 한 단계 성장합니다.]

[스킬, '물의 분노'(S급)가 한 단계 성장합니다.]
[스킬, '물의 방패'(S급)가 한 단계 성장합니다.]
[스킬, '물의 지배자'(S급)가 한 단계 성장합니다.]
[스킬, '물의 축복'(S급)이 한 단계 성장합니다.]
[스킬, '퍼펙트 리커버리'(S급)가 한 단계 성장합니다.]

"오?"

진도윤의 눈이 휘둥그레졌다. 엘라임이 가진 모든 스킬이 한 단계 초월한 탓이었다. 소환수마다 스킬 초월 방법이 무작위인 것을 생각하면, 확실한 기연이었다.

'……게다가 한 스킬도 아니고, 모든 스킬의 초월이라니……'

설마, 지나가다 쇼핑한 것으로 초월이라는 결과를 만들어 낼 줄은 몰랐다.

'역시 돈이 최곤가?'

본래도 아깝지 않은 돈이었지만, 스킬 7개를 초월한 것 치고 굉장히 싸게 먹혔다.

"진도유운……."

"응, 맛있게 먹었어?"

"응! 신기해, 정령계에 있을 때의 힘과 한층 더 가까워진 느낌이야."

힘이 불끈불끈 나는지, 엘라임이 물방울을 사방에 피워내기 시작했다.

"좋아, 할 것도 없었는데 잘됐네."

"응?"

"초월 된 거, 어떤 능력인지 테스트나 해보자."

진도윤은 5일을 단순한 훈련으로 보냈다. 데몰리션과 피닉스는 공방 밖 공터에서 둠을 상대로 1:1을 펼쳐야 했고 그 옆에서 진도윤은 짬짬이 감응력 훈련도 진행했다.

까아앙!

데몰리션의 발톱과 둠 나이트의 검이 부딪혔다. 둠의 힘이 부족해야 하는 것이 정상이었지만, 의외로 둘은 접전을 펼치고 있었다. 공정한 대결을 위해, 진도윤이 일부러 데몰리션의 힘을 제약한 탓이었다.

'이렇게라도 배울 건 배워야지.'

비록 둠의 등급이 가장 낮다지만 순수 전투 능력으로만 봤을 때는 둠이 가장 강하다. 기사들의 성지라 일컫는 마계 동부, 타르라크에서 가장 위협적인 검술을 지니고 있었던 둠이니까.

"둘 다 이겨라! 파이팅!"

엘라임은 그들의 옆에서 회복 스킬을 걸어주는 중이었다.

그녀의 스킬 초월은 딱히 바뀐 게 없었다. 그저 모든 능력치가 기존보다 강화된 것일 뿐.

데몰리션의 '변화하는 육체'(S급)처럼 특별한 것은 없었다.

'사실 그게 맞지.'

데몰리션이 특별한 거지, 보통의 스킬 초월은 기존보다 기운의 강도나 스킬의 속도가 빨라지는 게 다였다.

그것만으로도 엄청난 효과를 보는 거였고.

"흐음, 훈련도 어느 정도 했고……. 시간도 된 것 같은데. 볼드윈은 아직도 멀었나?"

활성화된 감응력을 갈무리한 채, 일어서려 할 찰나.

"자네, 많이 기다렸나! 하하하!"

양반은 안 되는지.

멀리서 볼드윈이 웃는 모습으로 다가왔다. 굉장히 매끈하게 빠져 있는 검 하나를 든 채로.

저자가 소개했던 소환수를 강하게 만드는 방법, 3가지를 기억하는가?

레벨업을 통한 등급 업그레이드, 스킬 획득, 그리고 스킬 초월.

보통의 소환수는 저 3가지를 통해 강해진다고 했었다.

하지만 특별한 소환수는 저 3가지 외에 또 다른 방식으로 강해질 수 있다.

그 특별한 소환수가 뭐냐고?

바로 인체형 소환수다.

천사족, 악마족, 묘인족, 수인족, 엘프, 그리고 일부 언데드 등등.

인간의 형체를 그대로 닮아 무기나 방패, 갑옷 등의 아이템을 착용할 수 있는 이들은 던전 보상이나 제작된 아이템을 통해 스펙을 한층 더 강하게 끌어낼 수 있다.

소위 말하는 템셋팅이 가능해진다는 거다.

[제프리의 '서머너학 개론'에서 발췌.]

진도윤이 홀린 듯한 눈으로 볼드윈의 검을 받아 들었다.

"오오, 예뻐."

매끈한 붉은색 검집과 적당한 무게감.

스르릉!

검을 빼 들자 매끈하고도 영롱한 검신이 드러났다. 동시에 그의 눈앞에 정보창이 띄워졌다.

[아이템:마스터피스 오브 볼드윈 대검]
[등급:A]
[블랙 스미스 마스터, 볼드윈이 심혈을 기울여 제작한 대검]
[옵션:5/5]
- 용의 뼈:이 장비는 절대 파괴되지 않습니다.
- 물리 공격력 +20%.
- 상대 방어력 50% 무시.
- 치명타 확률 +30%.
- 치명타 피해 +100%.

"와……."

기대는 했었지만, 그 기대 이상이었다.

볼드윈의 걸작답게 역시 옵션도 5개였고 그 옵션도 하나같이 주옥같은 것들이었다.

'딜러용 무기 중 최상급 옵으로 평가받는 치확, 치피에 공중까지 있다고?'

보통 아이템에 들어가는 옵션은 랜덤으로 뜨게 마련이다. 그래서 좋은 옵션이 연달아 들어갈 확률이 거의 없다.

'근데 이건…….'

무려 최상위 옵션이 예쁘게 다섯 개나 붙어버렸다. 본래는 디버프로만 걸 수 있는 방어력 감소 옵션도 쓸 만했고 무엇보다도 무기는 모름지기 부서지지 않는 것만으로도 사기다.

"허허, 마음에 드는가? 오랜만에 솜씨 좀 발휘해 봤는데."

"마음에 들다마다……. 이건 둠한테 주기 아까울 정도인걸?"

철그럭!

진도윤의 농담에 옆에 있는 둠이 살짝 동요한 듯 움찔했다. 녀석 역시 보기 드문 관심을 가지는 게, 검이 무척이나 마음에 드는 모양이었다.

"허허허, 자네가 가져온 미스릴도 조금 섞었네. 수준 높은 자가 쓰면 이 무기의 진가가 더 잘 드러나겠지."

"크……. 이걸 뭐라 해야 할지."

진도윤이 감동한 눈빛으로 볼드윈을 쳐다봤다. 5일 밤낮을 거의 잠도 없이 망치를 두들긴 그를 직접 봤기에, 감동이 배가 된 탓이다.

"허허허."

뿌듯한 미소를 지으며 한참 웃던 그가 대뜸 물은 것은 그때였다.

"그나저나, 또 어디 떠나려고 하는가?"

"어?"

"자네 눈빛을 보아하니, 또 위험한 데 가려고 하는 것 같은데."

"오, 다 티가 나긴 하는구나."

과연 나이에 따른 연륜일까? 그는 진도윤의 행보를 쉽게도 짐작했다.

"미궁에서 나온 지도 얼마 안 됐는데, 너무 무리하는 거 아닌가? 동료들도 다 구했다면서."

걱정스러운 표정으로 말하는 볼드윈에 진도윤이 머리를 긁적였다.

"사정이 있다 보니, 그렇게 됐어."

"부디 몸조심하게."

볼드윈이 깊어진 눈빛으로 말을 이었다.

"늙다 보니 걱정이 들어서 하는 말이야. 자네는 내 유일한 친우이자 은인이니까."

과거 범죄집단에서 구출해 냈던 이야기. 진도윤이 올 때마다 꺼내는 말이기도 하다.

"너무 걱정하지 마. 나 생각보다 명줄이 질긴 것 같거든."

괜스레 마음이 따듯해진 진도윤이 멋쩍게 웃으며 답했다.

'100년이 넘도록 살아 있는 거 보면 말이지.'

크림슨 공방에서 나온 진도윤은 곧바로 데스 밸리(Death Valley)로 향했다. 어차피 둘 다 미국이기에, 한국에 들르는 것보다 동선상 그게 낫다고 판단했기 때문이다.

'어차피 시간도 다 됐고.'

벌써 일주일이 흘렀다.

그간 있었던 일이라고는 먼저, 김제하가 여정에서 빠지기로 했다.

[형님, 그곳을 따라가기엔 제 실력이 아직 부족하다고 생각합니다. 여정에 따르기보단, 바깥에서 프리덤의 동향을 감시하고 '살림' 운영에 더 힘쓰려 합니다. 아, 그리고 형님 요청에 따라 구 풍운 길드 멤버들을 받아들였습니다. 이혜연에게는 간부 자리와 지사 하나를 내어준 상태. 특별한 일 있으면 곧바로 보고하겠습니다.]

비행시간에, 김제하에게 온 문자였다.

'나쁘지 않은 선택이긴 하지.'

자신의 실력을 알고, 빠질 때 빠질 수 있는 것. 그것도 실력이라면 실력이었다. 비록 일행들과의 격차는 더욱 벌어지겠지만, 그것 말고도 할 수 있는 일이 많을 테니까.

 김제하는 무력으로 돕는 것보다 정보로 돕는 것을 선택한 것이다.

 "여~ 왔어?"

 미국 캘리포니아 남동부. 데스 밸리에 도착하자, 먼저 와 있는 유리아가 반갑게 인사했다. 그녀 옆에는 배낭을 하나씩 메고 온 제프리와 유아린도 보였다.

 진도윤, 제프리, 유리아, 유아린. 이렇게 넷이 이번 S급 던전 여정의 멤버였다.

 "후, 던전에 나오자마자 또 던전이라니……. 근데 그건 있더라."

 진도윤이 다가오자, 유리아가 옅은 한숨과 함께 입을 열었다.

 "그토록 원했던 세상이었는데, 뭔가 어색한 느낌……? 나 은근히 던전 체질인가 봐. 던전이 더 편한 걸 보면."

 "처음이라 그런 걸 거야."

 100년 동안 던전살이를 하다, 편한 집에서 자면 오히려 더 불편하다.

 미궁에서는 깊은 잠에 빠져본 적이 거의 없었으니까.

 "나도 제프리도 그랬었거든."

 초반에 어색했던 숙소를 떠올린 진도윤이 희미하게 웃었다.

"그나저나 유아린, 애 대박이더라."

"응?"

"이번에 마스터 어디 가 있을 동안, 제프리랑 유아린이랑 A급 던전 한 번 돌았었거든?"

"오, 셋이 합 좀 맞췄나?"

"응, 딜러 역할 충분히 하더라. 완전 옛날 마스터를 보는 것 같았다니까?"

"……그런 극찬을?"

유리아는 걸으며 입이 마르도록 유아린을 칭찬했다. 옆에서 따라오며 쑥스러운 듯 웃는 유아린을 보니, 셋도 꽤나 가까워진 것 같았다.

'살짝 차가운 성격이라 걱정했는데.'

유리아가 먼저 다가가 친해진 듯했다. 그녀는 함께 있으면 심리적으로 안정되게끔 해주는 능력을 갖췄으니까.

'좋은 거지.'

S급 던전에 들어가기 전, 서로의 합은 필수다. 마음이 맞고 불화가 없어야 서로의 등을 마음 놓고 맡길 수 있기 때문이다.

진도윤 일행은 두런두런 이야기하며, 소금 바닥을 걸었다. 한 번 가봤던 곳이라, 그 위치를 찾는 것은 어렵지 않았다.

"여기야?"

S급 던전 치고는 미약한 감응력을 뿜어내는 던전. 과거, 최후의 미궁처럼 엄청난 존재감을 드러낼 줄 알았는지, 살짝 실망한 듯한 유리아의 모습이었다.

"들어가 보면, 또 다를 거야."

피식 웃은 진도윤이 양피지를 꺼내 들자, 유리아의 눈이 휘둥그레졌다.

"응? S급 던전, 선택의 기로? 감응력이 하나 올랐어!"

최초 업적 달성 보상일 터였다. 그녀를 제외하고는 저번에 다 받았기에, 별다른 메시지는 떠오르지 않았다.

"그럼…… 바로 간다, 다들 준비됐지?"

"준비됐다."

"준비됐어요."

제프리와 유아린이 곧바로 답했고.

"……."

어깨를 으쓱이며 고개를 끄덕이는 유리아.

"좋아, 출발하자고."

진도윤은 망설임 없이 열쇠 구멍에 양피지를 꽂았다.

파밧!

터지는 섬광과 함께, 넷의 신형이 흔적도 없이 사라졌다.

사방에 꽃이 깔린 산뜻한 정원. 그곳에 도착한 남성이 침을 꼴깍 삼켰다.

'이곳의 분위기는 언제 봐도 적응이 안 된단 말이야.'

남성은 프리덤의 세 번째 간부이자 구 흑철 길드의 수장, 서동희였다.

'대악마를 다룬다는 작자가 이런 꽃밭을 가꾸다니, 참…… 언밸런스한 일이지.'

그는 진도윤을 만난 후, 그것에 대한 보고를 위해 노야를 만나러 온 상태였다. 과거 리처드와 달리, 서동희는 그렇게 긴장하는 눈치는 아니었다.

10 악마 중 하나를 부리게 된 순간부터 그는 프리덤의 대계 그 자체 아무리 노야라 해도 함부로 버릴 패는 아닐 테니까.

"쯧쯧쯧……."

얼마쯤 기다렸을까, 꽃길을 통해 백발의 노인이 혀를 차며 걸어 나왔다. 서동희는 일단 공손하게 허리를 숙였다.

"오셨습니까, 노야?"

"……아직 힘을 드러내지 말라 했거늘. 왜 이리 힘을 쓰지 못해 안달인 게냐?"

"그게……. 사정이 있었습니다."

"그래, 들어나 보자꾸나."

"넷째가 서머너 마스터에게 당한 것은 알고 계시는지요?"

"……그렇다. 마르바스에게 전해 들었지. 한낱 벌레라 생각했거늘. 제법 귀찮게 하는구나."

놀랍게도 노야는 진도윤에게 당했던 안개의 악마, 마르바스를 언급했다.

"그를 직접 만나고 왔습니다."

"……."

노야는 뒷짐 진 채, 가만히 서동희를 응시했다.

더 말해보라는 의미.

하지만 그 표정에 두려움이나 걱정은 없었다. 그저 한낱 눈앞의 파리가 귀찮게 한다는 정도의 표정일 뿐.

"노야……. 그를 벌레라 생각해서는 안 됩니다. 그는 분명 우리의 대계를 그르칠 수 있는 저력을 갖추고 있습니다."

"고작, 인간이 말인가?"

"바사고가 말했습니다. 그가 끔찍한 파괴의 힘을 다루고 있다고……."

"파괴의 힘이라……. 그래, 분명 두려운 힘이긴 하지."

그제야 인정한다는 듯 노야가 고개를 끄덕였다.

"하지만 그 힘은 가짜다. 진정한 파괴의 힘이 아니야."

노야는 고개를 절레절레 흔들었다.

"그리고 인간은 물론, 10 악마조차도 절대 파괴의 온전한 힘을 끌어낼 수는 없지. 그건 걱정할 게 아니다."

"하지만……."

서동희는 여유로운 노야가 답답했다.

그는 서머너 마스터를 잘 안다. 그 사람이 불가능하다고 말해왔던 일들을 달성했던 것들도. 그가 해왔던 노력과 집념도.

서동희는 솔직히 그게 가장 무서웠다.

하지만 노야는 털털하게 웃었다.

"동희야."

"네, 노야."

"더 문, 요미와 함께 대계에만 집중하거라. 너도 알지 않느냐?"

더 문(The moon)은 1간부의 이명이며, 요미는 2간부의 이름.

빙그레 미소 지은 노야가 말을 이었다.

"대계만 완성되면, 네가 걱정하는 그 아이는커녕…… 가이아와 그 외의 신들도 손가락만 빨아야 할 거란 걸."

"그, 그렇겠지요……."

서동희는 고개를 끄덕이며 인정했다. 대계가 완성되면, 이곳에서도 악마의 힘을 온전히 꺼낼 수 있다. 그렇게만 된다면, 서머너 마스터뿐만 아니라 그 할애비가 와도 막지 못할 거다.

'그런 날만 와준다면……'

서동희는 음흉한 미소를 지으며 미래를 상상했다. 살려달라고, 미안했다고 비는 서머너 마스터와 그를 짓밟는 자신의 모습을.

그런 서동희를 보던 노야가 싱긋 웃었다.

"동희야, 내가 많은 사람 중 왜 너를 선택한 줄 아느냐?"

"다른 이유가 있습니까?"

"자신의 욕망을 마음의 이면 속에 꽁꽁 숨기는 이들과 다르기 때문이다. 너처럼 솔직하게 드러내는 게 자연스러운 것이거늘. 끌끌."

"호호, 그렇습니까?"

"조금만 더 기다리거라. 곧 우리가 원하는 세상이 펼쳐질 테니."

"명심하겠습니다, 노야!"
그제야 환하게 웃으며 씩씩하게 답하는 서동희였다.

던전의 구조는 옛날과 똑같았다. 갈림길도, 트랩도 없는 일직선의 황금 로드.
길가에 널려 있는 B급 '황금 고블린'(★★★★★)들을 처리하며 지나가자, 곧 희미한 존재가 나타났다.
스스슥!
투명한 유령의 생김새.

[띠링!]
[임무 클리어!]
['선택의 장'에 도달합니다.]
[관리자 '존'이 여러분을 맞이합니다.]

관리자, 존의 등장이었다.
"오셨군요, 여러분."
"오래간만이네, 존."
가장 선두에 선 진도윤이 대표로 인사를 받았다.
'또 보네……. 관리자라는 존재.'
녀석들이 어떤 존재일까에 대한 의구심은 루이스 때부터 가지고 있었다. 그러나 이제는 어렴풋이 알 것도 같았다.

'냄새.'

분명 존에게서 익숙한 향이 느껴졌다.

'감응'을 통해 만났던 가이아의 향.

'그럼, 가이아가 배치해 놓은 툴 같은 느낌인가?'

진도윤이 눈을 가늘게 뜨고 보자, 존이 빙그레 웃으며 말했다.

"가이아께 이야기는 전해 들었습니다. 조금 늦으셨네요."

"……!"

순간, 일행들의 움직임이 경직되는 게 느껴졌다. 미리 말해 놓긴 했어도 '가이아'라는 이름이 가져오는 여파는 어쩔 수 없는 듯했다. 일단은 모든 서머너들의 어머니와 같은 존재로 알려진 게 가이아니까.

막상 들으니, 두려우면서도 신기한 감정이 이는 것이다.

"뭐, 늦긴 했어도, 오긴 왔잖아?"

"하하, 그렇죠. 와주신 것만으로도 참 감사한 일이죠. 다만 조금 급하게 움직여야 할 것 같습니다."

"급하게?"

"그렇습니다. 마계의 움직임이 심상치 않거든요."

따악!

유령이 두 손가락을 튕기자, 주변 환경이 뒤바뀌었다.

여느 때와 같은…… 차원의 틈이 있는 동굴이었다.

"이번엔 틈이 하나네?"

예전에는 본래의 세상으로 돌아갈 수 있는 오형 색색의 틈과 마계로 향하는 칙칙한 틈이 있었다면, 지금은 새하얀 빛으로 뒤덮인 틈뿐이었다.

"이미 과반수가 선택의 장을 통과하셨던 분들이니까요. 각오가 되신 분들을 상대로 장난을 치진 않습니다."

"장난?"

역시, 그때의 선택은 장난질이었던 걸까? 녀석은 과거, 오형 색색의 틈으로 들어가면 소환수 풀 증가 보상과 함께 바깥으로 내보내 주겠다 했었다.

"하하, 맞습니다. 그때 복귀를 선택했다면…… 여러분들은 이 자리에 없으셨겠죠. 차원의 틈에 영영 갇혀 나오지 못했을 겁니다."

"허……?"

저런 말을 웃으면서 한다고? 옆에 있던 유아린 역시 황당했는지, 입을 뻐끔거리고 있었다.

존이 싱긋 웃었다.

"너무 미워하지 마세요. 그때는 그저 던전 컨셉을 지켰을 뿐이니까요. 눈앞의 보석들로 힌트도 주지 않았습니까, 하하."

"그래서 저번처럼 우리한테 도전자라고 부르지 않는 거였군요?"

"오, 그것까지 캐치하셨습니까? 예리하시네요."

유아린의 물음에 존이 고개를 끄덕였다. 확실히 녀석은 우리를 도전자보다는 손님(?) 정도로 대우하는 느낌이긴 했다.

"내가 더 예리한 거 보여줄까?"

"어떤 거요?"

존이 고개를 갸웃하자, 진도윤이 씩 웃었다. 그러고는 하얗게 빛나는 틈을 가리켰다.

"저거, 틈 색이 저번이랑 다르잖아. 느껴지는 기운도 그렇고. 이번에 가야 할 곳이 마계가 아닌가 보지?"

"오호, 예리하긴 하셨지만, 70점짜리 답변이네요."

"뭐야? 70점? 왜 이리 짜?"

진도윤이 황당한 표정을 짓자, 존이 검지를 흔들었다.

"마계가 아니란 것 정도는 누구나 예측할 수 있을 테니까요. 중요한 건 저곳이 어떤 곳인지, 아니겠습니까?"

"허, 이게 참. 사람 뭐로 보고."

존의 제스처에 옅은 한숨을 내뱉은 진도윤이 말을 이었다.

"검은색이 마계였다면, 하얀색은 뭐, 천계나 이런 곳이겠지. 그게 어떤 곳인지는 모르지만……. 유리아가 천사족인 미카엘을 가지고 있는 이상, 분명 존재하는 세계일 테니까."

"오."

짝짝!

존이 훌륭하다는 듯, 손뼉을 쳤다.

"정답! 이제야 100점짜리 답변이네요. 정확히 천계가 맞습니다."

"쩝, 재미없는 점수 놀이는 그만하고. 궁금한 게 하나 있다."

진도윤의 눈빛이 가라앉자, 존이 고개를 갸웃했다.

"어떤 게 궁금하십니까?"

"사실 그곳이 천계든 마계든 그건 나한테 아무런 상관이 없거든. 내가 궁금한 건, 가이아가 왜, 어떤 의도로 우리를 그곳에 보내려 하느냔 거지."

던전의 형태가 어떻든 깨면 그만이긴 하다. 문제는 우리가 왜 그 던전을 깨야 하냐는 것. 또한 그것으로부터 얻는 게 무엇이냐는 것.

"어어…… 저런, 무언가 착각하고 계신 것 같네요."

"착각?"

"저는 가이아의 명에 따라 여러분을 인도하는 역할만 할 뿐, 그분께서 어떤 의도를 가지고 있는지는 전혀 알 수 없습니다."

"너도 모른다는 거야?"

"아쉽게도 그렇네요."

존이 울상을 지으며 말을 이었다.

"다만 확실한 건, 가이아께선 여러분들이 저 틈에 들어가는 것을 원한다는 겁니다. 네, 천계로요."

"후, 천계라……. 천계……."

등을 돌린 진도윤은 일행들과 눈을 마주쳤다.

꿀꺽!

다들 한차례 침을 삼키고 있었다. 미궁 전적이 있는 동료들도, 마계에 참여했던 유아린도 긴장할 수밖에 없는 상황이었다. 어쨌든, 인류가 가보지 못했던 새로운 세상의 입구가 눈앞에 있는 거니까.

"마스터."

제프리가 낮은 목소리로 입을 연 것은 그때였다.

"네비로스도 천계의 지리나 구조에 대해서는 하나도 모른다더군. 알다시피, 정보가 없는 고난이도 던전은 위험할 수 있다."

"흐음, 천사족, 미카엘이 있으니 괜찮지 않을까?"

진도윤이 유리아를 쳐다봤다.

그녀가 고개를 끄덕였다.

"마스터 말이 맞다면, 우리 미카엘도 천계에선 각성하겠지?"

미카엘은 풀 각성 상태임에도 말을 하지 못한다. 그래서인지 유리아는 더욱 기대하는 표정이었다.

'천계라면.'

그녀가 두 손가락을 꼼지락거렸다. 100년 이상 키웠던 미카엘의 본모습을 볼 수도 있다는 것에서 오는 설렘이었다.

"들어가 보면 안다는 거지? 그럼 바로 들어가 볼까?"

진도윤의 물음에 제프리가 걱정스러운 표정을 지었다.

"정말, 이렇게 아무것도 모른 채 들어가도 괜찮을까?"

솔직히 제프리는 이번 목적지도 마계인 줄 알았다.

그곳은 둠과 네비로스가 있기에 어느 정도 안전이 보장된다.

'하지만, 천계는.'

제프리가 입술을 깨물었다. 그 누구도 안전을 보장할 수 없다. 최후의 미궁 때와 같은 비극을 또다시 맞이할 수 있다는 것.

그런 그의 마음을 읽은 진도윤이 제프리의 어깨를 톡톡 두드렸다.

"어쩔 수 없잖아, 이미 던전엔 들어왔고 존도 모른다는데. 가긴 가야지. 선택의 여지가 없어. 알지? A급 밀랍 날개는 여기서 안 통하는 거."

"그건 그렇지."

"기억나? 미궁 때도 그랬었던 거? 원래 던전에 들어가기 전 정보는 모르는 게 정상인 거야. 너무 걱정하지 말자."

어차피 각오했던 일이었다. 부딪쳐 보고, 그때 가서 판단해도 충분하다는 게 진도윤의 생각이었다.

"후, 알겠다. 마스터 말대로 일단은 다른 방법이 없으니."

제프리의 답을 끝으로 모든 일행들이 고개를 끄덕였다.

6장

[업적 보상 도착!]
[천계 서쪽 구역 - '가드웨스트'를 발견하셨습니다.]
[감응력이 한 단계 성장합니다.]
[추가 감응력 +1]

"오우."

틈 안에 들어서자마자 시야에 나타난 것은 시원하게 바람이 부는 대지. 그것도 허공에 떠 있는 부유섬 끄트머리에 존재하는 마을이었다.

유리아가 입을 벌리며 감탄했다.

"와우, 저기 낭떠러지 밑 봐봐. 저거 바다 맞지? 헐, 구름도 바로 눈앞에 있어!"

"천계라더니, 진짜 하늘에 있는 세상일 줄은 몰랐네."

진도윤이 사방에 소환수들을 배치하며 중얼거렸다.

아무런 정보가 없는 만큼, 경계는 필수.

나머지 일행들도 전투를 준비했다.

진도윤은 가라앉은 눈빛으로 주변을 둘러봤다. 인간들이 사는 것과 비슷한 모습의 마을, 광장, 분수대 등등.

"유리아."

"응?"

"미카엘은 뭐, 반응 없어?"

마계에서는 네비로스와 둠이 본연의 힘을 낼 수 있다.

그런 만큼, 미카엘도 그럴 줄 알았지만.

"아니? 들어오기 전이랑 똑같아."

들려오는 대답은 그렇지 않았다.

굉장히 실망한 듯한 유리아의 목소리.

"흠, 좋지 않은 상황이네."

"어떡할까?"

"일단, 기다려 봐야지."

던전에 들어오고 몇 분이 흐르면, 임무가 떨어지게 마련이다. 우선, 그 임무를 보고 판단하기로 했다.

[띠링!]
[가이아의 특별 임무가 도착합니다.]
[임무 - 북쪽 도시, 가드노스로 이동.]
[가드노스로 이동해 그곳의 통치자 루시퍼를 만나세요.]

[용사들에게 천족의 인장이 부여됩니다.]

어느 정도 시간이 흐르자, 시야에 메시지가 떠올랐다.
동시에 어깨에 느껴지는 통증.
"으읏!"
"끄읍?"
치이익!
살 익는 냄새와 함께 붉게 생긴 날개 모양의 인장이 보였다.
'천족의 인장?'
스윽! 스윽!
진도윤이 손으로 어깨를 쓸자, 정보창이 나타났다.

[징표:천족의 인장]
[등급:無]
[가이아가 급조한 인장, 모든 천족들이 서머너와 소환수를 동족으로 인식한다. 천계에서만 사용 가능.]

"뭐야? 이게."
"……아무래도 마계와는 분위기가 사뭇 다르군."
제프리의 말마따나, 확실히 보자마자 싸움부터 걸어오던 마계와는 분위기가 달랐다.
멀리서 어떠한 존재들의 시선이 느껴졌으니까.
'날개는 없는데……. 천족들인가?'

진도윤이 바라보자, 저들이 숙덕이기 시작했다.

"쟤들은 누구야?"

"우리랑 같은 하급 천족들인데?"

"그렇긴 한데, 처음 보는 얼굴들이야. 다른 곳에서 왔나 봐."

"갑자기 우리 마을엔 어쩐 일이지? 수도 꽤나 많잖아?"

또한, 놀랍게도 저들이 속닥이는 말들이 정확히 이해되어 뇌리에 꽂혔다.

"……"

진도윤은 눈을 감고 귀에 감각을 집중했다. 아무런 정보가 없는 상황에서, 저들의 모든 행동들은 달달한 힌트가 될 수도 있을 테니까.

'일단 우리보고 자신들과 같은 하급 천족이라 했어.'

심지어 저들은 뀨웅거리는 데몰리션까지 천족으로 인식하는 듯했다. 안전하게 임무를 수행하라는 가이아의 배려일까? 저들이 소환수도 천족으로 인식해 주기만 한다면, 적응이 더욱 빠를 터.

진도윤은 들려오는 목소리들을 계속 캐치했다.

"근데 이곳 오지까진 어떻게 온 거지?"

"뭐, 몬스터 잡고 왔겠지. 저 정도 수면 아무리 하급 천족이라도 넘어올 수 있을 만해."

"쩝, 그런가?"

몇 번 대화를 나누더니 금세 관심을 끈 채, 제 갈 길을 가는 천족들.

'몬스터? 분명 몬스터라 했지?'

진도윤이 눈살을 찌푸렸다.

몬스터는 던전에서 나오는 녀석들을 뜻한다.

'그리고.'

해석되어 들려오는 의미를 따져봤을 때 분명 저들이 말하는 몬스터와 자신이 알고 있는 몬스터의 의미는 동일했다.

천족의 언어가 어떤 식으로 사용되는지는 몰랐지만 단어 하나에서 오우거, 코볼트, 고블린 등의 이미지가 그려졌으니까. 심지어 최근에 얻은 소울 콜렉터의 이미지도 느껴질 정도였다.

"허, 이거 설마."

진도윤이 고개를 좌우로 꺾었다.

항상 궁금했었다. A급의 피닉스가 본래의 세상에서 100%의 힘을 내는 것처럼 던전에 사는 녀석들의 본래 세상은 어딜까 의문이었는데.

'천계였구나.'

천족이 어떤 존재인지, 이곳이 어떠한 지형을 가지고 있는지는 차차 알아가 봐야겠지만.

"이거 점점, 재밌어지잖아?"

새로운 정보에 미소가 점점 짙어지는 진도윤이었다.

"다들 모여봐."

분수대 앞에 모인 일행들을 바라보며 진도윤이 입을 열었다.

"일단 이 인장이 있는 이상, 우리한테 이렇다 할 적대감은 없는 것 같거든?"

그 이후로 마을 이곳저곳을 살폈지만, 천족들은 별다른 반응이 없었다. 그저 처음 보는 동족 취급을 할 뿐.

"우선 각자 흩어져서 정보를 캐보자."

"흩어져서요?"

유아린이 불안한 듯 묻자, 진도윤이 고개를 끄덕였다.

"응, 그래야 더 스피디하게 캐낼 수 있을 테니까. 이 정도 작은 마을에서 다 같이 다니는 건 비효율적이야."

"맞는 말이다."

제프리가 진도윤의 말에 동의했다. 그러고는 진조와 네비로스를 꺼냈다.

"난 소환수들을 이용해 마을의 구조를 살피고 주변을 정찰하도록 하지."

"아, 그럴래? 하는 김에 아까 저들이 말했던 몬스터가 어떤 존재인지도 더 자세히 파악해 봐."

"안 그래도 그러려 했다."

제프리의 임무는 정해졌고.

"그럼 난 저기 이 마을에서 가장 큰 건물을 조사해 볼게."

유리아가 저 멀리 솟아 있는 건물을 가리키며 말했다.

"모름지기 큰 건물에 있는 정보도 큰 법이거든."

제프리와 유리아가 대수롭지 않게 나오자, 불안했던 유아린도 별수 없었다.

"으음······. 그럼 전 주변에 음식점이 있나 찾아볼게요. 네비 아래 마을에서처럼, 천족들이 많이 모여 있을 수 있으니까요?"

유아린은 볼을 긁적이며, 자신이 할 일을 찾았다.

솔직히 그녀는 속으로 감탄하고 있었다.

'과연, 생각하는 것 자체가 남다른 사람들이야.'

보통의 서머너들이라면, S급 딱지가 붙은 던전에서 떨어질 생각을 할까? 절대 아니다. 오히려 꽁꽁 붙어서, 하나하나 조심히 파악하겠지.

하지만, 이들은 그렇지 않았다. 조심할 땐 누구보다 조심했고, 과감할 땐 또 더없이 과감했다. 서로의 팀워크도 좋았지만, 각자의 실력에도 자신이 있어야만 나오는 행동들이었다.

"좋아."

짝짝!

진도윤이 박수를 쳤다.

"다들 알다시피 임무는 정해졌어. 북쪽 도시 가드노스로 가는 것. 최대한 그 위주로 캐보되, 사소한 것들도 다 가져와서 종합해 보자고."

"장소는요?"

"2시간 뒤, 이곳 분수대 앞."

진도윤이 시원하게 뿌리는 물줄기를 가리켰다.

스륵!

동시에 일행들의 그림자에 작은 박쥐가 한 마리씩 스며들었다.

진조의 정찰용 박쥐였다.

"안전은 너무 걱정하지 마라. 각자 몸에 박쥐를 붙여놨으니, 신호 보내면 즉시 분수대로 달려오는 걸로 하자."

제프리의 말을 끝으로, 본격적인 천계 정찰이 시작됐다.

저벅, 저벅.

진도윤은 우선 마을 골목을 구석구석 돌았다.

천계도 어찌 보면, 사람 사는 공간이랑 비슷했다. 각종 건축물이 있고, 가로수가 있었으며 하늘에 해도 떠 있었다.

진도윤은 벽돌로 이루어진 바닥을 걸으며, 상념에 잠겼.

'가이아가 이곳에 보낸 이유가 뭘까?'

그녀와 다시 만나기 위해선, '감응' 스킬의 비활성화가 풀려야 했다. 그리고 '감응'의 쿨타임은 아직 2주나 남아 있다. 그전까지는 그녀의 의도를 추측하는 수밖에 없다는 말.

'우선, 루시퍼에게 뭔가 있는 것 같고.'

진도윤은 주어진 임무를 다시 펼쳐봤다.

[임무 - 북쪽 도시, 가드노스로 이동.]

[가드노스로 이동해 그곳의 통치자 루시퍼를 만나세요.]

가이아가 원하는 것은 가드노스로의 이동. 그렇다면 왜, 바로 루시퍼에게 보내지 않고 이곳 가드웨스트에 떨어뜨려 놨을까?

'아직 만날 준비가 되어 있지 않다는 거겠지.'

현재로서 할 수 있는 가장 최선의 추측이었다.

마계도, 천계도 원활하게 임무 수행을 하기 위해서는 지금보다 더 강해져야 한다는 말이리라.

'10 악마만 보면 확실히 그렇긴 해.'

진도윤도 인정했다. 아직 자신의 힘으로는 10 악마의 본체들을 감당해 낼 수 없다.

강해질 수 있는 길이 남아 있는 한 계속 달려야 했다.

만약 천계가 그 수단이 될 수 있다면? 최대한 이용해야겠지.

"음?"

그렇게 얼마 정도 걸었을까. 진도윤은 예쁘게 꾸며진 정원 하나를 발견할 수 있었다.

마을의 휴식처쯤 돼 보이는 공간이었는데 그곳 벤치에는 날개 한 쌍이 달린 아이 천족이 실타래를 만지며 앉아 있었다.

'오, 날개가 있네?'

짧은 시간이었지만, 지금껏 봐왔던 천족들에게는 분명 날개가 없었다. 하지만, 저 여자아이는 분명 날개가 달려 있었다.

게다가 외모도 다른 천족에 비해 월등한 느낌.

'좋아. 쟤로 정하자.'

마음속으로 그녀를 새로운 정보원으로 낙점한 진도윤이 거리낌 없이 다가갔다.

"꼬마야, 여기 앉아서 뭐 하고 있는 거니?"

그가 부르자, 아이의 핑크빛 눈동자가 진도윤을 향했다. 그러고는 이내 눈살이 찌푸려졌다.

"꼬마?"

"아……. 꼬마라 부르면 안 되나? 내가 실수한 건가?"

진도윤이 멋쩍게 웃으며 머리를 긁적이자, 아이가 답했다.

"천족의 나이는 외모와 무관하다는 것이 기본이거늘. 내 나이가 200이 넘는데, 어찌 어린 사람을 부를 때 쓰는 호칭을 한단 말이냐."

"……200살?"

진도윤의 눈이 휘둥그레졌다.

'뭐야, 할머니였어?'

생각지도 못한 발언에 잠깐 당황한 진도윤은 이내 실수를 인정했다.

어쩌겠는가. 일단, 정보를 캐내야 하니, 비위를 맞출 수밖에.

"하하, 미안, 미안……. 내가 기억 상실증에 걸려서. 내가 실수했네."

"……기억 상실증? 그건 또 무슨 신박한 저주더냐?"

번역되는 언어에서 그 의미를 파악한 천족이 고개를 갸웃했다. 아무래도 그녀는 진도윤의 변명을 저주로 인식하는 듯했다.

'오히려 잘됐어.'

잘 모르는 것들은 기억이 없다 얼버무리면 될 테니까.

"저주에 걸렸으면…… 신전에 가서 치유를 받을 것이지. 왜 정원에 있는 거냐?"

"신전……?"

"어쩐지, 하급 천족 주제에 예도 갖추지 않더라니……. 그 부분은 용서해 줄 테니 이만 갈 길 가보거라."

이윽고 그녀가 팔짱을 낀 채 고개를 획- 돌려 버렸다. 입을 꾹 다문 게, 더는 말을 잇기가 싫은 듯했다.

'아씨, 어떡하지?'

천족 앞에 하급이 붙을 때부터 불안하다 했더니 계급 사회 비슷한 거였나?

진도윤이 고민하고 있을 찰나.

꼬르륵!

그녀의 배에서 활발한 장 소리가 들려왔다.

눈이 휘둥그레져서 자신의 배를 만지는 그녀. 배고프면 집에 갈 법도 한데, 정원에서 움직이지 않는다.

'사정이 있나?'

궁금해진 진도윤이 다시 물었다.

"배고파?"

"……."

진도윤의 물음에도 그녀는 꿈쩍도 하지 않았다. 옅은 한숨을 내쉰 진도윤이 배낭을 뒤적거렸다.

그러고는 챙겨온 비상식량을 꺼냈다.

에너지 바와 도시락, 라면, 초콜릿 등등.

"이거라도 먹을래?"

"……그건 또 무슨 쓰레기들이더냐?"

"쓰레기라니, 이렇게 맛있는걸."

에너지 바 하나를 까, 한 움큼 베어 문 진도윤의 눈동자가 이내 휘둥그레졌다.

"으웩, 퉤!"

혀에서 느껴지는 쓰디쓴 맛. 평소 먹던 에너지 바의 맛이 아니었다. 아무리 배고파도 도저히 먹을 수가 없는 그런 맛이었다.

[삐빅!]
[천족은 과일만 섭취할 수 있습니다.]

"미친!"

뭐 이딴 설정이 다 있단 말인가.

진도윤이 허무한 표정을 지었다. 던전을 준비하며 챙겨온 대다수 음식들이 무용지물이 되어버릴 지경이었으니까.

'게다가 만약 여기 또 갇힌다면……?'

또 오랫동안 라면의 맛을 못 느낄 수도 있었다.

"하. 제기랄."

진도윤이 끔찍한 듯, 한숨을 내쉬었다.

'일단, 과일이라도 줘볼까?'

다행히도 인피니티 백팩 안에는 아보카도, 바나나 등의 고열량 과일도 소수 들어가 있었다. 진도윤이 가방 속에서 바나나 하나를 뜯어내 그녀에게 내밀 때였다.

"무, 무슨……?"

무표정하니, 동요가 없던 그녀가 입을 떡 벌렸다.

그러고는 벌떡 일어나 온몸으로 바나나를 가렸다.

"마, 말도 안 돼! 무슨 하급 천족이 이런 귀한 음식을 가지고 있단 말이냐! 어서 숨기거라!"

"……그게 무슨 소리야?"

"바나나는 인간계에서만 구할 수 있어 상급 천족들도 쉽게 먹지 못하는 것이거늘……! 이런 못사는 동네에서 꺼냈다간 큰일을 치를 수도 있단 말이다!"

"이게 여기선 그렇게 귀해?"

"……정말 심각한 저주에 걸린 녀석이로구나."

한숨을 내쉬며 고개를 절레절레 젓는 천족. 진도윤은 그런 그녀의 행동에서 그녀가 생각보다 순수한 천족이라는 것을 알 수 있었다.

바나나가 왜 귀한 것인지는 둘째 치고 그런 귀한 것을 숨겨준 후에 뺏으려 하지도 않았으니까.

"많이 아픈 것 같은데, 차라리 이걸 가지고 신전에 가거라.

이걸 봉헌하면, 그 신박한 저주는 손쉽게 풀어줄 거다."

"바나나를 봉헌하라고?"

"그래, 절대 먹을 생각하지 말거라. 네 녀석이 10년간 사냥을 다녀도 못 구할 만큼 진귀한 물품이니까."

진중한 그녀의 말에 진도윤이 피식 웃었다. 그러고는 가방에서 바나나를 한 다발 꺼냈다.

무려 수십 개가 달린 녀석이었다.

"글쎄……. 그런 거, 난 이렇게 많은데?"

"이, 이, 이게 무슨……?"

원래도 큰 그녀의 눈이 찢어질 듯 커졌다.

'운이 좋네.'

하필 과일을 챙겨오다니.

이것만 있으면, 정보를 더 쉽게 얻을 수도 있으리라.

진도윤은 바나나를 하나 뜯어 그녀에게 다시 내밀었다.

"이거 하나 줄 테니. 뭐 하나 묻자."

그러고는 아주 달콤해 보일 수밖에 없는 제안을 했다.

"그러니까……. 날개가 없는 녀석들이 하급 천족이고, 한 쌍이 중급, 두 쌍이 상급이란 거지? 그럼 넌 중급 천족인 거네?"

"그렇다. 그리고 오직 천사들부터가 세 쌍 이상의 날개를 지닐 수 있지."

정원에 편하게 앉은 그녀와 진도윤은 벌써 한 시간째 대화를 나누는 중이었다.

"천사?"

"하……. 정말 아는 게 하나도 없구나. 천사는 천족들 중 최강의 전사들에게 부여하는 칭호이니라. 그 천사 중에서도 정점에 있는 자들만이 대천사의 호칭을 얻지. 천사와 천족은 아예 다른 개념이기에 하급 천족도 노력만 하면 여섯 쌍 날개의 대천사가 될 수도 있느니라. 역사상 그런 적은 한 번도 없었지만……."

그녀와 대화하면서, 진도윤은 천계의 지식들을 조금씩 습득해 나갔다.

우선, 이곳은 과거 대천사 미카엘이 다스렸다는 '가드웨스트' 구역. 천계의 중앙에는 커다란 세계수가 자리 잡고 있었고 동서남북의 섬을 세계수의 가지가 지탱하고 있는 구조라 했다. 그렇기에 일반적인 방법으로는 절대 다른 구역으로 이동할 수 없다고도 했다.

'답도 없는 상황이네.'

오직 한 가지 방법이 있었는데 가드웨스트 중앙도시에 있는 텔레포트 기계를 이용하는 것.

하지만, 그 가격이 굉장히 비쌀뿐더러 상급 천족들이나 천사들만이 이용할 수 있다고도 했다.

'상급 천족은 태생 개념인 것 같으니까, 결국 천사가 되어야

한다는 거구만?'

 그녀는 진도윤이 잘 이해하지 못할 때면, 친절하게 풀어서 설명해 주기까지 했다. 고작 몇 시간 떠드는 거로 바나나 하나를 얻을 수 있다는 사실에 온갖 열정을 다하는 중이었다.

 "오케이. 가드노스로 가기 위해서는 우선, 이곳에서 가장 큰 도시로 이동해야 한다는 거지?"

 "그렇다. 하지만, 도시와 도시 사이에는 끔찍하고 흉악한 괴물들이 존재하느니라. 그래서 이런 변방에 있는 마을은 식량이 부족할 수밖에 없지."

 그녀가 배고프면서도 집에 가지 않는 이유. 그건 단순히 집에도 식량이 없기 때문이었다.

 "안타까운 일이네……."

 진도윤이 혀를 차며 고개를 획획 저을 때였다.

 퍼덕, 퍼덕!

 그의 그림자에 있던 박쥐가 튀어나와 신호를 보냈다. 분수대에 위치해 있는 제프리의 신호였다.

 '뭐지?'

 싶을 찰나.

 콰아앙!

 마을 중앙에서 커다란 폭음 소리가 들려왔다.

 갑작스러운 폭음 소리와 제프리의 신호. 진도윤은 온몸의 세포가 일깨워지는 듯한 느낌을 받았다.

 아무리 마을이라 해도, 이곳은 S급 던전. 잠깐의 실수로 목숨을 잃을 수도 있는 공간이니까.

"어이, 꼬마야."

"후……. 왜 자꾸 아까부터 꼬마라 하느냐? 내 이름은 세리아이니라!"

"그래, 그래. 세리아야. 정보는 고맙다. 근데 내가 급한 일이 있어서 지금 바로 가봐야 하거든?"

"자, 잠깐! 바나나는……?"

설마 먹튀 하는 거냐는 듯 쳐다보는 그녀. 하지만 설마 바나나 하나 가지고 치졸한 짓을 하겠는가?

"자, 여기. 맛있게 먹어."

"이건 먹는 게 아니라 하지 않았느냐!"

바나나를 건네받은 세리아가 인상을 찌푸리며 고개를 들었지만.

"응?"

이미 진도윤은 그녀의 시야에서 사라지고 없어진 상태였다. 절대 하급 천족이라 볼 수 없는 스피드.

"뭐야, 벌써……?"

주변을 다 둘러봐도, 분명 그는 사라졌다. 잠깐 바나나에 홀려 있는 상태에 무슨 일이 벌어진 걸까.

"……참으로 이해할 수 없는 자로다."

마을에서 처음 보는 얼굴에, 신기한 저주까지 가지고 있는 자. 무엇보다도 그가 들고 있는 바나나는 알려지기만 해도 천계가 들썩일 정도의 가치를 지닌 과일인데.

그걸 또 수십 개나 들고 있다.

'그런 자가 이런 변방에는 무슨 일일까?'

이곳은 변방이라 거주하는 천족들이 적다. 대도시에서 지원 나온 소수의 천사들이 운영하는 신전으로 간신히 돌아가는 게 이 마을의 실정.

그렇기에 그녀는 의아했다. 특별한 천족은 굳이 이런 마을까지 찾아오지 않기 때문이다.

"흐응."

세리아는 콧노래를 부르며 벤치에서 일어섰다. 그러고는 고개를 돌려 폭음이 들렸던 곳을 바라봤다.

"신전이로구나."

그자는 분명 신전에서 난 소리를 듣고 이동했다. 즉, 그곳으로 가면 다시 만날 수 있다는 소리.

세리아의 핑크빛 눈이 호기심으로 번쩍였다.

"제프리, 어떻게 된 거야?"

분수대에 도착한 진도윤이 신속히 소환수들을 꺼냈다. 유아린과 유리아는 보이지 않았고, 눈앞엔 제프리밖에 없었다.

"이제 왔나? 유리아가 조사하던 신전에서 몬스터가 나타났다. 상황이 급해."

"몬스터?"

"응, 와이번이다. 굉장한 힘을 가지고 있더군. 이곳에 있는 천족들도 상대하기 버거워 보일 정도로."

"헐, 와이번이라고?"

진도윤이 어이없다는 듯 실소를 머금었다.

와이번. 용의 친척쯤 되는 종으로, 꽤나 상대하기 까다로운 몬스터 중 하나다. 최후의 미궁에서도 간혹 등장했기에 잘 알았다.

'미궁 정도만 되면 다행이지만……'

천계의 존재하는 와이번은 또 기존 던전과 어떻게 다를지 모르는 일.

"이거 골치 아프게 됐는데?"

"와이번이 다짜고짜 다가오더니 마을을 공격하더군. 유아린은 바로 그쪽으로 붙은 상태고, 유리아도 현재 싸우는 중이다."

"……"

진도윤의 표정이 심각해지자, 제프리가 재빨리 말을 이었다.

"그냥 퇴각하는 건 어떤가? 신호만 보내면 다시 이쪽으로 올 텐데."

"퇴각? 도망치자고?"

"굳이 우리가 이 마을을 위해 싸워줄 필요는 없지 않나. 임무와 관련도 없고."

이곳이 일반적인 던전이었다면, 제프리의 말이 백번 옳을 거다.

'하지만……'

진도윤은 불과 몇 분 전 만났던 세리아를 떠올렸다.

말과 생각을 하고 배고픔까지 느끼는 종족들.

거기에 심성까지 순수해 보였다.

만약 제프리의 말처럼 이곳 마을이 와이번을 감당할 수 없다면?

'괜히 찝찝할 거 같은데.'

진도윤의 머리가 빠르게 돌아갔다.

'어차피 이곳에서 몬스터 사냥을 하긴 해야 하거든?'

소환수의 레벨 업을 하긴 해야 하니까. 게다가 세리아가 말했던 대도시로 이동하기 위해서는 몬스터와의 혈투를 피할 순 없을 거다.

차라리 그럴 거면 저 와이번을 잡고 이곳 주민들의 호감을 얻는 게 더 큰 이득일 수 있지 않을까? 추가적인 정보를 얻기도 쉬울 테고.

그게 진도윤의 생각이었다.

"아냐, 일단 가서 잡아보자."

"알겠다, 바로 준비하지."

진도윤이 결정을 내리자 제프리가 군말 없이 고개를 끄덕였다.

제안은 제프리가, 그리고 결정은 마스터가. 결정이 내려지면 빠르게 수긍하기. 미궁에서부터 해왔던 그들만의 방식이었다.

"으음."

신전의 사제이자, 치유 전문 천사인 키드엘은 미간을 찌푸렸다.

"오늘도 와이번이 말썽이구나."

마을에서 가장 큰 신전을 직접 타격한 몬스터, 와이번은 이곳 마을의 가장 큰 적이었다. 약 한 달 전 즈음부터 등장한 녀석 때문에, 모든 마을 간 교류가 끊겼고 최근까지도 밤마다 등장하는 녀석 때문에 수많은 피해자가 있었다.

"하아, 천신이시여……. 우리에게 왜 이런 시련을 주시나이까."

그리고 마침내, 오늘 녀석이 본격적으로 마을을 부수기로 작정했는지, 신전을 공격해 왔다.

사실 큰 기대는 품지 않았다. 이곳에 있는 천사들과 중하급 천족들이 무슨 힘이 있겠는가.

와이번이 공격하면 잠자코 소멸할 수밖에 없는 상황.

"……?"

한데 묘한 광경이 펼쳐졌다. 신전 밖에서 처음 보는 하급 천족들이 용기를 가지고 와이번을 상대하기 시작한 것이다. 각자 개성 있게 생기긴 했지만, 키드엘의 뇌는 분명 그들을 하급 천족으로 인식했다.

심지어 날개가 여섯 쌍이나 달린 미카엘마저도.

"허, 분명히…… 하급 천족들일진대."

왜 이리 잘 싸운단 말인가? 그들은 마치 수년간 교육받은 전투 천사들처럼 전략적으로 와이번을 상대하고 있었다. 게다가 몇몇은 분명 치유의 권능까지 사용하고 있었다.

"허어……?"

밖에 나온 키드엘은 넋 놓고 그 광경을 바라봤다.

와이번을 상대하는 하급 천족들이라니. 이야기에서나 나오는 기적 아닌가.

"키에에에에!"

그 순간, 와이번이 날개를 펼치며, 열 받는다는 듯 포효했다. 그리고 그런 녀석의 목을 물어뜯고 놓지 않는 펜-리르와 날개에 불덩이를 날리는 이프리트.

"유리아! 체력이 부족해요!"

유아린이 입술을 깨물며 외쳤다. 기존 A급 몬스터보다 훨씬 강한 와이번에 육체적으로 부담감을 느끼는 것이다.

심지어 자락서스는 이미 날아가 벽에 부딪혀 해롱거리는 상태.

"너무 거칠어요!"

"알고 있어! 기다려!"

하지만 그녀의 뒤에는 빛의 성녀가 있었다.

번쩍!

페어리킹의 버프와 아묘의 힐링이 터졌고.

우우웅!

대천사 미카엘의 '성스러운 방패'(A급)가 펼쳐졌다.

이윽고―

거의 무적과 같은 성능을 자랑하는 방패와 와이번의 발톱이 강하게 부딪쳤다.

콰드드득!

"끄으윽."

유리아의 입에서 신음이 흘러나왔다. 간접적인 충격에도 큰 고통이 느껴질 정도로 강한 힘이었기 때문이다.

'보통 녀석이 아니야.'

미궁에서 상대하던 것보다 대략 3배 정도 강력했다. 진도윤이 흥미로워했던 몬스터에 대한 가설이 조금은 들어맞는 순간이었다.

그렇게 힘겨운 싸움을 벌이고 있을 때.

"이, 이런……. 하급 천족들이 당하고 있어!"

"우리가 도와줘야 하는 거 아냐?"

"하지만, 우린 방해만 될 것 같은걸……."

어느새 바깥에 나온 주민들도 유리아와 유아린을 지켜보며 중얼거렸다.

하지만, 그들은 와이번과 싸울 용기가 없었다. 아쉽게도 그럴 능력도 되지 않았고.

"……."

입을 떡 벌리고 전투를 지켜보던 키드엘은 이내 정신을 차렸다.

"아! 저, 저희 사제단이 돕겠습니다!"

자신은 천사고, 저들은 하급 천족인데도 자연스럽게 예를 갖추어 말하는 키드엘 신전의 천사들도 치유의 권능을 통해 와이번과의 혈투에 참전하려 할 때였다.

"키에에!"

한창 미카엘의 방패를 내려치던 와이번이 고개를 확- 돌렸다. 신전의 천사들이 위치한 방향이었다.

"이런?"

키드엘은 흉악한 녀석의 눈동자를 바라보는 순간, 몸이 돌처럼 경직됐다.

'여, 여태 이런 녀석이랑 저렇게 치열하게 싸우고 있었단 말인가?'

바라보기만 해도 이렇게 심장이 철렁할 정도인데 치고받고 싸우기까지 하다니.

키드엘은 떨리는 몸을 진정하며 기운을 끌어 올렸다.

후우웅!

와이번은 그런 키드엘을 비웃듯 발톱을 들어 내려찍었다. 아니, 내려찍으려 하는 순간이었다.

쑤아아아앙!

멀리서 날아오는 막대한 에너지가 와이번의 대가리를 아주 정밀하게 타격했다.

"키……?"

퍼어엉!

비명을 채 지르지도 못한 채, 머리가 터져 버린 와이번.

철푸덕!

녀석은 발톱을 하늘로 뻗은 그 상태 그대로 쓰러져 버렸다. 그 포악하던 녀석이 고작 1초 만에 당해 버린 것이다.

"······이게 무슨?"

키드엘은 경악했다.

와이번을 한 수에 처리할 정도의 실력? 적어도 날개 다섯 쌍을 가진 천사 정도 되어야 가능한 일이었다. 게다가 그런 천사들은 대도시에만 거주하지, 절대 지방까지 내려오지 않는다.

'도대체 어떤 자가······ 이런 경악할 만한 기술을. 힘도 힘이지만, 멀리서 때리는 과감함과 정확도까지.'

아마 천사 동기들에게 설명해도 절대 이해하지 못할 광경일 터.

꼴깍!

침을 삼킨 키드엘은 기척이 느껴지는 방향으로 천천히 고개를 틀었다. 그리고 그곳에는 '뭐야, 생각보다 별거 아니었네?'라 말하며 걸어오는 한 하급 천족이 보였다.

검은 머리와 붉게 칠해진 갑옷을 입고 있는 남자.

"저자로구나······."

키드엘은 진도윤의 외형을 눈에 한가득 담았다.

진도윤이 녀석을 깔끔하게 잡을 수 있었던 이유는 제프리 덕이다.

"마스터가 가진 감응력을 30% 정도만 섞어 쏘면 될 듯싶다."

"30%? 뉴클리어 브레스 말하는 거지?"

"물론, 그게 가장 깔끔하면서도 강하니까."

"뭐야, 느껴지는 거에 비해 별거 아니네?"

"……그래도 방심하지 마라. 정확하게 못 맞추면 애꿎은 감응력만 소비하게 될 테니까."

"에이, 저렇게 큰데 그걸 못 맞출까? 그건 걱정하지 말라고."

'뉴클리어 브레스'(S급)를 쏘기 전, 제프리와 나눈 대화였다. 제프리는 네비로스의 권능을 이용해 와이번의 힘을 정확히 파악했고 덕분에 최선의 효율로 경험치를 얻어낼 수 있었다.

[하늘의 제왕 '와이번'(★★★★★)을 처리합니다.]
[기여도 71%]
[경험치 7,100,000exp를 획득합니다!]

서머너가 얻은 경험치는 밖에 꺼내져 있는 소환수들에게만 동등하게 배분된다.

"크, 달달하고."

대수롭지 않게 걷는 진도윤이었지만, 그는 속으로 계산했다.

'미궁 와이번에 비하면 고작 3배밖에 안 세.'

자신의 가설이 정확하게 맞아떨어지려면, 미궁 와이번이 이곳 와이번의 10% 정도 힘이어야만 했다. 그래야만 현실 던전에 등장했던 몬스터들의 본래 세상이 천계라는 게 입증되는 거니까.

하지만, 지금은 애매했다. 무언가를 놓치고 있는 느낌.

'아?'

문득, 머릿속에 떠오르는 게 있었다.

'와이번은 S급이 아니라 그런가?'

생각해 보니, S급일 경우의 10%가 현실 A급 수준이었다. 예를 들면, S급 엘라임의 본체가 현실로 와서 A급이 되었을 때가 딱 10%였다. 피닉스도 마찬가지였고.

'근데 만약 본래의 세상에서도 S급 딱지를 받기 힘들 정도의 잡 몬스터라면?'

3배 정도만 센 와이번도 납득이 될 수 있었다. 물론, 그가 세운 가설이 확실하다는 보장은 없다.

'가설은 말 그대로 가설일 뿐이니까.'

게다가 시스템은 가이아가 인류의 편의를 위해 만든 것으로 추측된다. 가이아의 입맛대로 등급이 부여된 것이라면? 조금씩의 오차가 있는 것도 이해해야 했다.

'어쨌든 지금은 이런 복잡한 걸 생각할 때가 아니고.'

와이번의 사체 앞에 도착한 진도윤이 주변을 둘러봤다. 그곳에는 놀란 표정으로 바라보는 세 쌍 날개의 천사와 마을 주민들로 보이는 천족들, 그리고 유리아와 유아린이 보였다.
그리고 또 하나 더.

[띠링!]
[드롭된 아이템을 발견합니다.]

와이번 사체 속에는 자신을 봐달라는 듯, 황금빛으로 번쩍이는 아이템이 있었다.
'메두사의 눈'(A급)처럼 특수한 경우를 제외하고는 본래 아이템 드롭은 거의 없다 해도 무방하다. 통상 유통되는 아이템의 90%는 던전 클리어 보상, 10%는 제작 아이템이니까.
'근데 분명 드롭된 아이템이라 했어……'
진도윤이 황금빛 아이템을 향해 천천히 걸어갔다. 만약, 천계의 몬스터들이 일정 확률 이상으로 아이템을 드롭하는 거라면? 그건 굉장히 고무적인 일이 될 거다.
나중에 임무 완수 후, 복귀할 때쯤 되면 가방 안에 수많은 아이템이 쌓여 있을지 모르는 일이니까.
'그건 괜찮은데?'
신나서 방방 뛰는 털보의 모습이 떠오른 진도윤이 씩 웃었다. 그러고는 아이템을 향해 손을 뻗었다.

[아이템:황금색 비서]
[등급:A]

[단일 대상을 순간이동 시켜주는 소모품 아이템.]
[옵션:3/3]
- 설정:비서를 활성화하는 순간, 그 위치가 목적지가 된다.
- 사용:비서를 찢을 경우, 그 대상은 목적지로 이동한다.
- 단발성:이 아이템은 1회만 사용할 수 있다.

"오, 이건?"

굉장히 익숙한 생김새였다. 프리덤 녀석들이 도망칠 때 주로 사용하던 것이니까.

팜스 호텔에서의 잭 폴탄도 최근 서동희 그 녀석도 사용했었지.

"어쩐지 구해도 매물이 없더라니……. 이곳에서 구할 수 있는 템이었구만?"

비서의 정보를 한번 쭉 훑은 진도윤은 아이템을 가방 속에 챙겨 넣었다. 나중에 유용하게 써먹어야겠다고 생각하며.

"……."

그런 그의 모습을 멍한 표정으로 바라보던 키드엘이 이내 번뜩 정신을 차렸다.

"가, 감사합니다. 말썽이었던 와이번을 처리해 주시다니……. 이 감사를 어찌 표해야 할지."

그가 고개를 숙이며 고마움을 표한 순간.

"와아아아!"

"하급 천족이 와이번을 잡았어!"

"기적이야! 기적이 벌어졌다!"

마을 주민들이 일제히 환호하기 시작했다. 그들은 어떻게 와이번을 잡을 수 있는지보다는, 한 달 동안 고생했던 것이 시원하게 해결됐다는 그 쾌감이 더 커 보였다.

서로를 부둥켜안고 눈물을 흘리는 자들도 있었으니까.

"……."

진도윤은 그 모습을 보며 뿌듯한 미소를 지었다. 역시, 그냥 도망치는 것보단 해결하는 게 훨씬 마음이 편했다.

막상 붙어보니, 그렇게 어려운 상대도 아니었고 심지어 아이템과 경험치도 얻지 않았는가?

"천계라 그런지, 펜-리르가 보통보다 훨씬 세진 것 같아요. 그래서 버틸 수 있었나 봐요."

"페어리킹이랑 아묘도 마찬가지야. 막상 싸워보니까 기존보다 더 세던데? S급 정도는 아닌 것 같지만."

먼저 달려가 와이번을 상대했던 유아린과 유리아가 진도윤의 옆으로 다가오며 말했다.

'아, 그러고 보니……..'

어떻게 더 강해진 와이번을 상대로 버틸 수 있나 했더니 몬스터가 강해진 만큼, 소환수도 강해져 있었나 보다.

"그럼 그 셋이 천계 출신인가 보네?"

"응, 그런가 봐. 아씨, 그나저나 이놈의 미카엘만 그대로네. 도대체 뭐가 문제인 거지?"

유리아가 고민에 빠진 듯한 모습으로 물었다. 천계에 오기 전 기대했던 만큼 실망감도 커 보였다.

"힘이 그대로인 건 데몰리션도 매한가지긴 한데."

"마스터……. 걔는 딱 봐도 천계 출신 아니잖아. 미카엘은 누가 봐도 천계 출신인데. 날개도 여섯 쌍이란 말이야."

"그건 그렇긴 하지."

진도윤도 궁금하긴 했다.

도대체 왜 미카엘만 이렇다 할 반응이 없는 걸까? 미카엘만 제정신이었어도 천계 관련 정보 얻는 게 훨씬 수월했을 터였기에.

살짝 아쉬우면서도 답답했다.

"쟤들한테 물어볼까?"

진도윤이 턱짓으로 마을 천족들을 가리켰다.

감동한 눈빛으로 자신들을 지켜보는 그들.

"오, 그거 좋은 생각인데?"

유리아의 눈이 반짝였다.

"미카엘…… 말입니까?"

질문을 받은 키드엘이 문득 경계의 눈빛을 취했다. 그의 뒤에 있던 다른 천사들 역시 슬금슬금 물러나기 시작했다.

'반응을 보니까, 뭔가 있긴 한가 보네.'

천사들뿐만이 아니었다. 환호하던 주민들의 반응도 무언가 싸해졌다.

꼴깍!

침을 한번 삼켜낸 키드엘이 조심스럽게 물었다.

"호, 혹시…… 미카엘의 잔류 병사들이십니까?"

대천사, 미카엘. 과거, 이곳 가드웨스트 구역을 다스렸던 대천사 중 하나. 하지만, 키드엘은 이제 그녀를 대천사라 부를 수 없었다.

'그녀는 타락한 악마니까…….'

그가 주먹을 불끈 쥐었다.

소위 4대 천사라 불리었던 가브리엘, 라파엘, 우리엘, 미카엘……. 키드엘이 존경해 마지않던 대천사들이었다.

하지만 존경하는 마음이 컸던 만큼 실망도 큰 법. 그들 4명은 전부 판데모니엄과 결탁해 천계를 배신했다. 그 때문에 천신이 봉인 당했고 세상이 점점 무너져 가고 있었다.

"아, 아무리 생명의 은인이라 해도, 미카엘의 잔류 병사라면……."

키드엘은 진심으로 고민했다.

눈앞의 자들이 미카엘을 따르는 자들이라면 본인들의 목숨을 걸고 싸워야 할 주적인 셈이니까. 아무리 생명의 은인이라 해도, 천사의 칭호를 가지고 있는 한 어쩔 수 없었다.

"그럴 필요 없어, 키드엘."

키드엘이 고민하고 있을 찰나 구석에서 누군가가 걸어 나오며 말했다.

핑크색 눈동자를 가지고 있는 키 작은 중급 천족, 세리아였다.

"세리아?"

세리아는 키드엘과 같은 중급 천족 출신으로 동네 친구이기도 했다.

"응, 쟤들. 기억을 잃는 저주에 걸렸거든."

"기억을 잃는 저주? 정말이야?"

세상에, 그런 저주가 있다는 건 처음 알았지만 키드엘은 기쁘게 반색했다.

"그러니 천계에서 타락한 천사 미카엘의 이름을 막 부르는 거겠지? 게다가 미카엘이 누군지도 불과 몇 분 전 내가 알려준 거거든."

"그, 그랬구나!"

키드엘이 안도의 한숨을 내쉬었다. 사실, 적대한다 해도 어떻게 이길 방도가 없었기 때문이다.

'뭐야?'

진도윤은 저들의 대화를 들으며 눈살을 찌푸렸다.

'미카엘이 타락 천사였다고?'

옆을 보니, 유리아도 충격받은 얼굴이었다. 하긴, 100년 동안 테이밍해 온 천사족이 사실은 타락한 존재였다니.

어차피 소환수는 소환수. 악마족이든 천사족이든 상관은 없을 테지만, 그래도 충격이긴 할 것이다.

일단은 판데모니엄을 비롯한 모든 악마들이, 현재 우리의 주적이긴 하니까.

"그래서…… 본래의 모습이 나타나지 않았던 건가? 타락 천사면, 악마라서?"

유리아의 중얼거림에 진도윤이 고개를 끄덕였다.

"응, 마계로 가면 나올 수도?"

"오케이, 나중에 확인해 봐야겠네. 그나저나 기억을 잃는 저주는 뭐야?"

"아까 정보 좀 캐내면서 둘러댔는데, 이게 이렇게 돌아올 줄은 몰랐네."

진도윤이 웃으며 키드엘에게 설명하는 세리아를 물끄러미 바라봤다.

일단, 그녀의 등장으로 상황은 빠르게 마무리됐다.

키드엘은 연신 감사를 표하며 어떤 종잇장을 내줬다.

"천사 추천서입니다. 이걸 가지고 대도시, '미르제'로 가면 천사 시험을 볼 수 있을 겁니다. 여러분 같은 실력자라면 단숨에 합격하시겠지요."

북쪽 구역, 가드노스로 가기 위해서는 천사 칭호를 받아야 한다 들었다. 그래야 텔레포트 장치를 이용할 수 있기 때문.

우선 임무를 깨야 했기에, 진도윤은 고개를 끄덕이며 받았다.

"곧바로 가시는 겁니까?"

"그래야지."

"가는 길이 위험할 겁니다."

"아까, 와이번 잡는 거 못 봤어?"

"하긴……. 그 정도 실력이면 무리 없이 가실 수도 있겠지요. 하지만 그래도 조심하셔야 합니다. 강한 몬스터는 와이번만 있는 게 아니니까요. 아, 그리고 이것도 받으세요."

떠나기 전, 키드엘은 간단한 과일들을 내어줬다. 현재 가져온 비상식량들이 의미가 없어졌기에 진도윤은 감사히 받았다.

"오케이, 이제 정리는 다 끝났나?"

그렇게 진도윤이 일행들과 함께 출발 준비를 할 때였다.

"잠깐!"

세리아가 진도윤을 불렀다.

"나도 데려가거라."

"널?"

"내 그대에게 받았던 걸 팔 생각인데…… 이 마을에선 턱도 없어 보이는구나."

바나나를 말하는 거였다. 가치가 있는 거라 했으니, 천족들이 많이 모이는 대도시에서나 인정해 주지 이곳 마을에서는 그냥 무진장 비싼 음식일 뿐이었다.

"흐음, 나보고 짐 덩어리를 하나 들고 가란 건가?"

"지, 짐 덩어리라니?!"

"가는 길에 몬스터 많이 나온다며. 전투 능력 없으면 짐 덩어리지."

"흥, 기억을 잃은 주제에. 도시로 가는 길은 알고 그런 소리를 하는 거냐?"

"으음……?"

진도윤이 머리를 긁적였다.

그러고 보니, 길을 모른다. 돌아다니면 어찌어찌 찾아갈 수야 있긴 하겠지만, 안내인이 있고 없고의 차이는 분명할 터.

"길 안내인을 해주겠단 거야?"

"그렇다. 그 정도면 짐 덩이는 아니지 않겠느냐?"

"그럼, 거기에 하나 더."

"……하나 더 말이냐?"

세리아가 불안한 눈빛으로 쳐다봤다.

혹시 무리한 부탁을 할까 두려운 표정이었다.

"별건 아니고. 뭐든 물어보면 즉각 즉각 대답해 줄 것. 저번처럼."

"그거야 문제없느니라."

세리아가 씨익 웃으며 답했다.

그런 그녀를 바라보던 진도윤이 일행들을 훑었다.

결정은 났지만, 혹시 불쾌해하는 자가 있을까 봐.

"이곳 세상을 잘 아는 정보원 한 명쯤은 괜찮지."

제프리가 고개를 끄덕이며 납득했다.

"오케, 그럼 출발하자고!"

신도윤이 당차게 발을 뻗었고 그 뒤로 일행들, 그리고 세리아가 쫄쫄 쫓아왔다.

진도윤 일행은 굉장히 천천히 걸었다. 혹시 모를 위험한 몬스터에 대비하기 위함이기도 했으며.

"그래서 루시퍼가 반란을 일으킨 4대 천사들을 무찔렀다 이 말이야?"

세리아에게 못다 한 천계의 정보들을 듣기 위함이기도 했다.

질문은 진도윤이 주도했고 나머지 일행들은 묵묵히 걸으며 귀를 쫑긋 세웠다.

"그렇다니까, 루시퍼 님께서는 현재 남아 있는 대천사 중 가장 강력한 분이시다."

"호오, 그럼 그 루시퍼가 가드노스를 통치하는 거고?"

"……하급 천족 주제에 루시퍼 님의 존함을 막 부르다니, 여전히 예의 없는 자로다."

"야야, 알잖아. 기억을 잃었다 보니, 경외심 같은 게 없어져서."

"이해는 하느니라. 본래 타락한 4대 천사를 섬겼던 기억이면 그럴 수도 있지."

의외로 세리아는 유했다. 진도윤 일행이 생각 이상으로 강한 것을 아는 탓.

그녀는 기존에 했던 계약대로 성심성의껏 질문에 답했다.

"어쨌든, 그대 말이 맞다. 루시퍼께서 본래 우리엘이 다스렸던 가드노스를 통치하시지. 다만 갑자기 대천사들이 대거 자리를 비우는 바람에, 현재 가드노스를 제외하고는 통치자가 빈 상태이니라."

"아, 원래 타락 천사들 자리구나?"

"그렇다."

세리아가 고개를 끄덕였다.

진도윤은 걸으며 지금까지 들었던 내용을 정리했다.

간단히 요약하자면 대천사 4마리가 작당하고 마계 놈들이랑 모의했고 그 때문에 천신이 봉인되었으며 그러던 와중 루시퍼가 등장해, 무쌍으로 그 넷을 다 처리했다는 말인데.

'루시퍼가 제일 센 놈인갑네.'

들어만 보면 같은 대천사인데. 어찌 1:4로 상대했다는 걸까? 그리고 가이아는 왜 루시퍼를 만나보라 하는 걸까?

그것에 대한 대답은 세리아에게 들을 수 없었다. 그녀도 루시퍼를 직접 만나본 것은 아니었기에.

"……"

결국, 궁금증을 해결하기 위해서는 루시퍼를 만나는 수밖에 없다.

진도윤이 걸으며 상념에 빠진 순간.

"잠깐, 멈춰라."

선두에 걷던 제프리가 주먹을 들어 수신호를 보냈다.

스스슥!

동시에, 모든 일행들이 소환수를 배치하며 전투태세를 갖춘다. 일사불란한 속도에 세리아의 동공이 놀람으로 물들 찰나.

"주변에 몬스터 무리를 발견했다."

제프리의 담담한 목소리가 울려 퍼졌다.

"후우……."

숲속 오솔길.

세리아는 깊은 한숨을 내쉬었다.

"도대체 언제까지 사냥만 할 것이냐……?"

진도윤 일행을 따라다니던 그녀는 매우 지친 표정이었다. 그도 그럴 것이, 마을을 떠난 지 벌써 12시간이 넘게 흘렀다. 그리고 이들은 놀랍게도 그 시간 동안 한 번도 사냥을 멈추지 않았다.

뭔가에 씐 것처럼 움직였고, 또 사냥 도중 나오는 무언가를 줍는 데 혈안이 되어 있었다.

"저게 도대체 뭐길래."

추욱!

날개를 아래로 늘어뜨린 세리아는 처음 몬스터가 등장했던 그 순간을 떠올렸다.

'처음엔 다크 오크 10마리였지…….'

다크 오크는 와이번만큼은 아니어도 굉장히 까다롭다고 알려진 몬스터였다. 꽤 경험 많은 천사들도 꺼리는 놈들이기에.

세리아는 재빨리 피할 것을 요구했었다. 자신이 안내하는 길로만 이동하면, 분명히 녀석들을 피할 방법이 있었으니까.

'그런데……. 뭐라 했었지?'

눈앞의 남자는 분명 어이없다는 표정으로 자신을 바라봤었다. 그러고는 '경험치를 버리고 튀자고? 그게 무슨 헛소리야?'라는 이상한 소리를 하며 녀석들을 향해 달려들었다.

처음엔 그녀도 경악했다. 아무리 와이번을 잡았다 해도, 다크 오크 여러 마리를 상대로 저렇게 무작정 뛰어들다니.

그러나 잠깐의 싸움이 펼쳐진 후 그녀는 사내와 그 일행의 위력을 다시 한번 실감할 수 있었다.

'……다크 오크의 약점을 정확하게 알고 있잖아? 다시 보니, 움직이는 루트도 굉장히 효율적인데……. 하급 천족들이 이렇게 전략적인 싸움을 한다고? 아니, 싸웠다는 표현은 여기에 어울리는 표현이 아닌가?'

둘의 공방이 어느 정도는 오가야 싸움이지. 여기엔 사냥 또는 학살이란 표현이 더 적합할 것이다.

'게다가 굉장히 깔끔한 컨트롤이야. 사체들의 절단면이 너무도 깔끔하게 베였어.'

아무리 전투에 대한 지식이 적은 그녀라도, 그게 얼마나 대단한 건지는 다양한 서적을 통해 알고 있었다.

이쯤 되니, 세리아도 인정할 수밖에 없었다. 이들에겐 지름

길이나 자신의 도움 따위 필요하지 않았다.

길을 모르면 어떤가? 진로를 방해하는 모든 몬스터를 단숨에 격파할 실력이 있는데.

'문제는……'

도대체 언제까지 사냥만 할 거냐는 거다.

벌써 잡은 다크 오크의 숫자만 수백. 심지어 중간중간 등장한 각종 몬스터들도 있었으니…….

"후."

세리아가 옅은 한숨을 내쉬며 고개를 절레절레 흔들었다. 그제야 그런 그녀를 본 건지, 진도윤이 다가왔다.

"왜 이렇게 죽상이야?"

"그대여, 미르제에 갈 생각은 있는 건지 묻고 싶구나."

"미르제? 도시 이름이라 했었나? 가긴 가야지."

"이곳, 가드웨스트에 존재하는 모든 몬스터를 다 처리하고 말이냐?"

그녀가 원망스럽다는 듯, 진도윤을 바라봤다.

그러나 오히려 기쁘게 반색하는 그.

"오, 그것도 좋은 생각인데? 안내해 줄 수 있어? 여기 존재하는 몬스터 중에 가장 센 놈은 누구냐?"

"에휴, 말을 말자꾸나."

세리아가 머리털을 잡아 뜯을 때도.

퍼걱!

전방에선 데몰리션의 발톱에 또 한 마리의 오크가 터져나가고 있었다.

['다크 오크 사냥꾼'(★★★★★)을 처리합니다.]
[기여도 100%]
[경험치 11,000,000exp를 획득합니다!]

'크, 역시 달달하구나.'
시야에 떠오르는 메시지를 바라보며 진도윤은 감탄했다. 그가 사냥을 포기할 수 없는 이유는 바로 경험치였다.
말 그대로 이가 썩을 정도로 달달한 경험치.
'무려 마리당 천백만이라고. 이걸 어떻게 포기해?'
원래 마리당 경험치는 백만 exp 정도였을 거다.
하지만, 진도윤은 현재 풀 도핑 상태. 그는 출발 전, 팀 헤파이스토스에서 쇼핑했던 경험치 폭주 시약을 전부 복용했다.
알다시피 폭주 시약은 중복 적용이 가능하기에 도합 500%의 보너스 경험치를 받는다.
'거기다가……'
가브리엘의 반지 200%, 마스터피스 오브 볼드윈 망토 200%, 페어리킹의 축복 200%. 이렇게 3개까지 합산하면?
'도합 1,100%의 보너스 효과를 받을 수 있지.'
무려 11배의 효과를 얻는 것이다. 그 말인즉슨, 물약 효과가 사라질 때까지는 최대한 사냥을 해두는 게 효율적이란 뜻이었다.

[띠링!]
[드롭된 아이템을 발견합니다.]

거기다가 이들은 죽을 때마다 각종 아이템을 떨어뜨렸다.

대략 확률은 10% 정도? 던전에 다닐 때와는 비교가 안 될 정도로 높은 수치였다.

종류는 무기나, 시약, 잡다한 아이템 등등. 인간계에서는 보지 못했던 종류의 아이템들도 다수 있었다.

게다가 같은 등급의 아이템이라도 이곳에 등장하는 것들은 성능이 조금씩 더 좋았다.

'이러니 사냥하는 재미가 없을 수가 있나?'

한껏 미소 지은 진도윤이 떨어진 아이템을 주워 가방에 담았다.

정보는 굳이 확인하지 않았다. 워낙 많이 떨어지기에, 하나하나 확인했다가는 사냥할 시간이 부족해지기 때문이다.

'나중에 털보랑 사업이나 차려볼까?'

이름은 '천계 상점'으로.

이렇게 해서 천계 특산물들만 팔아 재끼면 돈이 얼마나 될지, 상상이 안 가는 그였다.

"조금만 참아라, 세리아. 일단, 목표가 있어서 그래."

다크서클이 짙어진 세리아를 바라보던 진도윤은 웃으며 타일렀다. 지금은 도시로 가는 것보다 사냥이 더욱 중요했다.

루시퍼를 만나기 전까지 이곳 천계에서 뽑아먹을 수 있는 건 최대한 뽑아먹어야 하니까.

임무를 완수하고 인간계로 돌아가도 이곳만큼 사냥감이 풍부한 곳은 없을 터였다.

"알겠다. 일단은 그대가 갑이니……."

피곤한 세리아였지만, 그녀라고 별수 있겠는가? 들이 없으면, 몬스터에게 뜯겨 죽는 건 자신일 테고. 조금씩이긴 했지만, 분명히 도시와의 거리는 가까워지고 있었다.

그녀는 그것으로 위안 삼으며, 걸음을 지속했다.

"마스터."

그렇게 계속해서 숲속 길을 걸어 나갈 찰나 진도윤 곁으로 제프리가 다가왔다.

"응? 무슨 일이야."

"전방에 어떤 굴을 발견했다."

"굴?"

"그 안에 어떠한 존재가 느껴진다. 지금까지 사냥했던 녀석들보다는 좀 더 강한 느낌이야."

"오, 보스급인가?"

진도윤이 눈을 반짝이며 답했다. 그는 이제 발견하는 모든 것들이 경험치와 아이템으로 보일 지경에 이른 상태였다.

"잠깐. 굴?"

그때, 세리아가 반응했다.

"이 위치에 굴이라면 …… 거긴 들어가지 않았으면 좋겠구나."

"왜?"

"당연히 위험하니까……. 그대들은 정말 조심성이라고는 하나도 없는 것이냐?"

"호오, 네가 그렇게 반응하니까 더 호기심이 생기는걸?"

진도윤의 장난스러운 답에 세리아가 눈을 흘겼다.

"농담하는 게 아니다. 천계에는 어떤 희귀한 몬스터가 살고 있는지 아무도 모른다. 그중엔…… 거의 대천사급의 몬스터들도 있느니라."

"……진심으로 설레는데?"

대천사급 몬스터면 S급일 텐데 경험치가 몇일까? 아이템은? 테이밍도 가능할까?

등등을 생각할 찰나였다.

피슈웅! 피슉!

멀리서 꽤 빠른 속도의 무언가가 날아와 주변 나무에 꽂혔다. 예고 없는 화살 세례였다.

"뭐지? 잡히는 건 없었는데."

제프리 역시 갑작스러운 공격에 당황했고.

"진도유운!"

옆에 있던 엘라임이 급히 '물의 방패'(S급)를 펼쳤다.

투두두둥! 이어서 날아온 화살들이 방패에 막혀 떨어졌다.

"기습이야, 정비하고 집중해!"

유리아의 외침과 함께, 다시 진형을 정비할 때였다.

스르륵!

숲속 사이로 다수의 누군가가 모습을 드러냈다.

새하얀 날개가 달린 것으로 보니, 천족인 것 같은데.

'천족이 우릴 왜?'

진도윤의 눈빛에 의아함이 들 찰나.

"자, 잠깐?"

세리아가 경악했다. 그녀의 눈앞에 등장한 천사들을 그녀가 모를 리 없었다.

네 쌍의 날개, 루시퍼 교단의 복장. 그리고 어깨에 걸려 있는 도시 '미르제'의 문양까지.

"미르제 소속 전투 천사들이 왜 우리를……?"

천족들 중에서도 순수하게 강함만을 추구하는 자들이 모인 집단. 그들은 분명 전투 천사들이었다.

"왜, 우리를 공격하는 겁니까?"

세리아가 급하게 손을 뻗으며 외쳤다.

'으음. 이 공격을 막아?'

다프리엘은 의아한 듯 고개를 갸웃했다.

'중급 천족 하나에 하급 천족 다수.'

절대 천사의 공격을 받을 만한 수준이 아니었기 때문이다.

스윽!

손을 뻗어 올려 공격을 중단시킨 그녀는, 천천히 앞으로 나섰다.

'자세히 보니, 하급 천족이 가질 수 있는 기운은 아닌 것 같은데.'

끼이익!

그녀의 뒤에 포진한 10명의 천사들은 활시위를 당긴 채, 다시 한번 저들을 조준한 상태로 대기했다.

"……"

그렇게 그들 앞에 모습을 드러낸 다프리엘. 그녀는 미르제 소속, 전투 천사들의 리더로 총 네 쌍의 날개를 지닌 천사다.

그리고 그녀는 현재 숨어 있던 미카엘의 잔당을 쫓고 있었다.

상대를 노려보던 다프리엘의 입이 천천히 열렸다.

"무슨 수를 쓴 건진 모르겠지만, 잠자코 징벌에 순응하라. 미카엘의 잔당들이여."

"미, 미카엘의 잔당들이라니. 그게 무슨 말입니까?"

다프리엘의 선포에 세리아가 황당하다는 표정으로 소리쳤다. 자신들이 뭘 했다고 미카엘의 잔당이란 말인가.

"이곳, 굴속에 겨우 숨어든 줄 알았더니, 동료들과 밀담을 하고 있었군?"

"……그게 무슨?"

"변명은 듣지 않겠다."

"이보세요?"

후우우웅!

다프리엘의 몸에서 강한 바람이 불어왔다. 그와 동시에 뒤에 있던 천사들의 화살이 다시 한번 쏟아졌다.

그것을 바라보던 엘라임의 입꼬리가 올라갔다.

"흥, 어림없지."

강렬하게 날아온 화살이 일행들의 미간을 노렸으나, 기습도 막은 엘라임이 대놓고 오는 공격을 허용할 리 없었다.

툿! 투투툿! 툿!

물의 벽에 닿아 힘없이 고꾸라지는 화살.

진도윤이 세리아 옆으로 다가와 속삭였다.

"야, 세리아. 쟤네 왜 우리 공격하는 거냐?"

"나, 나도 모르겠구나."

"그래?"

진도윤이 씨익 웃었다.

대충 지켜보니, 무언가 오해하고 있는 것 같은데.

'오해든 뭐든.'

서머너 마스터만의 법칙이 있다. 공격을 걸어오면 그에 응당한 대우를 해주는 것.

아무렴, 인간이어도 자신을 공격한 자들은 살려주지 않는데. 타 종족인 천족을 살려둘 이유는 없지 않겠는가?

"그럼 저것들 다 죽여도 되는 거지?"

"무슨? 설마 천사들을 죽인단 말이냐?"

세리아가 황당한 듯 입을 벌렸다.

사실 몇 시간 전만 해도 말도 안 된다는 소리를 했을 법도 한데. 지금은 왠지 기분이 이상했다.

눈앞의 기억을 잃은 남자가 천사가 얼마나 강한지 모를 것 같다는 것과는 별개로 정말로 천사들을 다 도륙할 것 같은 느낌?

자신감이 충만한 거나 지금껏 보여줬던 실력은 둘째 치고.

'무엇보다도 이들의 눈빛이······.'

유리아도, 제프리도, 유아린도 분명 천사를, 동족을 보는 느낌이 아니라, 그저 몬스터를 보는 것 같은 느낌이었으니까.

'이, 이거 어떡해야 하지?'

그렇게 세리아의 일생일대의 고민이 시작됐다.

난감한 상황에 세리아가 머리털을 부여잡았다. 그러고는 두 눈에 진도윤을 가득히 담았다.

"······잘 생각해야 하느니라."

"뭘?"

"저들을 죽이는 순간, 그대들 모두 돌이킬 수 없는 강을 건너는 거야."

"흠, 그 강은 쟤들이 먼저 넘은 거 같은데?"

"······미르제 소속 모든 천사들의 추적을 받을 수도 있어."

"그건 저들을 죽이지 않는다고 해결될 문제도 아닌 것 같고."

저들을 제압한 후, 살려 보내면? 분명 본인들의 도시, 미르제로 돌아가 추가 병력을 끌고 올 것이다.

몇 번 대화만 해봐도 알 수 있었다. 분명 저 천사들의 리더라는 자는 남의 말은 안 듣고 자신의 신념만 내세우는 외골수 같은 느낌이었으니까.

"······."

진도윤의 답을 듣던 세리아가 눈을 질끈 감았다. 그의 말처럼, 죽이는 것 말고는 정말 답이 없었기 때문이다.

"에잇, 다 망해 렸다. 이제 어떡하느냐?"

세리아는 본능적으로 느꼈다.

눈앞의 사내는 저 천족들을 무조건 죽일 생각이다.

그리고 죽이는 순간 이들과 함께했던 자신도 미르제 천사들의 표적이 되겠지.

"하······."

그녀의 입에서 한숨이 절로 나왔다.

도시의 천사를 죽인 중급 천족이 이 천계에서 정상적으로 살아갈 수 있는 방법은 없다. 어찌 보면 악마들보다 더 집요한 게 천사들이니까.

'어쩌다 이렇게 된 걸까?'

괜히 바나나 하나 팔아보겠다고, 이들과 함께 마을을 나선 것을 뼈저리게 후회하는 세리아였다.

퉁! 투퉁! 퉁!

물의 방패(S급)에 막히는 화살 소리. 아직도 저들은 눈에 살기를 품은 채, 공격을 가하고 있었다.

"마스터······."

데몰리션을 준비하는 진도윤 옆으로 제프리가 다가왔다.

"왜?"

"세리아의 말도 일리가 있다. 저들을 죽이면 임무가 더 힘들어질 수도 있어."

"그건 나도 알지."

루시퍼를 만나기 위해서는 도시, 미르제에 방문자로 들러야 한다. 그러나 저들과 척지게 된다면, 방문이 아닌 공성을 해야 할 수도 있다.

"그러니까 살인멸구 해야 해. 아, 살조멸구인가?"

새를 죽여서, 말이 나오는 입을 없애 린다. 천족을 사람(人)이 아닌, 새(鳥)에 비유하는 그였다.

"살조멸구라……."

"분명히 말하지만, 나는 미카엘이든 루시퍼든 관심 없어. 다짜고짜 선공하는데 우리가 참아야 할 이유도 없고."

"알겠다. 바로 준비하지, 마스터."

키이이!

네비로스를 활용한 제프리가 감응력을 활성화시켜 적들의 분석에 나섰다. 동시에 진조를 펼쳐, 사방에 박쥐를 흩뿌렸다.

'전부 다 죽여야 한다고 했으니까.'

마스터의 명령이 떨어진 이상. 제프리는 단 한 마리의 천족도 놓칠 생각이 없었다.

"뀨웅!"

"끼루루루!"

철그럭!

엘라임의 보호 안에서 데몰리션과 피닉스, 둠도 전투 준비를 마쳤고 아묘와 페어리킹이 다시 한번 버프를 정비하는 순간.

"미카엘의 잔당들이 본격적으로 반항하려나 보구나."

지켜보던 다프리엘의 눈이 차갑게 가라앉았다.

"미르제의 천사들이여. 천신의 은총 아래, 존재하는 모든 죄악을 처단하라!"

"처단하라!"

"처단하자!"

천사들이 더욱 격하게 공격을 가하기 시작했다. 원거리에서 활을 쏘던 녀석들도, 이제는 커다란 대검을 꺼내더니 달려오기 시작했다.

"위, 위험……!"

지켜보던 세리아가 겁에 가득 찬 목소리로 외치는 순간.

후우웅!

먼저 튀어 나간 데몰리션의 발톱이 여유롭게 허공을 갈랐다.

그렇게 빠르지도, 느리지도 않은 적당한 속도. 그러나, 천사들의 눈은 경악으로 물들었다.

간단한 동작 안에 담겨 있는 어떤 기운을 느낀 탓이다.

'저, 저건?'

'서, 설마…… 파괴의……?'

물론, 그들은 생각을 전부 끝마칠 수 없었다. 머리를 굴리기도 전에 데몰리션의 발톱이 아름다운 곡선을 그리며 잔상을 남겼으니까.

후두두둑!

앞으로 달려오던 다섯의 천사가, 단 두 수에 모두 핏덩이로 변해 렸다.

경악할 만한 컨트롤!

심지어 막강한 공격을 하면서도, 추가적으로 다가오는 공격들을 모두 유려하게 피해냈다. 최소한의 몸짓만을 이용해서.

"어어……?"

세리아가 입을 쩍 벌린 채 붕어처럼 뻐끔거렸다.

천사들이 누구던가. 엄청난 훈련으로 재능을 입증받은 천계 최고의 전사들 아닌가. 그런 그들을 오히려 몬스터 처리하는 것보다 쉽게 잡는다고?

눈앞의 광경은 분명 그녀의 상식과 동떨어져 있었다.

'도대체…… 이자들은 누구지?'

그들은 본격적으로 공격에 나서기 시작했다. 전방에 있는 자들이 투박하면서도 용맹하게 선두를 지키면, 뒤에 있는 원거리 딜러와 서포터들이 깔끔하게 지원했다.

혹시 기습을 펼치는 천사가 있으면, 귀신같이 알아챈 후에 대응했다. 마치 일평생을 전투를 위해 살아온 것과도 같은 팀워크.

'뭔가 뒤에서 기운을 통해 명령하는 특이한 구조인 것 같은

데.'

소환수의 개념을 모르는 세리아는 그렇게 느낄 수밖에 없었다.

'게다가 총 전략은 한 사람이 짜는 건가?'

세리아는 정중앙에서 명령을 내리는 제프리를 흘깃 쳐다봤다.

"아직, 도망치는 놈은 없다. 저쪽 녹색 머리칼의 리더가 뭔가를 준비 중이군."

뒤에서 분석하던 그의 목소리가 그녀의 귀에 또렷이 들려온다.

"어떤 스킬인지는 확인되지 않으나, 먼저 선 타격하는 게 좋아 보인다."

깔끔하면서도 확실한 정보. 그 정보가 도달하는 순간, 모든 하급 천족들이 그에 맞추어 움직인다.

콰드득! 화르륵!

펜-리르, 데몰리션, 둠 등등…….

"뀨웅!"

모든 소환수들이 그림처럼 방향을 틀어 다프리엘에게 질주해 공격을 퍼부었다. 늑대의 발톱이 천사의 허리를 갈랐으며, 정령들의 염화가 날개를 태워 버렸다.

"크아아악!"

다프리엘은 준비했던 스킬을 발휘하기도 전에 고통스러운 비명을 내지를 수밖에 없었다.

"……."

진도윤은 그 모습을 쳐다보지도 않은 채, 다음 컨트롤을 이어나갔다. 제프리가 바로 다음 타깃을 알려줬기 때문이었다.

"숲속에 당황한 듯 굳어 있는 놈 둘, 도망치려는 자 둘. 남은 것은 네 마리뿐이다."

"도망치는 놈은 내가 맡을게. 마스터."

"그럼 제가 숲속이요, 언니."

신속하게 역할을 분담하고 사냥에 나서는 멤버들. 각 소환수들이 신속하게 다가가 그들의 목을 시원하게 베어버렸고 그들은 비명도 내지르지 못한 채 바닥에 쓰러져 굴렀다.

진도윤이 굳이 나서지 않아도 될 만큼, 형편없는 실력이었다.

"……."

주변이 조용해지자, 진도윤이 슥 둘러봤다.

불타 있는 다프리엘을 포함해. 살아 있는 미르제의 천사들이 단 한 마리도 보이지 않았다.

"미, 미친……. 천사 열을 1분도 안 돼서……?"

그 모든 광경을 지켜보던 세리아는 말을 잇지 못했다. 나름 200년 넘게 살아온 삶 속에서, 이런 게 가능할 거라곤 생각조차 하지 못했다.

천재? 범재?

방금의 전투는 그 영역을 분명히 뛰어넘었다. 천족에게는 어쩔 수 없는 태생의 차이가 분명 존재하니까.

"……그, 그대들은 정말 누구더냐."

저들이 자신에게 악의가 없다 하더라도 세리아는 이제 그냥 이들이 무서울 지경이었다.

"설마…… 진짜 악마의 힘을 빌려서? 흐읍!"

말을 하던 세리아가 놀라 두 손으로 입을 틀어막았다.

순간, 가슴이 철렁한 탓이다. 만약 진짜 악마들이라면, 정체를 들킨 순간 입막음을 하려 할 테니.

'미르제의 천사들 말처럼 정말 저들이 미카엘의 잔당일 수도 있겠구나.'

심지어 몇몇 하급 천족들은 말도 하지 않은 채, 꼭두각시처럼 명령만 따르지 않던가.

"……"

겁먹은 세리아를 바라보던 진도윤은 곧 피식 웃었다.

그리고 어깨를 으쓱였다.

"누구긴? 보이는 그대로의 천족이지."

"……저, 정말이냐?"

"응. 왜? 믿기지 않아서?"

"솔직히 말하면 그렇다……"

"그래도 믿어줘. 어차피 안 믿는다고 변하는 건 없잖아? 네가 뭘 어쩔 수 있는 것도 아니고."

"……?"

눈이 휘둥그레진 세리아가 진도윤의 말을 곱씹었다. 만약 그들이 진짜 악마라 해도 그녀가 할 수 있는 게 없다는 말. 쾅장히 무섭게 들리는 말이었다.

꿀꺽!

그녀는 저도 모르게 침을 삼켰다.

천사의 경험치 역시 몬스터처럼 달달했다.

가이아가 준 인장 덕에 동족으로 인식하나 했더니 시스템은 천족들 또한 몬스터로 취급하는 것이다.

'씁쓸하긴 하네.'

날개만 달렸다뿐이지 사람이랑 하는 행동이 비슷하다 보니, 진도윤은 괜히 입맛이 썼다.

그러나 어쩌겠는가? 목숨을 노렸으면, 목숨을 잃을 각오도 했었어야지.

[정원의 주인 '소울 콜렉터'(★)를 소환합니다.]
[현재 소환수와의 친밀도가 0입니다.]

천사들의 시체 앞에 선 진도윤이 소울 콜렉터를 소환했다.

녀석의 등급은 아직도 1성(★). 역소환한 상태로 사냥했기에, 경험치 분배는 못 받은 상황이었다.

"키이이?"

자그마한 낫을 든 유령이 그를 멀뚱멀뚱 쳐다봤다.

"뭐 해? 맛있는 영혼 있잖아. 수확해야지?"

"키이?"

진도윤의 명령에 무슨 소리 하냐는 듯, 쳐다보는 소울 콜렉터.

곧이어 메시지 하나가 떠워졌다.

[주변에 수확할 영혼이 없습니다.]

"아?"

아쉽게도 소울 콜렉터는 천족의 영혼을 취급하지 않는 것 같았다.

"흠……."

추측건대 감응력과 관련 있는 것을 영혼으로 인식하는 것 같은데 천족에게는 감응력이 없어서 그런 듯했다. 그들은 그저 몬스터와 같은 기운만이 있을 뿐.

'감응력이란 게 가이아가 인간에게만 내려준 선물 같은 건가 보네.'

충분히 그럴 수 있었다.

[가이아의 가호를 받습니다.]
[인류에게 '감응력'이 생깁니다.]
[앞으로 인류는 몬스터를 길들일 수 있습니다.]

세상이 변한 날 떠오른 메시지를 생각해 보면 감응력은 분명 '인류'에게만 생겼다고 했으니까.

"……이제 도시로 가는 것이냐?"

상념에 빠져 있던 진도윤 곁으로 세리아가 다가왔다.

표정이 지쳐 있는 게, 빨리 도시로 가서 쉬고 싶은 듯했다. 하긴, 그녀 입장에서 여정은 무섭기만 하고 재미도 없을 터였다. 일단은 멤버들처럼 무언갈 얻는 게 없으니.

하지만, 그런 그녀의 사정을 맞춰 줄 이유는 없다.

"아니, 아직. 남아 있는 게 있잖아."

"남아 있는 거라면……. 아, 아까 발견했던 동굴 말이더냐?"

"그렇지. 그 안에 어떤 존재가 있다 했으니까."

"미카엘의 잔당……? 그건 진짜 위험할 수도 있……! 아니, 내 괜한 말을 했구나."

진도윤의 눈빛을 보자마자, 세리아는 곧바로 포기했다.

이제 자연스럽게 습득한 것이다. 눈앞의 사내는 위험하다는 말로는 전혀 설득이 안 된다는 것을. 그것 말고 다른 합당한 논리가 있어야 했다.

"그대는 내가 뭐라 해도 들어가겠지."

"응, 이제 나를 조금은 아는 거 같네."

역시는 역시.

진도윤은 일행들을 통솔해 동굴 속으로 들어섰다.

to be continued